La dernière prophétie

La guerre des Clans

VI
Coucher de soleil

L'auteur

Pour écrire *La guerre des Clans*, **Erin Hunter** puise son inspiration dans son amour des chats et du monde sauvage. Erin est une fidèle protectrice de la nature. Elle aime par-dessus tout expliquer le comportement animal grâce aux mythologies, à l'astrologie et aux pierres levées.

Du même auteur, dans la même collection :

LA GUERRE DES CLANS
CYCLE I

I. Retour à l'état sauvage
II. À feu et à sang
III. Les mystères de la forêt
IV. Avant la tempête
V. Sur le sentier de la guerre
VI. Une sombre prophétie
Hors-série – La quête d'Étoile de Feu

LA DERNIÈRE PROPHÉTIE
CYCLE II

I. Minuit
II. Clair de lune
III. Aurore
IV. Nuit étoilée
V. Crépuscule
VI. Coucher de soleil

Erin Hunter

La dernière prophétie

La guerre des Clans

Coucher de soleil

Livre VI

Traduit de l'anglais par Aude Carlier

Pocket Jeunesse

Titre original :
Sunset

Loi n° 49 956 du 16 juillet 1949 sur les publications
destinées à la jeunesse : octobre 2010.

ISBN : 978-2-266-20642-6

Pour Rod Ritchie,
le premier à comprendre ce qui se passait vraiment
de l'autre côté du grillage…
Remerciements tout particuliers à Cherith Baldry.

CLANS

CLAN DU TONNERRE

CHEF	**ÉTOILE DE FEU** – mâle au beau pelage roux.
LIEUTENANT	**PLUME GRISE** – chat gris plutôt massif à poil long.
GUÉRISSEUSE	**FEUILLE DE LUNE** – chatte brun pâle tigrée, aux yeux ambrés et aux pattes blanches.
GUERRIERS	(mâles et femelles sans petits)
	PELAGE DE POUSSIÈRE – mâle au pelage moucheté brun foncé.
	TEMPÊTE DE SABLE – chatte roux pâle.
	FLOCON DE NEIGE – chat blanc à poil long, fils de Princesse, neveu d'Étoile de Feu.
	POIL DE FOUGÈRE – mâle brun doré. **APPRENTIE : NUAGE AILÉ.**
	CŒUR D'ÉPINES – matou tacheté au poil brun doré.
	CŒUR BLANC – chatte blanche au pelage constellé de taches rousses.
	GRIFFE DE RONCE – chat au pelage sombre et tacheté, aux yeux ambrés.
	PELAGE DE GRANIT – chat aux yeux bleu foncé et à la fourrure gris pâle constellée de taches plus foncées. **APPRENTI : NUAGE DE FRÊNE.**
	PERLE DE PLUIE – chat gris foncé aux yeux bleus.
	POIL D'ÉCUREUIL – chatte roux foncé aux yeux verts.
	PATTE D'ARAIGNÉE – chat noir haut sur pattes, au ventre brun et aux yeux ambrés.
APPRENTIS	(âgés d'au moins six lunes, initiés pour devenir des guerriers)

	NUAGE DE FRÊNE – mâle au pelage brun clair tigré.
	NUAGE AILÉ – chatte blanche aux yeux verts.
REINES	(femelles pleines ou en train d'allaiter)
	FLEUR DE BRUYÈRE – chatte aux yeux verts et à la fourrure gris perle constellée de taches plus foncées.
	POIL DE CHÂTAIGNE – chatte blanc et écaille aux yeux ambrés.
	CHIPIE – femelle au long pelage crème venant du territoire des chevaux.
ANCIENS	(guerriers et reines âgés)
	BOUTON-D'OR – chatte roux pâle.
	LONGUE PLUME – chat crème rayé de brun.
	POIL DE SOURIS – petite chatte brun foncé.

CLAN DE L'OMBRE

CHEF	**ÉTOILE DE JAIS** – grand mâle blanc aux larges pattes noires.
LIEUTENANT	**FEUILLE ROUSSE** – femelle roux sombre.
GUÉRISSEUR	**PETIT ORAGE** – chat tigré très menu.
GUERRIERS	**BOIS DE CHÊNE** – matou brun de petite taille.
	APPRENTI : NUAGE DE FUMÉE.
	PELAGE D'OR – chatte écaille aux yeux verts.
	CŒUR DE CÈDRE – mâle gris foncé.
	PELAGE FAUVE – chat roux.
REINE	**FLEUR DE PAVOT** – chatte tachetée brun clair haute sur pattes.
ANCIENS	**RHUME DES FOINS** – mâle gris et blanc de petite taille.
	FLÈCHE GRISE – matou gris efflanqué.

CLAN DU VENT

CHEF	**ÉTOILE SOLITAIRE** – mâle brun tacheté.
LIEUTENANT	**PATTE CENDRÉE** – chatte au pelage gris.
GUÉRISSEUR	**ÉCORCE DE CHÊNE** – chat brun à la queue très courte.
GUERRIERS	**PLUME NOIRE** – matou gris foncé au poil moucheté.
	OREILLE BALAFRÉE – chat moucheté.
	PLUME DE JAIS – mâle gris foncé, presque noir, aux yeux bleus.
	PLUME DE HIBOU – mâle au pelage brun clair tigré.
	BELLE-DE-NUIT – chatte noire.
	POIL DE BELETTE – matou au pelage fauve et aux pattes blanches.
REINES	**AILE ROUSSE** – petite chatte blanche.
ANCIENS	**BELLE-DE-JOUR** – femelle écaille.
	PLUME DE GENÊTS – matou brun clair.

CLAN DE LA RIVIÈRE

CHEF	**ÉTOILE DU LÉOPARD** – chatte au poil doré tacheté de noir.
LIEUTENANT	**PATTE DE BRUME** – chatte gris-bleu foncé aux yeux bleus.
GUÉRISSEUSE	**PAPILLON** – jolie chatte au pelage doré et aux yeux ambrés.
	APPRENTIE : NUAGE DE SAULE.
GUERRIERS	**GRIFFE NOIRE** – mâle au pelage charbonneux.
	APPRENTI : NUAGE DE HÊTRE.
	PLUME DE FAUCON – chat massif au pelage brun tacheté, au ventre blanc et au regard bleu glacé.

POIL DE CAMPAGNOL – petit chat brun et tigré.

PLUME D'HIRONDELLE – chatte brun sombre au pelage tigré.

PIERRE DE GUÉ – matou gris.

CŒUR DE ROSEAU – mâle noir.

APPRENTI : NUAGE D'ÉCUME.

REINES

PELAGE DE MOUSSE – reine écaille-de-tortue.

FLEUR DE L'AUBE – chatte gris perle.

ANCIEN

GROS VENTRE – mâle moucheté très trapu.

TRIBU DE L'EAU VIVE

SOURCE AUX PETITS POISSONS (SOURCE) – chatte au pelage brun et tigré.

PELAGE D'ORAGE – chat gris sombre aux yeux ambrés.

DIVERS

PACHA – mâle musculeux gris et blanc qui vit dans une grange près du territoire des chevaux.

CÂLINE – petite chatte au pelage gris et blanc vivant avec Pacha.

SPOT – terrier noir et blanc qui habite avec les Bipèdes près du territoire des chevaux.

MINUIT – blaireau vivant près de la mer, qui s'adonne à la contemplation des étoiles.

Territoire des Bipèdes à la saison des feuilles vertes
Nid de Bipèdes
Sentier de Bipèdes
Clairière
Sentier de Bipèdes
Camp de l'Ombre
Demi-pont
Petit Chemin du Tonnerre
Territoire des Bipèdes à la saison des feuilles vertes
Demi-pont
Ruisseau
Île
Camp de la Rivière

Nid de Bipèdes abandonné
Ancien Chemin du Tonnerre
Source de Lune
Camp du Tonnerre
Vieux Chêne
Lac
Camp du Vent
Demi-pont brisé
Territoire des Bipèdes
Territoire des Chevaux
Chemin du Tonnerre
Clan du Tonnerre
Clan de la Rivière
Clan de l'Ombre
Clan du Vent
Clan des Etoiles

Camping du Lièvre
Chalet du Sanctuaire
Bois de Sadler
Route de Petitpin
Base nautique de Petitpin
Île de Petitpin
L'alba
Route de Blanche-Église

Entrepôt abandonné
Route de la Carrière
Source cristalline
Carrière
Bois de la Motte-aux-lièvres
Lac du Sanctuaire
Motte-aux-Lièvres
Haras de la Motte-aux-Lièvres
Route de la Motte-aux-Lièvres
Bosquet du Chevalier
Bois à feuilles caduques
Pinède
Marécages
Lac
Sentiers
Nord

PROLOGUE

La nuit régnait sur la forêt. Un matou tacheté au corps massif avançait parmi les ombres. Nulle brise ne venait caresser l'herbe haute qui bordait le sentier. Les oreilles dressées, les yeux plissés, le félin marqua une pause pour lever la tête : ni lune ni étoiles dans le ciel. Autour de lui, les troncs épais couverts de lichen projetaient une étrange lueur sur la terre qu'il foulait.

Le grand mâle ouvrit la gueule pour mieux humer l'air. Il n'espérait pas repérer le moindre fumet de gibier. Il savait que si du coin de l'œil, il apercevait des fougères s'agiter, des ombres remuer, il serait inutile de bondir. Ici, il ne connaissait pas la faim. Pourtant, il regrettait la sensation des griffes plongeant dans la chair d'une proie, le goût de la première bouchée après une chasse fructueuse.

Sa fourrure se dressa sur son échine lorsqu'il flaira une odeur nouvelle : celle d'un chat, mais différente de celles des deux félins qu'il retrouvait souvent ici. Il s'agissait d'une vieille connaissance. Guidé par son flair, il pressa l'allure. Les arbres s'espacèrent peu à peu. Il arriva à l'orée d'une clairière baignée d'une lumière jaunâtre. L'autre matou vint à sa rencontre en quelques bonds, les oreilles rabattues, les yeux écarquillés par la terreur.

« Étoile du Tigre ! s'écria-t-il avant de se plaquer au sol en signe de soumission. D'où viens-tu ? Je pensais être seul, ici.

— Lève-toi, Éclair Noir. » La voix du mâle tacheté était chargée de mépris. « Arrête de te comporter comme un chaton terrifié. »

Éclair Noir se redressa, puis lissa son pelage de quelques coups de langue. Jadis aussi brillante que les écailles d'un poisson bien nourri, sa fourrure était à présent clairsemée et pleine de bourres de poils.

« Je ne comprends rien à cet endroit, miaula-t-il. Où sommes-nous ? Où est le Clan des Étoiles ?

— Le Clan des Étoiles ne chasse pas sur ces terres.

— Pourquoi ? s'étonna Éclair Noir, les yeux ronds. Et pourquoi fait-il toujours sombre, ici ? Où est la lune ? » Un frisson le parcourut. « Je pensais que nous chasserions dans le ciel au côté de nos ancêtres, que nous veillerions sur nos camarades de Clan…

— Notre sort est tout autre, feula Étoile du Tigre. Qu'importe. Je n'ai nul besoin de la lumière des étoiles pour suivre mon chemin. Si le Clan des Étoiles pense qu'il peut nous oublier, il se trompe. »

Il tourna le dos à Éclair Noir et, sans attendre sa réaction, se fraya un passage entre les fougères.

« Attends ! haleta l'autre, sur ses talons. Explique-moi ce que tu veux dire. »

Étoile du Tigre tourna la tête et le regarda. Ses yeux ambrés reflétaient la pâle lumière.

« Étoile de Feu pensait m'avoir vaincu le jour où Fléau m'a pris mes neuf vies. Quel imbécile ! Je n'ai pas dit mon dernier mot.

— Mais que vas-tu faire, à présent ? Tu ne peux pas quitter cette forêt. Je le sais – j'ai essayé. Où qu'on aille, les arbres se succèdent à l'infini. »

Étoile du Tigre ne répondit pas tout de suite. Il se remit en marche, suivi de près par son ancien camarade de Clan. Ce dernier sursautait au moindre bruissement dans les fougères, à la plus petite ombre qui croisait son chemin. Soudain, il s'arrêta, étonné, la gueule entrouverte.

« Je sens l'odeur d'Étoile Brisée ! Il est là, lui aussi ? Étoile Brisée, où es-tu ? »

Étoile du Tigre s'immobilisa.

« Ne gaspille pas ta salive. Étoile Brisée ne te répondra pas. Tu flaireras la présence de bien des nôtres, ici, mais tu les croiseras rarement. Nous avons beau être piégés au même endroit, nous sommes aussi condamnés à la solitude.

— Alors comment espères-tu atteindre Étoile de Feu ?

— Je ne vais pas m'en occuper moi-même, précisa-t-il dans un grognement sourd et menaçant. Mes fils s'en chargeront. Ensemble, Plume de Faucon et Griffe de Ronce montreront à Étoile de Feu que la guerre est loin d'être finie. »

Éclair Noir jeta un coup d'œil à son ancien chef avant de détourner la tête.

« Mais comment peux-tu leur donner des consignes ? »

Étoile du Tigre le fit taire d'un unique battement de queue. Ses griffes labouraient la terre.

« J'ai appris à emprunter les chemins de leurs rêves, siffla-t-il. Et j'ai du temps. Tout le temps du monde. Une fois qu'ils auront anéanti ce chat domestique galeux, je ferai d'eux des chefs de Clan, et je leur montrerai le visage du véritable pouvoir. »

Éclair Noir se tapit sous un bouquet de fougères.

« Ils ne pourraient avoir meilleur professeur.

— Grâce à mon entraînement, ils deviendront les combattants les plus redoutables de la forêt, poursuivit Étoile du Tigre qui ignora la remarque d'Éclair Noir. Ils apprendront à se montrer impitoyables face à leurs ennemis. Et, au bout du compte, ils se partageront l'ensemble du territoire autour du lac.

— Mais il y a quatre Clans…

— Bientôt, il n'y en aura plus que deux. Deux Clans de guerriers au sang pur, pas affaiblis par des chats domestiques et des clan-mêlés. Étoile de Feu a déjà accueilli cette femelle inutile venue du territoire des chevaux, et ses petits geignards. Est-ce une façon de diriger un Clan ? »

Éclair Noir baissa la tête, les oreilles rabattues.

« Plume de Faucon n'a peur de rien, poursuivit Étoile du Tigre avec fierté. Il l'a prouvé en chassant un blaireau du territoire du Clan de la Rivière. Et il a montré l'étendue de sa sagesse en aidant sa sœur à devenir guérisseuse. Le soutien de cette dernière facilitera son accès au pouvoir, et Plume de Faucon le sait. Il a conscience que le pouvoir ne vient qu'à ceux qu'ils le veulent plus que tout.

— Oui, il n'est pas ton fils pour rien. »

Les mots jaillirent de la bouche d'Éclair Noir

comme un jet de venin, mais si Étoile du Tigre s'en rendit compte, il ne le releva pas.

« Quant à Griffe de Ronce... Lui aussi est courageux, mais il est aveuglé par sa loyauté envers cet imbécile d'Étoile de Feu. Il doit apprendre à ne rien laisser se dresser sur sa route – ni son chef, ni le code du guerrier, ni le Clan des Étoiles lui-même. Il a gagné le respect de tous en se rendant à la caverne de Minuit et en conduisant les Clans à leur nouveau territoire. Sa réputation seule devrait lui permettre de prendre facilement le pouvoir. » Il se redressa et les muscles de ses épaules roulèrent sous sa fourrure. « Je lui montrerai comment.

— Je pourrais t'aider », suggéra Éclair Noir.

Étoile du Tigre se tourna brusquement vers lui, le regard plein de mépris.

« Je n'ai pas besoin d'aide. Tu ne m'as donc pas écouté ? Je t'ai dit que nous étions condamnés à arpenter seuls cette forêt.

— Mais elle est si déserte, si silencieuse... protesta le guerrier dans un frisson. Étoile du Tigre, laisse-moi t'accompagner.

— Non. » Son ton, où pointait le regret, était ferme. « N'essaie pas de me suivre. Ici, les chats n'ont ni amis, ni alliés. Ils doivent suivre seuls leur sombre chemin. »

Éclair Noir se redressa à son tour, la queue enroulée autour de ses pattes.

« Où vas-tu ?

— Je vais voir mes fils. »

Il s'éloigna sur le sentier, le pelage luisant dans la lumière jaunâtre. Abandonné à son sort, Éclair Noir s'enfonça un peu plus à l'ombre des fougères.

Avant de disparaître entre les arbres, Étoile du Tigre se tourna pour faire une dernière promesse :

« Étoile de Feu va comprendre qu'il ne s'est pas débarrassé de moi. Il lui reste peut-être sept vies, mais je le traquerai par l'entremise de mes fils et ferai tout pour qu'elles lui soient arrachées jusqu'à la dernière. Cette bataille-là, il ne la gagnera pas. »

CHAPITRE 1

Assis au milieu de la clairière, Griffe de Ronce contemplait les restes du camp du Clan du Tonnerre. Le croissant de lune, aussi effilé qu'une griffe, flottait au-dessus des arbres qui entouraient la combe rocheuse. Sa pâle lumière révélait les tanières piétinées et la barrière de ronces saccagée à l'entrée du camp. Les blessés, encore sous le choc, émergeaient doucement des ombres, la fourrure ébouriffée et les yeux écarquillés. La cavalcade tonitruante des blaireaux en déroute résonnait toujours dans la tête de Griffe de Ronce. Les broussailles frémissaient encore après leur passage. Le Clan du Tonnerre était parvenu à les chasser avec l'aide inopinée d'Étoile Solitaire et de ses guerriers.

Pourtant, ce n'était pas le spectacle de cette dévastation qui clouait le matou tacheté sur place. Deux félins qu'il pensait ne jamais revoir avançaient prudemment entre les vestiges de la barrière épineuse. Ils étaient indemnes et leur poil brillait. Une lueur inquiète illuminait leur regard.

« Pelage d'Orage ! Que fais-tu ici ? » lança Griffe de Ronce.

Le matou gris musculeux vint frotter sa truffe contre le museau de son ami.

« Quel bonheur de te revoir, miaula-t-il. Je... je voulais m'assurer que vous aviez trouvé un endroit où vivre. Que s'est-il passé ici ?

— Des blaireaux nous ont attaqués. »

Griffe de Ronce jeta un regard alentour, ne sachant par où commencer pour aider ses camarades en détresse.

La compagne de Pelage d'Orage fit glisser sa queue sur l'entaille qui avait entamé l'épaule de Griffe de Ronce.

« Tu es blessé, constata-t-elle.

— Ce n'est rien, répondit-il en remuant les oreilles. Bienvenue dans le Clan du Tonnerre, Source. Je suis désolé que vous ayez fait tout ce chemin pour nous trouver dans un tel état. » Il se tut un instant, son regard passant de l'un à l'autre. « Tout va bien dans la Tribu de l'Eau Vive ? Jamais je n'aurais imaginé vous revoir si tôt. »

Pelage d'Orage jeta un coup d'œil à Source, si furtif que Griffe de Ronce faillit ne pas le remarquer.

« Tout va bien, assura le guerrier gris. Nous voulions nous assurer que vous vous étiez trouvé un nouveau foyer, comme le Clan des Étoiles l'avait promis. »

Griffe de Ronce contempla le camp ravagé, les chats traumatisés qui erraient dans les ruines de leurs tanières.

« Oui, nous l'avons trouvé, murmura-t-il.

— Tu as dit que des blaireaux vous avaient attaqués ? s'étonna Source.

— Oui. Ils étaient bien organisés. Seul le Clan des Étoiles sait d'où ils sont venus. Je n'en avais jamais vu autant de ma vie. Ils nous auraient tués jusqu'au dernier si le Clan du Vent n'était pas venu à notre secours. »

Ses pattes tremblaient. Il dut planter ses griffes dans le sol maculé de sang pour garder l'équilibre.

Pelage d'Orage hocha la tête.

« Pas la peine de tout nous raconter maintenant. Que pouvons-nous faire pour vous aider ? »

Griffe de Ronce remercia tout bas le Clan des Étoiles d'avoir choisi ce jour précis pour lui envoyer son vieil ami. Pelage d'Orage et lui avaient traversé de nombreuses épreuves lors de leur périple jusqu'à la tanière de Minuit. Si Griffe de Ronce avait pu choisir lui-même un compagnon pour l'épauler, c'est lui qu'il aurait désigné sans hésiter.

Il tourna soudain la tête, alerté par une plainte venant d'un bouquet de fougères aplaties au bord de la combe.

« Nous devons réunir tous les blessés graves. Certains seront peut-être en route vers le Clan des Étoiles, prévint-il, les yeux sur Source. Les blaireaux sont venus pour nous anéantir, pas pour nous chasser. »

Source soutint son regard sans fléchir.

« Quoi qu'ils aient fait, je veux apporter mon aide. J'ai déjà connu ce genre d'acte barbare, du temps de Long Croc, tu l'as oublié ? »

Long Croc, un fauve des montagnes, avait terrorisé la Tribu de l'Eau Vive pendant des lunes jusqu'à l'arrivée des chats de la forêt. Jolie Plume, la sœur de Pelage d'Orage, s'était sacrifiée pour tuer la bête sauvage.

« Nous ferons tout ce qu'il faudra, promit Pelage d'Orage. Dis-nous simplement par où commencer. Es-tu le lieutenant du Clan du Tonnerre, maintenant ?

— Non, admit Griffe de Ronce, les yeux baissés sur un brin de mousse coincé entre ses griffes. Étoile de Feu a préféré ne pas nommer de nouveau lieutenant. Il veut attendre encore, pour laisser le temps à Plume Grise de nous rejoindre.

— C'est dur pour toi. »

Le ton de son ami le fit grimacer. Il ne voulait pas de la pitié de qui que ce soit.

« Je croyais que les blaireaux étaient partis », feula soudain Source, crispée.

Griffe de Ronce fit volte-face, avant de se détendre. Le museau pointu noir et blanc qui sortait d'un bouquet de fougères mortes lui était familier.

Pelage d'Orage posa le bout de sa queue sur l'épaule de sa compagne.

« Il s'agit de Minuit, expliqua-t-il. Tu ne risques rien, c'est un ami. »

Puis il bondit à la rencontre du vieux blaireau.

Minuit scruta le nouveau venu de ses yeux myopes, avant de hocher la tête.

« Ami chat, venu me voir naguère, grogna-t-il. Moi content de te revoir. Et elle, de la Tribu des montagnes, non ? ajouta-t-il en désignant Source de son museau.

— Exact, reconnut Pelage d'Orage. Voici Source, une chasse-proie de la Tribu de l'Eau Vive. »

D'un battement de la queue, il l'invita à s'approcher. Elle obéit à contrecœur. Griffe de Ronce la comprenait. Il avait beau connaître Minuit depuis longtemps, il lui était tout de même difficile de le regarder sans repenser aux mâchoires claquantes, aux yeux féroces et aux griffes qui avaient déchiré la fourrure de ses camarades...

Des pas lourds lui firent lever la tête. Minuit se tenait devant lui. Ses yeux couleur myrtille luisaient de peine et de colère.

« Trop tard, ma mise en garde. Moi, échouer.

— Tu nous as amené le Clan du Vent, lui rappela Griffe de Ronce. Sans toi, notre Clan tout entier aurait été décimé. »

Minuit s'inclina. La rayure blanche qui descendait jusqu'au bout de son museau brillait sous la faible lumière de la lune.

« Honte sur moi et mes semblables.

— Tout le monde sait que tu n'y es pour rien, le rassura Griffe de Ronce. Tu seras toujours le bienvenu dans notre Clan. »

Minuit semblait tout de même troublé. Derrière lui, au milieu de la clairière, Étoile de Feu parlait avec Étoile Solitaire et ses guerriers. Griffe de Ronce s'approcha d'eux en invitant d'un mouvement de la queue ses deux amis à le suivre. À une longueur de renard de là, à l'abri d'un buisson d'aubépine renversé, Feuille de Lune se penchait sur le corps inerte de Pelage de Granit. L'espace d'un instant, Griffe de Ronce se demanda si le guerrier était mort, puis il vit sa queue tressaillir. *Le Clan des Étoiles ne prendra pas tous nos frères ce soir*, se dit-il, déterminé.

Après l'effort fourni au combat, Étoile de Feu haletait toujours. Des touffes de son pelage couleur de flamme avaient été arrachées. Une longue blessure sanglante lui entaillait le flanc. Griffe de Ronce s'inquiéta aussitôt. Son chef avait-il perdu une autre vie ? Il était au moins grièvement blessé. *Je l'épaulerai jusqu'à mon dernier souffle*, se jura-t-il. *Ensemble, nous reconstruirons le Clan, nous l'aiderons à devenir plus fort que jamais.*

Malgré ses blessures, l'œil d'Étoile de Feu était vif, et le meneur se tenait bien droit devant le chef du Clan du Vent.

« Je te remercie au nom du Clan du Tonnerre tout entier, miaula-t-il.

— Je ne pense pas que les blaireaux reviendront, répondit Étoile Solitaire. Mais je peux tout de même vous laisser quelques guerriers pour monter la garde, si tu le juges utile.

— Non, merci. Cela ne sera pas nécessaire. »

Le regard chaleureux d'Étoile de Feu trahissait la longue amitié qui unissait les deux félins. Griffe de Ronce se réjouissait de voir que l'animosité d'Étoile Solitaire n'était plus qu'un mauvais souvenir.

« Tes guerriers ont-ils besoin de l'aide de notre guérisseuse avant de partir ? ajouta le rouquin. Si certains d'entre eux souffrent trop, ils peuvent rester quelques jours parmi nous. »

Griffe de Ronce jeta un coup d'œil à Feuille de Lune, qui soignait toujours Pelage de Granit. En entendant les paroles de son père, la guérisseuse leva la tête et scruta les guerriers du Clan du Vent. Griffe de Ronce eut pitié d'elle. Le regard de la jeune chatte tigrée cherchait un félin en particulier. Plume de Jais.

Deux jours plus tôt, ils avaient tous deux abandonné leurs Clans pour partir ensemble. Cependant, en apprenant que les blaireaux allaient attaquer, ils avaient décidé de revenir. Griffe de Ronce espérait que Feuille de Lune était rentrée pour de bon. Avec tous ces blessés, le Clan du Tonnerre avait plus que jamais besoin d'elle.

Plume de Jais contemplait ses pattes, comme s'il voulait éviter le regard de la guérisseuse. Une bande de fourrure avait été arrachée de ses côtes, mais la blessure ne saignait plus. Plume Noire, quant à lui, avait une oreille déchirée et Patte Cendrée, le lieutenant du Clan du Vent, saignait d'une épaule. Aucune de leurs blessures ne semblait suffisamment grave pour les empêcher de rejoindre leur propre camp.

« Le Clan des Étoiles soit loué, je pense que nous sommes tous en état de voyager, répondit Étoile Solitaire. Si tu es certain de ne plus avoir besoin de notre aide, nous retournons immédiatement sur notre territoire. »

Plume de Jais leva la tête et jeta un coup d'œil désespéré vers Feuille de Lune. Elle laissa un instant son malade pour rejoindre le guerrier gris sombre. Un peu à l'écart des autres, ils discutèrent tête contre tête. Caché dans l'ombre, Griffe de Ronce entendait tout. Il n'osa pas bouger, de peur de les déranger.

« Adieu, Plume de Jais, murmura Feuille de Lune, la gorge serrée. Nous… nous ferions mieux de ne plus nous voir. »

Les yeux du matou s'illuminèrent. L'espace d'un instant, Griffe de Ronce crut qu'il allait protester, mais il se contenta de secouer la tête.

« Tu as raison, dit-il. Ça n'aurait jamais marché, de toute façon. Je ne compterai jamais assez pour toi.

— Tu comptes plus pour moi que tu ne le penses, répondit-elle, les griffes plongées dans la terre.

— Tu es guérisseuse. À présent, je comprends ce que cela signifie. Que le Clan des Étoiles t'accompagne, Feuille de Lune. Je ne t'oublierai jamais. »

Leurs truffes se frôlèrent, et ce contact délicat dura moins longtemps qu'un battement de cœur. Puis Plume de Jais rejoignit ses camarades de Clan, sous le regard embué de Feuille de Lune.

Plume Noire décocha un regard mauvais à Plume de Jais, et Poil de Belette lui tourna volontairement le dos. Étoile Solitaire ne dit rien. Il se contenta de rassembler ses guerriers d'un signe de la queue avant de les mener hors du camp.

« Merci encore ! lança Étoile de Feu. Que le Clan des Étoiles illumine votre chemin. »

Feuille de Lune se tint immobile jusqu'à ce que la silhouette gris sombre de son ancien compagnon ait disparu dans l'ombre des arbres. Puis elle traversa la clairière, vers la tanière de Museau Cendré. En chemin, elle fit signe à Cœur Blanc de la suivre. La guerrière avait déjà assisté Museau Cendré par le passé.

« Tu veux vraiment que je vienne ? s'étonna Cœur Blanc.

— Bien sûr. » La voix de la guérisseuse se brisait sous le poids du chagrin et de l'épuisement. « Tous les membres du Clan sont blessés. J'aurai grand besoin de tes talents. »

Les yeux brillants, la chatte au pelage blanc et roux suivit la guérisseuse jusqu'à son antre, comme si ses paroles lui avaient fait oublier sa propre fatigue.

« Je rêve, ou c'est Pelage d'Orage et Source ? »

Griffe de Ronce sursauta en entendant une voix rauque dans son oreille. Poil d'Écureuil venait d'apparaître près de lui. Son pelage roux sombre était tout poisseux de sang, et l'une de ses oreilles était déchirée.

« Bien sûr que c'est eux ! rétorqua Griffe de Ronce, qui regretta aussitôt son ton abrupt. Oh, désolé... »

Poil d'Écureuil se frotta contre lui. Du bout de la queue, elle le fit taire.

« Stupide boule de poils », murmura-t-elle.

Griffe de Ronce se crispa. Se méprenait-il sur l'affection qu'il discernait dans les yeux de la guerrière ? Allongé à l'autre bout de la clairière, Pelage de Granit les foudroyait du regard.

Poil d'Écureuil ne le remarqua même pas. D'un pas claudicant, elle dépassa le guerrier tacheté pour accueillir les visiteurs en collant sa truffe à leur museau.

« Que le Clan des Étoiles soit loué, vous êtes venus, miaula-t-elle. Nous avons besoin de tous nos amis. »

Griffe de Ronce sentit ses épaules s'affaisser devant l'ampleur de la tache : tant de blessures à soigner, de tanières à rebâtir, de gibier à rapporter...

« Allons voir Étoile de Feu avant de commencer », proposa-t-il.

À leur approche, le chef du Clan écarquilla les yeux.

« Pelage d'Orage... et Source ! Que faites-vous ici ?

— Nous aurons le temps de nous expliquer plus tard, répondit Pelage d'Orage. Pour l'instant, Étoile de Feu, mets-nous au travail. »

Le rouquin contempla la clairière comme s'il ne savait par où commencer.

« Il faudrait d'abord s'occuper des tanières, pour que les blessés puissent s'y reposer… mais quelqu'un doit aussi remettre la barrière en place, à l'entrée. »

Dans le camp, rien n'avait été épargné. Et rares étaient les guerriers en état de travailler. Effondré au sol, Pelage de Granit saignait au flanc et à la patte. Feuille de Lune s'employait à présent à couvrir ses blessures de toiles d'araignées. Flocon de Neige claudiqua jusqu'à elle sur trois pattes. Une de ses griffes avait été arrachée.

« Salut, Pelage d'Orage, miaula-t-il en passant, comme si rien ne pouvait plus le surprendre, pas même l'arrivée d'un vieil ami. Feuille de Lune, je peux avoir quelques toiles d'araignées ? »

Tempête de Sable se tenait juste derrière lui, si fatiguée qu'elle avançait tête basse, sa queue traînant dans la poussière. En apercevant Feuille de Lune, elle s'arrêta net et se tourna vers Étoile de Feu.

« Feuille de Lune est là ? demanda-t-elle. Que s'est-il passé ? »

En guise de réponse, Étoile de Feu secoua la tête.

« Nous lui parlerons plus tard, répondit-il. Elle est rentrée. Pour l'instant, c'est tout ce qui compte.

— Étoile de Feu ! » Le cri venait de l'autre côté de la clairière. « Étoile de Feu, ça y est, ces sales bouffeurs de chair à corbeau sont partis ? »

Pendant le combat, les trois anciens, Poil de Souris, Bouton-d'Or et Longue Plume, avaient trouvé refuge sur la Corniche où se trouvait la tanière de leur chef. Malgré l'obscurité, ils tentaient à présent de descendre l'éboulis. C'était Poil de Souris qui avait interpellé leur chef. Une touffe de poils manquait sur son épaule. La queue de Longue Plume saignait et une entaille profonde barrait le flanc de Bouton-d'Or. Cette dernière avait passé sa queue autour des épaules de Longue Plume pour le guider.

« Vous allez bien ? s'inquiéta Griffe de Ronce en allant à leur rencontre.

— Très bien, feula Poil de Souris. Un blaireau a tenté de monter sur la Corniche, mais il est redescendu vite fait !

— Et s'ils reviennent ? s'enquit Bouton-d'Or, alarmée.

— Ils n'ont pas intérêt. » Longue Plume sortit les griffes – des touffes de fourrure de blaireau y étaient encore coincées. « Je n'ai pas besoin de les voir pour les combattre. Leur puanteur me suffit.

— Vous feriez mieux de montrer vos égratignures à Feuille de Lune, miaula Étoile de Feu.

— Feuille de Lune ? » La voix de Poil de Souris devint sèche. « Alors comme ça, elle est rentrée ? Pour de bon, ou juste en attendant que ce guerrier du Clan du Vent revienne renifler par ici ? »

Griffe de Ronce ravala une réponse acerbe. L'attaque avait visiblement ébranlé l'ancienne.

« Et lui, c'est qui ? » demanda-t-elle encore en s'approchant de Pelage d'Orage, qu'elle dévisagea. « Pelage d'Orage ? Qu'est-ce qu'il fiche ici ?

— Je suis venu vous rendre une petite visite », répondit le guerrier, mal à l'aise.

Poil de Souris grogna, sur ses gardes.

« Tu étais un guerrier du Clan de la Rivière, la dernière fois qu'on t'a vu. Que fais-tu dans notre camp ?

— Poil de Souris, quelle ingratitude ! s'indigna Poil d'Écureuil. Nous avons besoin de l'aide de tous les volontaires. Et puis, tu oublies que Pelage d'Orage descend pour moitié du Clan du Tonnerre. »

Pelage d'Orage était le fils de Plume Grise, le lieutenant du Clan du Tonnerre enlevé par les Bipèdes avant l'exil.

L'ancienne fit le gros dos, mais un cri de Fleur de Bruyère l'empêcha de répondre. La femelle déboula entre les ronces éparpillées à l'entrée du camp.

« Pelage de Poussière, où es-tu ? »

En quelques bonds, Griffe de Ronce la rejoignit.

« Griffe de Ronce, as-tu vu Pelage de Poussière ? s'enquit-elle.

— Non, pas encore. Viens avec moi. Je vais t'aider à le chercher.

— J'aurais dû rester avec lui ! gémit-elle. Je n'aurais jamais dû quitter le camp.

— Mais Chipie avait besoin de toi. Elle n'aurait jamais tenu le coup sans un guerrier auprès d'elle. Il était bien plus prudent que vous restiez cachées à l'extérieur du camp. Chipie n'est pas capable de se protéger, elle et ses petits. »

Fleur de Bruyère secoua la tête comme si elle ne l'écoutait pas.

« Je refuse de croire que Pelage de Poussière est mort...

— Nous le retrouverons », lui promit-il.

Il espérait que le Clan des Étoiles n'avait pas choisi ce guerrier entre tous pour rejoindre leurs rangs. Il le chercha d'abord vers l'entrée, allant et venant le long de la barrière. Soudain, il retint son souffle. Alors qu'il venait de repérer l'odeur du disparu, il faillit trébucher sur un tas de fourrure brune et mouchetée qui gisait à l'ombre de la paroi de pierre. Les yeux du félin étaient fermés. En l'examinant, Griffe de Ronce vit ses oreilles frémir. Puis le matou éternua.

« Fleur de Bruyère, par ici ! lança-t-il.

— Pelage de Poussière ! Pelage de Poussière ! »

Au son de la voix de sa compagne, le guerrier blessé ouvrit les yeux puis tenta de se mettre debout. La chatte gris perle se frotta à lui et le couvrit de coups de langue. Pelage de Poussière émit un ronronnement éraillé.

Rassuré, Griffe de Ronce allait retourner vers la clairière lorsqu'il vit que Nuage de Frêne avait suivi Fleur de Bruyère. Le jeune apprenti avait perdu presque toute la fourrure de son arrière-train. Un de ses yeux était fermé. De son œil valide, il jetait des regards apeurés, comme s'il craignait que le camp ne grouille encore de blaireaux.

Chipie apparut derrière lui, suivie de ses trois petits. Les yeux ronds, ils contemplaient les vestiges des tanières et les guerriers blessés. En repérant Minuit tapi dans les ombres, Petit Sureau montra les crocs. Il fit un pas en avant, les pattes raides, la fourrure ébouriffée.

Dans un cri horrifié, Chipie l'arrêta.

« Petit Sureau ! Que fais-tu ? Recule avant que le blaireau ne t'attaque.

— Toi rien avoir à craindre, petit chat », les rassura Minuit de sa voix rauque.

Chipie le foudroyait du regard, la queue enroulée autour de Petit Sureau pour le ramener vers les autres. Elle ignorait visiblement qui était Minuit.

« Tout va bien ! » lança Griffe de Ronce avant de se diriger vers elle.

Feuille de Lune atteignit la chatte du territoire des chevaux avant lui et lui expliqua la situation.

« N'aie pas peur, maman, miaula Petit Sureau. Moi, je te protégerai.

— Voilà qui ne m'étonne pas de toi », lança Flocon de Neige. Il boitilla jusqu'à eux et, du bout de la queue, donna une pichenette sur l'oreille du chaton. « Bravo, il en faut, du courage, pour affronter un blaireau... Tu feras un guerrier redoutable, un jour. »

Tout fier, Petit Sureau dressa la queue bien haut.

« Le premier arrivé à la pouponnière a gagné ! dit-il à son frère et à sa sœur.

— Non, attendez ! ordonna Flocon de Neige. Vous ne pouvez pas encore y entrer.

— Pourquoi ? demanda Chipie, perplexe. Mes petits ont besoin de repos.

— Le corps de Museau Cendré y est toujours, murmura Feuille de Lune. Un blaireau a forcé le passage pendant qu'elle aidait Poil de Châtaigne à mettre bas. » Sa voix chevrota. Elle dut déglutir avant de poursuivre : « J'ai tout fait pour la sauver, mais elle était déjà sur le chemin menant au Clan des Étoiles. »

Griffe de Ronce la dévisagea, interdit.

Museau Cendré est morte ?

CHAPITRE 2

Griffe de Ronce sentit son sang se figer dans ses veines. La mort d'un guerrier était toujours un événement tragique, mais celle d'un guérisseur plus encore. Il comprit tout à coup pourquoi Feuille de Lune avait demandé à Cœur Blanc de l'aider à soigner les blessés.

Poil de Souris poussa un cri horrifié :

« Elle était si jeune ! Elle avait toute la vie devant elle... »

Poil d'Écureuil vint frotter sa truffe contre l'épaule de sa sœur.

« Nous ne l'oublierons jamais », murmura-t-elle.

Griffe de Ronce acquiesça, trop choqué pour parler. Feuille de Lune garda la tête basse un instant puis, d'un coup de museau, elle encouragea Cœur d'Épines à se relever. Le guerrier au poil brun doré venait de s'affaler tout près, le souffle court. Un filet de sang s'écoulait d'une coupure profonde au-dessus de son œil.

« Viens dans ma tanière. » La voix de la guérisseuse était ténue, comme si elle faisait un effort pour se contrôler. « Je te donnerai des toiles d'araignées. »

Elle s'éloigna et ne jeta qu'un seul coup d'œil en arrière pour s'assurer que Cœur d'Épines la suivait.

Griffe de Ronce aperçut un mouvement dans les ombres bordant la combe. Patte d'Araignée et Nuage Ailé avançaient lentement vers eux. Patte d'Araignée lui fit signe de s'approcher. Griffe de Ronce dut forcer ses pattes à lui obéir.

« Que se passe-t-il ? s'enquit le guerrier.

— Viens voir. »

Le jeune guerrier l'entraîna vers la paroi rocheuse, près du passage secret où Chipie et ses petits s'étaient réfugiés. Un tas de fourrure grise gisait dans l'ombre.

« C'est Pelage de Suie, souffla Nuage Ailé. Je crois qu'il est mort. »

Le ventre de Griffe de Ronce se noua. Il poussa le corps du jeune matou du bout du museau dans le vain espoir de le ranimer. Pelage de Suie ne réagit pas. Son regard vitreux ne voyait plus rien.

« Que le Clan des Étoiles illumine son chemin », murmura Griffe de Ronce.

Poil de Châtaigne, la sœur du défunt, venait tout juste de mettre bas. Comment pourrait-elle supporter la mort de son frère ?

Les deux jeunes félins contemplaient Griffe de Ronce, l'air d'attendre des instructions. Il lui fallut un effort de volonté pour réfléchir à la situation.

« Portez-le au centre de la clairière, pour que nous puissions le veiller, miaula-t-il. Je vais chercher Perle de Pluie. »

Le frère de Pelage de Suie et de Poil de Châtaigne devait être mis au courant. Il pourrait peut-être aider sa sœur à encaisser le choc.

Griffe de Ronce attendit que Patte d'Araignée et Nuage Ailé aient soulevé le corps inerte de leur camarade avant de se mettre en quête de Perle de Pluie. Il ne l'avait pas revu depuis la fin du combat. Son cœur se serra soudain : et s'il avait péri, lui aussi ?

Il aperçut le guerrier gris foncé à moitié enfoui sous les branches cassées qui abritaient naguère le repaire des guerriers. Lorsque Griffe de Ronce souleva une branche, l'autre parvint à lever la tête.

« Les blaireaux… ils sont partis ? s'enquit-il d'une voix rauque.

— Tout est fini. Mais j'ai de mauvaises nouvelles. Peux-tu te lever ? »

Dans un grognement, Perle de Pluie ramena ses pattes sous lui. Il se débattit un instant avec les branches piquantes avant de parvenir à se relever. Il tenait sur trois pattes. La quatrième était tordue à un angle improbable. Griffe de Ronce craignait qu'elle ne soit cassée. Il épaula son camarade jusqu'au centre de la clairière où gisait à présent Pelage de Suie. Étoile de Feu, Poil d'Écureuil et d'autres guerriers s'étaient rassemblés autour de lui, la tête basse.

Perle de Pluie poussa un cri de détresse devant le cadavre de son frère. Il s'approcha en boitant, enfouit sa truffe dans la fourrure grise et resta immobile un moment avant de relever la tête, les yeux voilés par le chagrin.

« Je dois avertir Poil de Châtaigne », annonça-t-il.

Étoile de Feu l'arrêta d'un mouvement de la queue.

« Tu dois d'abord faire examiner ta patte. Quelqu'un d'autre…

— Non. Je veux m'en charger moi-même. Pelage de

Suie était notre frère. Elle préférera que ce soit moi qui le lui annonce. »

Le chef du Clan hésita avant de hocher la tête.

« Entendu, mais va voir Museau Cendré sans tarder.

— Étoile de Feu, tu veux dire Feuille de Lune », le corrigea gentiment Tempête de Sable.

Le rouquin cligna des yeux, étourdi de fatigue.

« Désolé, murmura-t-il. Je n'arrive pas à croire que Museau Cendré est morte. »

Griffe de Ronce le couva d'un regard plein de sympathie. Le meneur avait toujours été proche de Museau Cendré. Sa mort devait le bouleverser au-delà des mots.

Il va avoir besoin de mon aide. Griffe de Ronce inspira profondément, avant de souffler à l'oreille de Poil d'Écureuil :

« Allons chercher le corps de Museau Cendré.

— Entendu, répondit-elle. Perle de Pluie, viens avec nous si tu veux parler à Poil de Châtaigne. »

Les trois félins gagnèrent la pouponnière. Le roncier, qui poussait près des parois de la combe, était le moins endommagé du camp. Poil d'Écureuil, Pelage de Granit et Poil de Fougère avaient monté la garde tout au long du combat, pendant que Poil de Châtaigne mettait bas. Une partie seulement avait été piétinée, là où un blaireau s'était frayé un passage avant de tuer Museau Cendré.

Flocon de Neige, Chipie et ses petits attendaient devant l'entrée. Tout près, Fleur de Bruyère léchait doucement l'épaule de son fils, Nuage de Frêne, qui s'était effondré devant elle.

Feuille de Lune et Cœur Blanc approchèrent au même instant. La guérisseuse portait un ballot d'herbes dans la gueule, qu'elle posa en voyant Griffe de Ronce arriver.

« Que le Clan des Étoiles soit loué, la tanière de Museau Cendré est si étroite que les blaireaux n'ont pu y pénétrer. Les plantes et les baies sont intactes. » Elle ajouta d'une voix tremblante : « Peut-on déplacer son corps pour que le Clan puisse la veiller ?

— Nous sommes venus pour ça, la rassura-t-il.

— Merci. Cœur Blanc, s'il te plaît, va chercher des feuilles de souci pour Nuage de Frêne. Ensuite, va dire à tous les blessés en état de marcher de m'attendre à ma tanière. Il sera plus facile de les soigner là-bas. Si certains ne peuvent se déplacer, fais-le-moi savoir. Je les examinerai en premier. »

Cœur Blanc hocha vivement la tête avant de partir.

Feuille de Lune entra la première dans la pouponnière, suivie de près par Griffe de Ronce, Poil d'Écureuil et Perle de Pluie. Les rayons de la lune parvenaient à peine à l'intérieur. Griffe de Ronce discerna tout juste Museau Cendré, allongée sur le flanc, dans un doux nid de mousse. Sa queue reposait sur sa truffe, comme si elle dormait.

Griffe de Ronce s'approcha.

« Museau Cendré ? »

Il crut un instant qu'elle relèverait la tête pour lui répondre, mais lorsqu'il frôla sa truffe, il reconnut le froid glacial de la mort.

Poil de Châtaigne était allongée de l'autre côté de la guérisseuse, tout au fond de la pouponnière. Elle s'était recroquevillée le plus loin possible du cadavre, comme pour protéger ses petits. Son compagnon, Poil de Fougère, s'était couché près d'elle, la fourrure hérissée. Lorsque les autres entrèrent, il montra les crocs.

« Tout va bien, Poil de Fougère, le rassura Griffe de Ronce. Ce n'est que nous. Vous n'avez rien à craindre. »

Le guerrier brun se rapprocha un peu plus de sa compagne. Feuille de Lune se glissa entre les deux matous pour renifler la jeune reine. Lorsque ses yeux se furent accommodés à l'obscurité, Griffe de Ronce put enfin voir les quatre chatons qui pétrissaient aveuglément le ventre de leur mère. Confuse, Poil de Châtaigne contemplait Feuille de Lune.

Perle de Pluie se faufila jusqu'à Griffe de Ronce.

« Comment le lui annoncer ? chuchota-t-il. Elle a assez souffert. Apprendre la mort de Pelage de Suie pourrait la tuer.

— Non. Poil de Fougère et Feuille de Lune sont là pour la soutenir. Allez, il vaut mieux qu'elle l'apprenne par toi. »

Perle de Pluie hocha la tête.

« Poil de Châtaigne... miaula-t-il, hésitant.

— Perle de Pluie, c'est toi ? Tu es blessé ?

— Rien de grave. Mais j'apporte de mauvaises nouvelles. C'est Pelage de Suie. Il est... mort. »

Poil de Châtaigne le dévisagea, incrédule. Puis, la tête renversée en arrière, elle poussa une plainte aiguë.

« Non ! Oh, non ! »

Sous le choc, elle se crispa. Les petits, qui s'étaient trouvés écartés de son ventre, émirent quelques miaulements de protestation.

« Poil de Châtaigne, tout va bien », miaula Poil de Fougère. Il lui couvrit la tête et les oreilles de coups de langue jusqu'à ce qu'elle frissonne et enfouisse son museau dans l'épaule de son compagnon. « Je suis là, reprit-il. Pense aux petits. Tu dois t'occuper d'eux.

— Comment est-il mort ? » voulut-elle savoir.

Malgré sa peine, elle se tortilla un peu pour que ses chatons regagnent leur place et se remettent à téter, leurs petites pattes pressant son ventre.

« Les blaireaux l'ont tué, lui apprit son frère.

— Pelage de Suie était un valeureux guerrier, miaula Griffe de Ronce. Le Clan des Étoiles veille sur lui, à présent.

— Merci d'être venu me prévenir », dit-elle avant de tendre la tête pour donner un coup de langue réconfortant à Perle de Pluie.

Feuille de Lune poussa son ballot d'herbes vers la jeune chatte écaille.

« Voici des feuilles de bourrache, expliqua-t-elle. Pour favoriser la montée de lait. » Elle hésita avant d'ajouter : « Si tu n'arrives pas à dormir, je peux te donner des graines de pavot, mais il vaudrait mieux pour tes petits que tu t'en passes.

— C'est bon, je n'en aurai pas besoin. »

Poil de Châtaigne prit une bouchée de feuilles et grimaça avant d'avaler le tout.

« Poil de Fougère, et si tu allais lui chercher un morceau de gibier ? suggéra la guérisseuse. Quant à toi, Perle de Pluie, tu ferais mieux de rester là pendant que je regarde cette patte.

— Je reviens tout de suite, promit Poil de Fougère avant de partir.

— C'est ma faute, si Museau Cendré est morte, articula Poil de Châtaigne d'une voix éraillée. Elle aurait pu s'échapper, mais elle est restée pour m'aider.

— Mais non, voyons, tu n'as rien à te reprocher. » Le ton de Feuille de Lune était inhabituellement sec. « Museau Cendré ne faisait que son devoir.

— C'est vrai, renchérit Poil d'Écureuil. Imagine, Poil de Châtaigne... si Museau Cendré t'avait laissée, le blaireau aurait pu te tuer toi, et tes petits. À sa place, tout le monde aurait fait pareil. »

Poil de Châtaigne secoua la tête en frissonnant.

« Ils sont magnifiques », annonça Griffe de Ronce pour lui changer les idées.

Pour la première fois, il put regarder de près les derniers-nés du Clan du Tonnerre.

« Les as-tu déjà baptisés ?

— Oui. Celui-là, c'est Petit Loir. » Elle posa le bout de sa queue sur la tête du plus gros des chatons. « C'est le seul mâle. Et voici Petit Miel, et Petit Pavot. » Elle désigna tour à tour un chaton au pelage brun clair tigré et un autre blanc et écaille qui ressemblait à une version miniature de sa mère. « Et voici Petite Cendre. »

Griffe de Ronce entendit Poil d'Écureuil hoqueter. Lui aussi, il fut troublé par l'apparence si familière de cette petite boule de poils grise. Il jeta malgré lui un coup d'œil vers la dépouille de Museau Cendré. Feuille de Lune, penchée sur la patte de Perle de Pluie, s'immobilisa un instant.

« Museau Cendré serait touchée par cette attention, miaula-t-elle doucement.

— Ils ont tous l'air robustes, et en bonne santé, reprit Griffe de Ronce. Viens, Poil d'Écureuil, nous devons nous occuper de Museau Cendré. »

Du bout de la queue, la rouquine toucha l'épaule de sa sœur.

« Tu devrais prendre le temps de te reposer, lui conseilla-t-elle. Tu as l'air épuisée.

— Je n'ai pas le temps de dormir, répondit Feuille de Lune sans la regarder. Que vont devenir tous les blessés si je pars faire une sieste ?

— Je m'inquiète pour toi, c'est tout. »

Cette fois-ci, la guérisseuse ne répondit pas. Elle n'avait qu'une hâte : qu'on la laisse s'occuper de Perle de Pluie en paix.

« Viens, dit Griffe de Ronce à la guerrière, avant d'ajouter à voix basse : laisse-la un peu tranquille. Elle peut gérer la situation. Elle a juste besoin de temps. »

Poil d'Écureuil n'était pas convaincue. Pourtant, elle aida Griffe de Ronce à sortir le corps inerte de Museau Cendré de la pouponnière. Chipie et ses chatons attendaient toujours à l'entrée, près de Flocon de Neige et Fleur de Bruyère. Cœur Blanc, revenue avec des feuilles de souci, soignait les blessures de Nuage de Frêne.

« Mais tu ne peux pas partir, protestait Flocon de Neige. Votre place est ici, à toi et tes petits. »

Chipie fit non de la tête, les yeux rivés sur le cadavre de la guérisseuse.

« Mes chatons auraient pu se faire tuer, miaula-t-elle. Ou moi. Et alors, que seraient-ils devenus ? Ils seront plus en sécurité là-bas, dans la grange. »

Les trois boules de poils poussèrent des cris de protestation.

« Tu oublies les Bipèdes ! s'emporta le guerrier blanc. Tu es venue ici car tu craignais qu'ils ne te volent tes petits ! »

Confuse, Chipie fit rentrer et sortir ses griffes. Cœur Blanc intervint alors :

« Ils ne risquent peut-être plus rien, à présent. Après tout, ils sont presque assez grands pour être utiles aux Bipèdes. Ils pourront bientôt chasser les rats et les souris de la grange.

— Mais on ne veut pas retourner là-bas ! gémit Petit Sureau. On veut rester ici. »

Chipie le gifla d'un coup de queue.

« Tu ne sais pas de quoi tu parles. Tu veux vraiment qu'un blaireau vienne te manger ?

— Mais vous êtes indemnes, tous les quatre, fit remarquer Poil d'Écureuil. Le Clan s'est chargé de vous protéger.

— S'il te plaît, reste, l'implora Fleur de Bruyère. La vie sera bien plus facile avec l'arrivée de la saison des feuilles nouvelles. »

Chipie la toisa, peu convaincue.

« Peux-tu me promettre que les blaireaux ne reviendront pas ?

— Personne ne peut te le promettre, répondit Flocon de Neige. Mais je parie qu'on ne les reverra pas de sitôt. »

Chipie secoua la tête avant de pousser ses chatons dans la pouponnière.

« Allez. Vous devez vous reposer, après une nuit aussi terrible.

— Mais on n'est pas fatigués », se plaignit Petit Mulot.

Leur mère ne répondit pas. Elle jeta un ultime regard à Flocon de Neige, plus apeurée et perdue que jamais, avant de disparaître à l'intérieur.

« Je vais m'assurer qu'elle va bien, annonça Fleur de Bruyère en la suivant.

— Chipie a peut-être raison, vous savez, miaula Cœur Blanc en évitant de regarder Flocon de Neige. Ils se sentiraient peut-être davantage en sécurité dans leur grange. »

Flocon de Neige ouvrit la gueule pour protester, avant de la refermer.

« Tu ferais mieux d'aller à la tanière de Feuille de Lune, lui conseilla Cœur Blanc comme pour changer de sujet. Ta griffe s'est remise à saigner. Il te faut d'autres toiles d'araignées. »

Le guerrier blanc jeta un coup d'œil vers la pouponnière avant de marmonner :

« Très bien, j'y vais de ce pas. »

Griffe de Ronce reporta son attention sur Museau Cendré. Son cœur se serra à la vue du pelage gris soyeux, des yeux bleus vitreux. Poil d'Écureuil se tenait près de lui, tête basse. Lorsqu'il la sentit frissonner, il se pressa contre elle en espérant qu'elle ne le repousserait pas. Comme elle ne bougea pas, il ferma les yeux et savoura son doux parfum.

« Viens, murmura-t-il. La nuit sera courte. Il est temps de la veiller. »

À eux deux, ils portèrent le corps de la guérisseuse au milieu de la clairière et la déposèrent près de Pelage de Suie. Le museau enfoui dans la fourrure grise de ce dernier, Patte d'Araignée et Nuage Ailé veillaient leur camarade morte au combat.

« Au revoir, chuchota Griffe de Ronce en touchant le pelage de Museau Cendré du bout de la truffe. Le Clan des Étoiles t'honorera.

— Tu vas nous manquer, ajouta Poil d'Écureuil. Nous ne t'oublierons jamais. »

Griffe de Ronce aurait aimé s'allonger près de la défunte pour la veiller correctement, mais il y avait trop à faire. Il rejoignit Étoile de Feu, qui parlait toujours à Pelage d'Orage, Source et Minuit.

« Je pense qu'on devrait commencer par le repaire des guerriers », lança-t-il.

Minuit s'inclina devant le meneur.

« Moi partir, maintenant. Nuit propice au voyage.

— Mais tu dois être aussi épuisé que nous autres, protesta Étoile de Feu. Reste avec nous, le temps de te reposer un peu. »

Le blaireau tourna sa tête rayée de blanc pour inspecter le camp dévasté.

« Moi plus rien à faire ici. Moi retourner à ma caverne près de la mer, pour entendre vagues sur rivage, souffle du vent dans herbes.

— Le Clan du Tonnerre aurait été anéanti si tu n'avais pas amené le Clan du Vent à la rescousse. Nous ne te remercierons jamais assez.

— Pas de quoi me remercier. Moi venir trop tard. Mes frères refuser la paix.

— Je me demande s'ils vont revenir, réfléchit tout haut Étoile de Feu. Les patrouilles devront rester sur leurs gardes.

— Moi aussi, promit Minuit. Si moi apprendre quelque chose, moi venir ou envoyer message. Pour l'instant, moi partir, moi dire adieu à mes amis félins.

— Au revoir, Minuit, miaula Pelage d'Orage. Ça m'a fait plaisir de te revoir. »

Les petits yeux du blaireau s'attardèrent un instant sur le guerrier gris.

« Esprits veiller sur toi, lui dit-il. Clan des Étoiles, et Tribu de la Chasse Éternelle aussi. Dur est ton chemin, et il est loin d'être fini.

— Merci, Minuit, répondit Pelage d'Orage, la tête inclinée.

— Si seulement tu n'étais pas obligé de partir », soupira Griffe de Ronce à Minuit. En jetant un coup d'œil vers son chef, il ajouta : « Ne pourrais-tu pas te trouver un terrier dans les bois et rester avec nous ?

— S'il te plaît ! » l'implora Poil d'Écureuil.

Le vieux blaireau secoua la tête, le regard animé d'une lueur de sagesse.

« Moi pas chez moi ici. Mais si Clan des Étoiles le veut, nous nous retrouverons un jour.

— Je l'espère, miaula Griffe de Ronce.

— Au revoir, alors. » Étoile de Feu s'inclina devant l'animal, en signe de respect. « Le Clan du Tonnerre ne t'oubliera pas. »

Il l'accompagna jusqu'à la sortie, comme si lui non plus ne voulait pas qu'il s'en aille. Pelage de Poussière et Tempête de Sable, qui rassemblaient les débris de la barrière détruite, s'arrêtèrent un instant pour faire leurs adieux.

Griffe de Ronce le regarda partir. C'était la deuxième fois que Minuit sauvait le Clan du Tonnerre. Comment feraient-ils sans lui, alors qu'il vivait si loin, dans sa caverne où le soleil sombrait dans la mer ? Le matou tacheté n'était même pas certain de pouvoir retrouver la falaise sablonneuse.

Je dois m'accrocher, se dit-il. *J'aiderai les miens jusqu'à mon dernier souffle. Le Clan du Tonnerre a besoin de moi plus que jamais.*

« Bon, miaula Pelage d'Orage près de lui, et maintenant, que faut-il faire ?

— Je crois que personne ne manque à l'appel, répondit Griffe de Ronce. Feuille de Lune et Cœur Blanc s'occupent des blessés. Nous avons tous besoin de reprendre des forces et de dormir. Pour cela, il nous faut des tanières. Et du gibier frais.

— Source et moi, nous chasserons pour le Clan à l'aube, promit le guerrier gris. En attendant, nous allons nous charger du gîte des guerriers. Où est-il ? »

Bonne question, se dit Griffe de Ronce. Du bout de la queue, il lui désigna le buisson d'aubépine écrasé, au fond de la combe.

« Là-bas », répondit-il.

Les branches de l'arbuste, fournies et basses, offraient un abri idéal contre la bise et la pluie glaciale de la mauvaise saison. Mais les blaireaux avaient détruit le feuillage pour atteindre les guerriers réfugiés à l'intérieur. À présent, le buisson ne ressemblait plus guère à un repaire.

« D'accord, je m'en charge, annonça Pelage d'Orage avant de s'éloigner.

— Source, tu pourrais vérifier que les anciens vont bien, suggéra Poil d'Écureuil. Leur tanière se trouve sous le noisetier noueux, là-bas. Si tu as besoin d'aide, viens me voir. »

La chasse-proie acquiesça avant de disparaître dans l'ombre.

Griffe de Ronce allait rejoindre Pelage d'Orage lorsque Pelage de Granit arriva.

« Tu comptes veiller Pelage de Suie et Museau Cendré ? demanda ce dernier à Poil d'Écureuil.

— Vas-y sans moi, répondit-elle. Pour le moment, je préfère aider à reconstruire le camp. Si j'ai le temps, je vous rejoindrai plus tard. Museau Cendré et Pelage de Suie comprendraient.

— Entendu, dit-il, peiné par son refus. À plus tard. »

Sur ces mots, il partit retrouver les autres félins étendus autour des deux défunts.

Du bout de la queue, Poil d'Écureuil donna une pichenette sur l'oreille de Griffe de Ronce.

« Tu ferais mieux de montrer tes blessures à Feuille de Lune, non ? » suggéra-t-elle.

Même s'il était encore sous le choc, après la bataille, le regard de Poil d'Écureuil le fit ronronner comme un chaton.

« Pas tout de suite, répondit-il. Feuille de Lune a bien assez à faire, et la plupart des guerriers sont plus blessés que moi. Je vais aller aider Pelage d'Orage à retaper le gîte des guerriers. Tout le monde est épuisé, et l'aube n'est plus très loin.

— Dans ce cas, je me charge de la réserve de gibier. Les prises ont dû être éparpillées, mais les blaireaux n'ont pas dû avoir le temps de toutes les prendre. Je réussirai peut-être à en récupérer assez pour nous faire patienter jusqu'à l'aube. Si je le peux, je t'apporterai un morceau.

— Merci. »

Il la regarda traverser la clairière avant de se diriger vers Pelage d'Orage. Le moindre de ses muscles le mettait au supplice et la blessure à son épaule le lançait. Il était si épuisé qu'il peinait à mettre une patte devant l'autre. Mais ses camarades avaient besoin de lui. Il *devait* trouver la force nécessaire.

Le buisson d'aubépine qui abritait l'antre des guerriers poussait au pied de la plus haute muraille, non loin de l'éboulis menant à la Corniche. En approchant, il remarqua que, même si les branches extérieures étaient brisées et piétinées, les branches intérieures, plus près du tronc, étaient intactes. Il espérait qu'il resterait assez de place pour tout le monde, quitte à ce que les guerriers se serrent un peu jusqu'à ce que des branches nouvelles apparaissent à la saison des feuilles vertes.

Pelage d'Orage sortit soudain du buisson. Il tirait derrière lui un tas de branchages piquants et emmêlés.

« Voilà », haleta-t-il en lâchant son fardeau pour reprendre son souffle. Les yeux plissés, il ajouta : « Tu ferais mieux de te reposer, tu sais. Tu as l'air à bout de forces.

— Nous en sommes tous là. Je ne peux pas dormir maintenant. Il y a bien trop à faire.

— Ça, c'est sûr », confirma le guerrier gris en balayant la clairière du regard.

Poil d'Écureuil leur apporta deux souris.

« C'est pour vous, dit-elle à Griffe de Ronce. Mange. Tu dois prendre des forces. Et toi aussi, Pelage d'Orage, ajouta-t-elle en poussant le second rongeur vers lui.

— Non, merci, répondit ce dernier. Source et moi, nous avons chassé en chemin. Je n'ai pas faim, pour le moment.

— Comme tu veux. Je vais la donner aux anciens, alors. J'ai retrouvé plein de gibier, annonça-t-elle à

Griffe de Ronce. Les morceaux sont un peu aplatis, mais ça ira jusqu'à demain. »

Dans un battement de queue, elle ramassa la souris restante avant de s'éloigner.

Griffe de Ronce dévora sa pièce de viande en quelques bouchées avant d'aider Pelage d'Orage à sortir les branches brisées. L'effort rouvrit sa plaie à l'épaule et elle saigna de nouveau. Les épines, qui lui piquaient les pattes et griffaient ses flancs, lui valurent quelques égratignures supplémentaires.

Tandis qu'il sortait du gîte à reculons en tirant une branche particulièrement rétive, il sentit le parfum de Poil d'Écureuil. Il laissa tomber le bout de bois pour se tourner vers elle. Elle se tenait derrière lui, une boule de mousse gorgée d'eau dans la gueule.

Elle la déposa devant lui.

« Je pensais que tu devais avoir soif.

— Merci. »

En lapant l'eau, il se dit qu'il n'avait jamais rien goûté d'aussi délicieux. Aussitôt, il se sentit revigoré.

Une fois qu'il eut bu tout son saoul, Poil d'Écureuil reprit la boule de mousse et la tamponna doucement sur son épaule blessée. Leurs regards se croisèrent. Griffe de Ronce frissonna de la sentir si proche de lui.

« Poil d'Écureuil, je suis désolé pour tout... murmura-t-il.

— Je sais », le coupa-t-elle.

Griffe de Ronce aurait pu rester là une éternité, à noyer son regard dans les prunelles vertes de la rouquine. Mais un bruit détourna son attention. En levant la tête, il remarqua que Pelage de Granit le dévisageait.

Le guerrier gris pâle, qui avait fini de veiller les

morts, traversait à présent la clairière en direction du rideau de ronces à l'entrée de la tanière de la guérisseuse.

Griffe de Ronce recula d'un pas pour regarder Poil d'Écureuil droit dans les yeux.

« Et Pelage de Granit ? » s'enquit-il.

Inutile d'en dire davantage : Poil d'Écureuil et Pelage de Granit étaient devenus très proches, et ce dernier pourrait légitimement penser que Griffe de Ronce lui ôtait la proie de la gueule.

Poil d'Écureuil laissa tomber la mousse.

« Ne t'inquiète pas pour lui. Je lui parlerai. » Si son regard semblait mélancolique, son ton exprimait sa détermination. Du bout de la truffe, elle frôla le museau de Griffe de Ronce. « Je dois aller chercher de l'eau pour les anciens. À tout à l'heure. »

Abasourdi, il la regarda s'éloigner un moment avant de reprendre la branche dans sa gueule. Il n'arrivait pas à croire que les choses aient pu changer si vite, qu'ils aient à peine eu besoin de se parler pour se réconcilier. Leurs disputes, leurs remarques blessantes, tout avait disparu dans la mêlée qui les avait opposés aux blaireaux. Au cœur du danger, ils avaient compris à quel point ils comptaient l'un pour l'autre. À présent, seules importaient les nombreuses lunes qu'ils vivraient ensemble.

Au moment où il parvint enfin à libérer la branche, Pelage d'Orage émergea de la tanière en poussant devant lui un agglomérat de mousse et d'épines.

« Je suis content de voir que Poil d'Écureuil et toi, vous vous entendez toujours aussi bien, lança-t-il.

— Oui, elle est formidable », marmonna Griffe de

Ronce. Il ne voulait pas lui parler du froid qui avait régné quelques lunes entre eux. « Et si on emportait ces branches à Tempête de Sable, pour la barrière ?

— D'accord. » Pelage d'Orage semblait presque amusé, comme s'il devinait que le guerrier tacheté avait délibérément changé de sujet. « Tu sais, j'éprouve la même chose pour Source. »

La jeune chatte de la Tribu venait justement vers eux, une énorme boule de mousse dans la gueule.

« Les anciens vont bien, annonça-t-elle après avoir posé son fardeau. Feuille de Lune a couvert de toiles d'araignées les coupures de Poil de Souris et leur a donné à tous des graines de pavot pour les aider à dormir. Poil d'Écureuil est partie leur chercher à boire.

— Merci pour ton aide, Source, miaula Griffe de Ronce en désignant la mousse du bout du museau.

— Je l'ai enlevée de la tanière des anciens car elle est pleine d'épines. Personne ne pourrait dormir là-dessus. Peux-tu m'indiquer les endroits les plus riches en mousse ?

— Tu es certaine de ne pas être trop fatiguée ? s'inquiéta Griffe de Ronce. Vous venez de loin, tous les deux.

— Je suis en meilleure forme que toi, rétorqua la chasse-proie, les oreilles frémissantes. De plus, nous avons pris notre temps. Voilà plus d'une lune que nous avons quitté la Tribu.

— On commençait à croire qu'on ne vous retrouverait jamais, soupira Pelage d'Orage.

— Comment êtes-vous arrivés jusqu'ici, d'ailleurs ? Est-ce que la Tribu de la Chasse Éternelle vous a montré le chemin ? »

Les deux visiteurs échangèrent un regard.

« Si seulement… se lamenta Pelage d'Orage. On serait arrivés plus tôt. On a erré dans les collines jusqu'au jour où on a croisé un solitaire qui connaissait des chats cohabitant avec des chevaux. Vous les connaissez ?

— Oui, ceux de la grange, confirma Griffe de Ronce. En fait, l'une d'entre eux est venue vivre avec nous, avec ses petits.

— Eh bien, ces chats ont dit au solitaire qu'une cohorte de félins venait de s'installer dans la région. Ça ne pouvait être que vous. Le solitaire nous a indiqué le chemin à suivre.

— Tu n'es pas encore retourné voir le Clan de la Rivière ? »

Pelage d'Orage fit non de la tête, mais avant qu'il puisse s'expliquer, Source posa la patte sur l'épaule de Griffe de Ronce.

« Hé, tu as oublié la mousse ? miaula-t-elle. Tes anciens attendent…

— Oui, bien sûr. Emportons ces épines à l'entrée, puis je te montrerai. »

Les deux guerriers tirèrent les branchages jusqu'à Tempête de Sable, Pelage de Poussière et Étoile de Feu, qui s'efforçaient de rebâtir la barrière. Source les suivit avec sa boule de mousse.

« Par là, dit-il en pointant le bout de la queue vers la forêt. Va tout droit, et tu trouveras plein de mousse sur les racines des arbres.

— Je t'accompagne, annonça Pelage d'Orage. On ne sait jamais, il reste peut-être des blaireaux dans les environs.

— J'ai posté des gardes, lança Étoile de Feu en pointant les oreilles vers le sommet de la combe. Les bois sont sûrs, à présent. »

Effectivement, Griffe de Ronce discerna les silhouettes de Flocon de Neige et Cœur d'Épines.

Pelage d'Orage suivit son regard, puis se tourna vers Source.

« Je t'accompagne quand même. Il nous faudra aussi de la mousse pour la tanière des guerriers. »

Ils disparurent tous deux dans la forêt. Au moment où Griffe de Ronce s'avançait dans la clairière pour se remettre à l'ouvrage, Feuille de Lune sortit de son antre. Lorsqu'elle passa devant le corps de Museau Cendré, elle posa un instant sa truffe sur la douce fourrure de son mentor.

« Pardonne-moi, Museau Cendré. Je voudrais pouvoir te veiller, mais il y a trop à faire. Je sais que tu me comprends. »

En relevant la tête, elle aperçut Griffe de Ronce. Elle inspira profondément avant de s'approcher.

« Suis-moi immédiatement dans ma tanière, miaula-t-elle. Tes blessures doivent être soignées.

— Mais...

— Il n'y a pas de “mais”. Fais ce que je te dis. » Feuille de Lune semblait soudain aussi autoritaire que sa sœur, Poil d'Écureuil. « À quoi serviras-tu si ton épaule s'infecte ?

— D'accord, soupira-t-il. J'arrive. » Au moment où la jeune guérisseuse le frôlait, il posa le bout de sa queue sur son épaule. « Merci, Feuille de Lune. Merci d'être revenue. Le Clan du Tonnerre a besoin de toi. »

Feuille de Lune lui jeta un regard plein de tristesse

avant de poursuivre son chemin vers son père et sa mère.

« Étoile de Feu ! lança-t-elle. Je n'ai pas encore eu le temps d'examiner tes blessures. »

En chemin vers l'antre de la guérisseuse, Griffe de Ronce se retrouva bientôt nez à nez avec Pelage de Granit, qui émergeait du rideau de ronces. Son oreille déchirée était enveloppée de toiles d'araignées, et d'autres couvraient son flanc et sa patte avant.

« Comment ça va ? s'enquit Griffe de Ronce lorsque son camarade le dépassa.

— Bien, merci », répondit l'autre d'un ton sec.

Griffe de Ronce le regarda filer jusqu'à la pouponnière, où Poil de Fougère et Patte d'Araignée s'efforçaient d'évacuer les ronces brisées. Pelage de Granit se mit au travail à leurs côtés.

Devant la faille rocheuse qui abritait la tanière de Feuille de Lune, Nuage de Frêne dormait sur un nid de fougères, roulé en boule, une patte sur le nez. Ce n'était qu'un apprenti, mais il avait combattu avec courage et avait protégé Chipie et ses petits pendant qu'ils fuyaient la combe. Les entailles de son arrière-train disparaissaient sous un cataplasme de feuilles de souci. L'odeur âcre des herbes mâchées chatouilla les narines du guerrier tacheté.

Non loin, Perle de Pluie gisait lui aussi sur des fougères. Il leva la tête à l'approche de Griffe de Ronce et cligna des yeux.

« Tout se passe bien, Griffe de Ronce ? s'enquit-il d'une voix ensommeillée.

— Oui, ce n'est qu'une question de temps. Et ta patte ?

— Elle n'est pas cassée, le Clan des Étoiles soit loué. Juste déboîtée, répondit-il dans un bâillement. Feuille de Lune l'a remise en place. »

Il referma les yeux et posa la truffe sur ses pattes.

Cœur Blanc émergea de la faille, la gueule pleine de plantes. Elle salua Griffe de Ronce d'un signe de tête avant de renifler les deux blessés.

« Ils sont en bonne voie, déclara-t-elle. Griffe de Ronce, lorsque Feuille de Lune reviendra, dis-lui que je suis partie voir Poil de Fougère, dans la pouponnière. Je vais le soigner là-bas, où il pourra rester avec Poil de Châtaigne.

— Entendu. »

Il s'assit près des deux chats endormis. Feuille de Lune arriva un instant plus tard, suivie d'Étoile de Feu. Elle examina soigneusement Griffe de Ronce puis nettoya sa blessure à l'épaule à grands coups de langue.

« C'est la seule entaille sérieuse, annonça-t-elle. Tu dois venir me la montrer tous les jours, d'accord ? Attends-moi là, je vais chercher des feuilles de souci. »

Elle s'immobilisa un instant, les yeux dans le vide, puis elle inspira profondément et disparut dans son antre.

« Elle va s'en remettre ? demanda Griffe de Ronce à Étoile de Feu. Elle s'occupe des autres, mais personne ne s'occupe d'elle.

— Je demanderai à Poil d'Écureuil de la tenir à l'œil. »

Feuille de Lune revint avec les feuilles, qu'elle entreprit de mâcher pour faire un cataplasme.

« Nous avons épuisé nos réserves, soupira-t-elle, le

bout d'une feuille dépassant de sa gueule. Il faudra que quelqu'un aille en cueillir demain matin à l'aube.

— J'y veillerai, promit son père. À moins que... Griffe de Ronce, peux-tu te charger de l'organisation ? Trouve quelqu'un qui n'est pas trop blessé.

— Bien sûr. »

Il s'inclina avant de regagner la clairière, où Pelage d'Orage lui fit signe près du gîte des guerriers.

« Je crois qu'on a fini pour ce soir, soupira le guerrier de la Tribu. Nous avons retiré les plus grosses branches, et j'ai tapissé le sol de mousse fraîche. Vous serez peut-être un peu à l'étroit mais, au moins, vous pouvez tous vous reposer maintenant.

— Et toi ? Et Source ?

— Nous sommes encore d'attaque. Nous garderons le camp jusqu'à l'aube.

— Merci. »

Griffe de Ronce sentait soudain ses pattes se dérober sous lui. Il était épuisé. Il salua son ami avant de s'engouffrer dans le buisson d'aubépine.

Il repéra un coin dégagé près du tronc. Patte d'Araignée et Pelage de Granit dormaient déjà. Derrière eux, Pelage de Poussière et Fleur de Bruyère faisaient leur toilette. Le guerrier tacheté les salua vaguement avant de s'effondrer parmi la mousse et les fougères. Un instant plus tard, il sombra dans le sommeil comme dans une mer ténébreuse.

CHAPITRE 3

Tapie au centre de la clairière, près du corps de Museau Cendré, Feuille de Lune battit des cils afin de chasser le sommeil. Étoile de Feu était couché près d'elle, la truffe enfouie dans la fourrure grise de son amie, les yeux à peine entrouverts comme s'il était perdu dans les souvenirs de celle qui avait jadis été son apprentie. Les premières lueurs de l'aube pointaient dans le ciel.

La gueule entrouverte, Feuille de Lune voulut humer une dernière fois le parfum de son cher mentor : seule lui parvint l'odeur de la mort. Elle était venue veiller Museau Cendré après avoir fini de traiter les blessés, mais la fatigue avait eu raison d'elle et elle s'était assoupie. *Je n'ai même pas réussi à veiller pour toi*, pensa-t-elle, au désespoir.

Elle n'oublierait jamais le cauchemar qui l'avait réveillée, lors de son escapade avec Plume de Jais. Elle avait entendu le terrible cri de douleur poussé par Museau Cendré lorsque le blaireau lui avait asséné son coup fatal. *J'aurais dû rester là*, se lamenta-t-elle, dévastée par la culpabilité.

Elle avait beau avoir rejoint son Clan de son plein gré, ses pensées étaient hantees par Plume de Jais. Tout en lui lui manquait : la lueur dans son regard ambré lorsqu'il lui disait à quel point il l'aimait ; le chagrin dans sa voix lorsqu'il avait compris que son cœur la portait à revenir vers le Clan du Tonnerre, plutôt que de rester avec lui Feuille de Lune avait dû affronter un terrible dilemme mais, au bout du compte, elle savait que sa place était là, dans la combe rocheuse. Elle avait renoncé à Plume de Jais, et perdu Museau Cendré. Il ne lui restait plus qu'une seule chose à accomplir : son devoir de guérisseuse.

Elle se releva et étira ses membres en prenant soin de ne pas déranger son père. Elle reconnut Pelage d'Orage, qui montait la garde juste devant le gîte des guerriers. De l'autre côté de la clairière, Source surveillait l'entrée. D'autres félins commençaient à remuer. Poil de Fougère sortit la tête de la pouponnière, avant de redisparaître à l'intérieur. Un instant plus tard, Griffe de Ronce et Pelage de Poussière émergèrent à leur tour, la truffe levée bien haut.

Sous peu, les anciens porteraient les corps de Museau Cendré et de Pelage de Suie hors du camp, où ils seraient enterrés. Feuille de Lune se pencha sur Museau Cendré. Elle posa la tête sur l'épaule de son mentor avant de se frotter à sa douce fourrure grise. Les yeux clos, elle tenta de repérer l'esprit de Museau Cendré mais, dans le ciel, les guerriers du Clan des Étoiles disparaissaient à mesure que le jour se levait.

Museau Cendré ? Dis-moi que tu es toujours à mes côtés !

Feuille de Lune essaya de s'imaginer en train de fouler le ciel au milieu des étoiles, de frôler les fourrures argentées, mais elle ne repéra nulle part le parfum familier de Museau Cendré. Son mentor l'avait-elle rejetée parce qu'elle avait quitté le Clan du Tonnerre pour rejoindre Plume de Jais ? N'entendrait-elle donc plus jamais sa voix, même en rêve ?

Museau Cendré, je suis désolée ! Pardon ! Ne me laisse pas toute seule !

« J'en suis capable. Je n'ai pas besoin de mes yeux pour porter mes camarades de Clan. »

Les paroles de Longue Plume interrompirent la prière désespérée de la jeune guérisseuse. Les trois anciens approchaient, Poil de Souris en tête, tandis que Bouton-d'Or guidait Longue Plume.

« Évidement, renchérit Poil de Souris. Nous les porterons ensemble, ne t'en fais pas. »

Étoile de Feu se leva à son tour. Ses blessures et la fatigue raidissaient ses mouvements. Nuage Ailé émergea de la tanière des apprentis. Elle jeta des coups d'œil nerveux dans la clairière comme pour s'assurer que les blaireaux n'étaient pas revenus. Cœur d'Épines, le mentor de Pelage de Suie, vint fourrer son museau une dernière fois dans la fourrure grise et froide du novice.

« Tu l'as bien formé, murmura Feuille de Lune. Il est mort avec courage, en se battant pour ses camarades. »

Perle de Pluie se faufila entre les chats rassemblés autour des corps. Feuille de Lune remarqua qu'il parvenait à prendre un peu appui sur sa patte blessée. Voilà qui était bon signe, même s'il faudrait du temps pour que les muscles déchirés soient parfaitement guéris.

« Fais attention, le mit-elle en garde. Tu boiteras pour toujours si tu forces trop. »

Perle de Pluie acquiesça avant de s'adresser à Poil de Souris :

« Laissez-moi vous aider, s'il vous plaît. Pelage de Suie était mon frère.

— Si tu le souhaites », répondit Poil de Souris.

Perle de Pluie et l'ancienne soulevèrent le corps du guerrier, tandis que Bouton-d'Or et Longue Plume se chargeaient de Museau Cendré. Feuille de Lune dut s'arracher à son mentor pour les laisser l'emporter. Le parfum de sa sœur vint lui chatouiller les narines et, aussitôt, elle sentit le chaud pelage de Poil d'Écureuil contre son flanc. La guérisseuse s'appuya sur elle, réconfortée par sa présence.

Les membres du Clan baissèrent la tête lorsque les anciens franchirent la barrière défoncée pour se diriger vers les bois.

Ensuite, Étoile de Feu organisa les patrouilles. Poil d'Écureuil se tourna vers Griffe de Ronce, puis ils se dirigèrent d'un même pas vers la tanière des guerriers, flanc contre flanc.

Feuille de Lune dressa les oreilles, étonnée de les voir si proches. Elle pensait que sa sœur et le guerrier tacheté ne se parlaient plus. Elle chercha Pelage de Granit du regard et découvrit qu'il les observait lui aussi. L'expression furieuse du mâle gris l'inquiéta.

Soudain, un songe ancien lui revint en mémoire : au cours de ce rêve, elle avait erré dans une forêt inconnue et sombre, loin du Clan des Étoiles. Dissimulée à l'orée d'une clairière, elle avait surpris Étoile du Tigre en plein entraînement avec ses deux fils, Griffe de Ronce et Plume de Faucon. Ils les encourageaient à prendre le pouvoir au sein de leur Clan. Griffe de Ronce avait reçu un héritage effrayant, et Feuille de Lune n'était pas certaine qu'il serait suffisamment fort pour résister aux manigances de son père. Elle trembla pour sa sœur.

Devait-elle en parler à Poil d'Écureuil ? Elle fit un pas vers elle, avant de s'arrêter. Elle avait suffisamment à faire, avec tous les blessés à soigner. De plus, se mêler des amours des autres ne faisait pas partie de ses devoirs de guérisseuse. Comme le rêve n'était pas un signe du Clan des Étoiles, elle ne pouvait être certaine qu'il s'agisse d'une mise en garde.

Elle s'approcha de Pelage de Granit.

« Je dois examiner tes blessures, annonça-t-elle. Surtout ton oreille déchirée. »

Les yeux du guerrier, qui n'avaient pas quitté Poil d'Écureuil, luisaient de rage.

« D'accord », fit-il.

Il resta immobile tandis que Feuille de Lune reniflait les plaies de son flanc et de sa patte, et étudiait de près son oreille.

« Pas de signe d'infection, annonça-t-elle. Si tu le souhaites, je peux te donner des graines de pavot pour t'aider à dormir.

— Non, merci. Ça ira. »

Il jeta un ultime regard vers la tanière des guerriers avant de rejoindre Pelage de Poussière et Patte d'Araignée, qui s'efforçaient de rebâtir la barrière de ronces.

Elle allait regagner son antre lorsque Cœur Blanc et sa fille, Nuage Ailé, trottèrent vers elle.

« Feuille de Lune, veux-tu que j'aille ramasser des herbes ? proposa la guerrière. Griffe de Ronce est d'accord pour que j'emmène Nuage Ailé.

— Merci, ça m'aiderait beaucoup. »

Elle salua l'apprentie d'un hochement de tête amical. La novice semblait nerveuse. *Elle s'imagine peut-être que la forêt grouille de blaireaux. On ne peut pas lui en vouloir.*

« Nous avons avant tout besoin de feuilles de souci, ajouta-t-elle. Vous en trouverez plein au bord de la rivière.

— Oui, je connais un bon coin. Le Clan des Étoiles soit loué, la saison des feuilles nouvelles est arrivée. »

Feuille de Lune avait accepté leur aide avec gratitude. Elle avait honte à présent d'avoir cru que Cœur Blanc cherchait à prendre sa place auprès de Museau Cendré.

« Heureusement que Museau Cendré t'a transmis toutes ces connaissances, miaula-t-elle. Ton aide va m'être précieuse. »

L'œil valide de la guerrière brilla de plaisir.

« Allons-y, Nuage Ailé », lança-t-elle, avant de bondir vers la sortie, sa fille sur les talons.

Feuille de Lune regagna sa tanière. Réveillé par le bruissement du rideau de ronces, Nuage de Frêne tenta de se mettre debout, avant de retomber sur sa litière.

« Reste couché, lui conseilla-t-elle. Je vais examiner ton œil. »

Nuage de Frêne l'inquiétait plus que tous les autres blessés. Il était bien trop jeune, jamais il n'aurait dû participer à une bataille si sanglante. Au contraire d'un adulte, il n'avait pas les ressources physiques nécessaires pour se remettre de blessures si graves.

La griffure près de l'œil de l'apprenti était rouge et gonflée. Son iris apparaissait à peine entre ses paupières. *Il a eu beaucoup de chance de ne pas finir borgne*, se dit-elle.

Dans la fissure où elle gardait ses réserves, elle prit les deux dernières feuilles de souci, qu'elle réduisit en pulpe avant de rejoindre le jeune blessé. Lorsqu'elle voulut lui appliquer le remède sur l'œil, le jeune matou s'écarta.

« Ça pique, gémit-il.

— Je sais. Je suis désolée. Mais tu auras plus mal encore si la plaie s'infecte. Allez, l'encouragea-t-elle, tu n'es plus un chaton, à présent. »

Nuage de Frêne acquiesça. Il se prépara à souffrir, les membres raides. Feuille de Lune poussa un soupir de soulagement en voyant le jus dégouliner dans l'œil gonflé.

« Essaie de dormir, suggéra-t-elle après avoir regardé son arrière-train blessé. Veux-tu des graines de pavot ?

— Non, ça ira, répondit-il avant de se rouler en boule. Peux-tu prévenir Pelage de Granit que je ne pourrai pas m'entraîner aujourd'hui ?

— Bien sûr », répondit Feuille de Lune.

Elle attendit qu'il se soit rendormi puis se dirigea vers la pouponnière, la gueule pleine de feuilles de bourrache. En chemin, elle aperçut Pelage d'Orage et

Source, qui rentraient au camp chargés de pièces de gibier. Elle se rendit compte qu'elle mourait de faim. Quand avait-elle mangé pour la dernière fois ? Sans doute avant que Plume de Jais et elle ne rentrent au camp à toute allure.

Elle s'avança vers les deux membres de la Tribu. Un petit monticule de proies trônait déjà à leurs pattes, preuve que les deux visiteurs travaillaient dur pour le Clan depuis l'aube.

« Bonjour, miaula Source. J'allais justement t'apporter un morceau.

— Inutile, merci. Je mangerai là, répondit Feuille de Lune en posant la bourrache. Si tu es certaine qu'il y en a assez pour tout le monde. Est-ce que Poil de Châtaigne et les anciens ont déjà eu leur part ?

— Je vais les voir de ce pas, annonça Pelage d'Orage. Prends ce que tu veux, Feuille de Lune. La forêt est giboyeuse et Tempête de Sable et Flocon de Neige sont eux aussi partis chasser. »

Sur ces mots, il attrapa deux souris et se dirigea vers la pouponnière, tandis que, de son côté, Source partait nourrir les anciens. Feuille de Lune se choisit un campagnol, qu'elle dévora sur place. Elle fut bientôt rejointe par Patte d'Araignée et Pelage de Granit.

Patte d'Araignée jeta un coup d'œil rapide à la guérisseuse, avant de baisser la tête, gêné.

« Nous sommes contents que tu sois revenue », marmonna-t-il.

Feuille de Lune était aussi embarrassée que lui. Elle se tourna vers Pelage de Granit pour lui transmettre le message de son apprenti, heureuse de pouvoir changer de sujet.

Dès qu'elle eut fini son repas, elle se dirigea vers la pouponnière. À présent, le soleil brillait au-dessus des arbres au sommet de la combe. Seuls quelques rares nuages blancs couraient dans le ciel bleu. Feuille de Lune soupira d'aise en sentant les rayons réchauffer sa fourrure. Les blessés pourraient se reposer au soleil pendant que l'on finissait de nettoyer les tanières.

Les ronces brisées avaient été évacuées de la pouponnière la nuit passée, si bien que la lumière du jour s'y faufilait par endroits. Les trois chatons de Chipie, qui jouaient autour d'elle, bondissaient sur les taches lumineuses.

« Prends ça, sale blaireau ! cria Petit Sureau.

— Dégage du camp ! feula Petite Noisette, pendant que Petit Mulot crachait, les crocs découverts.

— Ça suffit. » Chipie rassembla ses petits autour d'elle d'un vaste mouvement de la queue. « Si vous voulez jouer à des jeux turbulents, allez dehors. Vous embêtez Poil de Châtaigne. Pensez à ses chatons, ils viennent à peine de naître.

— Ouais ! On n'est plus les bébés du Clan ! fanfaronna Petit Sureau. Bientôt, on sera des apprentis. »

Chipie s'abstint de répondre, mais Feuille de Lune devina le doute dans ses yeux.

La tête de Petit Sureau pointa derrière la queue de sa mère.

« Salut, Feuille de Lune ! lança-t-il. Tu étais où ? Tu nous as manqué. Est-ce que ton copain du Clan du Vent va venir vivre avec nous ?

— Chut, fit Chipie en assénant une pichenette du bout de la queue sur l'oreille de son fils. N'embête pas Feuille de Lune. Tu vois bien qu'elle est occupée. »

La guérisseuse remercia Chipie d'un hochement de la tête, bien contente que sa gueule pleine de feuilles de bourrache lui donne une excuse pour ne pas répondre. Elle s'enfonça un peu plus dans la pouponnière, vers son amie.

La jeune reine était lovée dans un nid douillet de mousse et de fougères, ses quatre petits blottis contre son ventre. Poil de Fougère ne l'avait pas quittée un instant. Le couple finissait les pièces de viande apportées par Pelage d'Orage.

« Bonjour Feuille de Lune, la salua Poil de Châtaigne, la voix ensommeillée. Tu m'apportes encore de la bourrache ?

— Oui. Tu as besoin de beaucoup de lait, avec quatre petits à nourrir.

— Ils sont pires que des renards affamés, ronronna Poil de Fougère, tout fier de sa progéniture.

— Ce sont des chatons en pleine forme, miaula Feuille de Lune pendant que son amie avalait la bourrache. Exactement ce don le Clan a besoin. Essaie de dormir, à présent. Poil de Fougère, fais en sorte qu'elle se repose.

— Promis », assura-t-il en léchant tendrement les oreilles de sa compagne.

La jeune guérisseuse sortit dans la lumière du jour et cligna des yeux, éblouie. Elle avait abandonné Plume de Jais, son mentor n'était plus et sa meilleure amie avait un compagnon et des petits. Même sa sœur, Poil d'Écureuil, avec qui elle partageait tout jadis, s'était réconciliée avec Griffe de Ronce. Feuille de Lune ne voulait que le bonheur de sa sœur, mais celle-ci lui manquait plus que tous les autres.

Oh, Clan des Étoiles ! murmura-t-elle. *J'ai renoncé à tout ce qui m'était cher pour vous. J'espère que c'est ce que vous vouliez.*

Le reste de la journée, elle soigna les blessures de tous les combattants. Cœur Blanc et Nuage Ailé travaillèrent sans relâche et, au coucher du soleil, les réserves d'herbes et de baies avaient été reconstituées. Tandis que tous rejoignaient leur tanière pour prendre le repos dont ils avaient désespérément besoin, Feuille de Lune balaya le camp du regard et constata que les traces de l'attaque commençaient à s'estomper. La nouvelle barrière, érigée par Pelage de Poussière et ses aides, était presque terminée. De leur côté, Tempête de Sable et les autres chasseurs avaient rapporté de nombreuses prises pour la réserve de gibier.

Feuille de Lune était épuisée, mais elle savait qu'elle serait incapable de dormir. Au lieu de regagner son antre, elle traversa la clairière et sortit du camp. Ses pattes la portèrent jusqu'à l'orée des bois. Là, elle contempla la surface du lac piquée d'étoiles.

Des souvenirs de toutes ces nuits où elle avait retrouvé Plume de Jais en cachette l'assaillirent. Elle filait alors ventre à terre vers leur lieu de rendez-vous, le cœur léger.

Mais rien n'était plus comme avant. Son cœur blessé, endeuillé, pesait aussi lourd qu'une pierre à présent. Elle s'installa sur un tas de feuilles mortes et laissa son regard dériver sur l'eau scintillante du lac.

Bientôt, elle s'aperçut que les reflets des étoiles remuaient. Elle crut d'abord que le vent faisait onduler la surface de l'eau. Mais nulle brise ne soufflait cette nuit-là. Sa fourrure la picota. Dans le ciel, les étoiles de la Toison Argentée brillaient comme toujours, blanches, froides et immobiles. Pourtant, sur le lac, certaines zones restaient noires et vides tandis que les reflets lumineux se regroupaient en deux bandes distinctes.

Feuille de Lune hoqueta. Les étoiles traçaient à présent deux pistes d'empreintes de chats, qui s'entremêlaient sur la surface indigo.

Était-ce un message du Clan des Étoiles ? Était-elle en train de rêver ? Les yeux plissés, elle discerna deux silhouettes qui marchaient au bout de la piste en semant d'autres étoiles dans leur sillage. Elle crut d'abord qu'il s'agissait de deux guerriers du Clan des Étoiles puis, lorsqu'elle put discerner leurs contours, elle vit que le premier félin, large d'épaules, était tacheté, tandis que l'autre, plus menu, arborait une fourrure roux sombre.

Le cœur de la guérisseuse martela dans sa poitrine. Griffe de Ronce et Poil d'Écureuil ! Ils s'éloignaient d'elle, côte à côte, si proches que leurs fourrures se frôlaient et que leurs empreintes se rejoignaient en une seule traînée d'étoiles. Lorsqu'ils disparurent dans l'ombre, les reflets d'étoiles retrouvèrent leur place sous leurs jumelles de la voûte nocturne.

Feuille de Lune frissonna. Le Clan des Étoiles savait à quel point elle s'inquiétait pour Griffe de Ronce. Ses ancêtres lui avaient sans doute envoyé ce signe pour lui faire comprendre que la destinée de Griffe de Ronce était si inextricablement liée à celle de Poil d'Écureuil que personne ne pourrait séparer leurs chemins.

Si le Clan des Étoiles approuvait le choix de Poil d'Écureuil, alors Feuille de Lune n'avait plus à s'inquiéter. Le futur de sa sœur résidait entre les pattes du Clan des Étoiles.

Rassurée, elle se roula en boule parmi les feuilles craquantes et se laissa emporter par le sommeil.

Lorsqu'elle rouvrit les yeux peu après, elle était de retour dans la combe. Les ombres des feuilles dansaient sur elle à mesure que la douce brise agitait les branches d'un hêtre. Un doux parfum l'enveloppa. En levant la tête, elle aperçut Petite Feuille, assise sur une racine tout près d'elle.

« Petite Feuille ! » s'exclama-t-elle. Elle rêvait donc. Soudain, elle se souvint de sa dernière rencontre avec la belle chatte écaille et se leva d'un bond, tremblante de rage. « Tu m'as menti ! Tu m'as dit de quitter le Clan du Tonnerre pour suivre Plume de Jais. Et Museau Cendré est morte parce que je suis partie !

— Calme-toi, très chère. »

Petite Feuille sauta avec grâce de la racine pour frotter son museau contre l'épaule de Feuille de Lune.

« Je t'ai dit d'écouter ton cœur – et ton cœur appartient à ton Clan. Tu as donc bien suivi son conseil, finalement. »

La guérisseuse la dévisagea, stupéfaite. Plume de Jais lui avait déclaré la même chose.

« Alors pourquoi ne pas avoir été plus claire ? s'indigna-t-elle.

— M'aurais-tu écoutée, de toute façon ? » Le regard de Petite Feuille reflétait sa peine. « Il fallait que tu partes avec Plume de Jais. C'était le seul moyen pour que tu découvres ta véritable voie. »

Feuille de Lune savait qu'elle avait raison. En partant, elle avait pris conscience de son dévouement pour son Clan.

« Mais Museau Cendré est morte par ma faute ! répéta-t-elle, au désespoir.

— Nous l'avions prévenue. Le Clan des Étoiles lui même ne peut modifier la destinée. Voilà pourquoi elle ne t'a pas empêchée de partir. Crois-tu que les choses auraient été différentes si tu étais restée ?

— J'en suis certaine. Je ne l'aurais jamais laissée seule si j'avais su.

— C'est un fardeau que tu devras porter encore longtemps. Pourtant, je te promets que tu n'aurais rien pu y changer. »

L'ancienne guérisseuse se pressa contre Feuille de Lune. Sa chaude fourrure ne suffit pas à apaiser la douleur de la jeune chatte tigrée.

« Depuis sa mort, j'attends de la voir en rêve, murmura-t-elle. Mais jamais je n'ai senti sa présence, ni son parfum, ni entendu sa voix. Elle doit être fâchée contre moi, sinon, elle me ferait signe.

— Non, Feuille de Lune. Museau Cendré t'aimait beaucoup. Penses-tu qu'elle t'abandonnerait, même dans la mort ? Pour l'instant, ses pattes l'entraînent sur un autre sentier. »

Une nouvelle inquiétude assaillit Feuille de Lune. Quel était donc cet « autre sentier » ? Petite Feuille voulait-elle dire que Museau Cendré arpentait la forêt noire d'Étoile du Tigre ?

« Comment cela ? la pressa-t-elle, les poils de sa nuque hérissés. Où est-elle ?

— Je ne peux te le dire. Mais elle va bien, je te le promets. Et tu la reverras un jour, bien plus tôt que tu ne le penses. »

La visiteuse se tut. Sa chaleur se dissipa dans la brise et sa fourrure écaille se confondit avec les jeux d'ombres et de lumière, au point que Feuille de Lune ne la distingua plus. Seul son parfum s'attarda un instant.

En ouvrant les yeux, Feuille de Lune retrouva le paysage lacustre et sa surface constellée de reflets étoilés. Sa douleur décupla. Pourquoi fallait-il que Museau Cendré meure ? Pourquoi n'était-elle pas venue dans ses rêves comme le faisait Petite Feuille ? Feuille de Lune aurait voulu pleurer comme un chaton abandonné.

Au lieu de quoi, elle se mit sur ses pattes et s'étira.

« Où que tu sois, Museau Cendré, miaula-t-elle, si tu m'entends, je te promets que je ne quitterai plus jamais notre Clan. Je suis leur guérisseuse à présent, et je suivrai ton exemple jusqu'à ce que, à mon tour, je doive rejoindre le Clan des Étoiles. » Elle hésita un instant avant d'ajouter : « Mais s'il te plaît, si j'ai un jour compté pour toi, viens à moi et dis-moi que tu me pardonnes. »

CHAPITRE 4

Un vent frais réveilla Griffe de Ronce, qui bâilla à s'en décrocher la mâchoire. Un morceau de ciel pâle filtrait à travers le buisson d'aubépine qui servait de gîte aux guerriers. L'aube pointait. Il était temps de se remettre à l'ouvrage. Après une bonne nuit de sommeil qu'aucun rêve n'avait dérangé, le guerrier était optimiste.

Autour de lui, les autres chasseurs commençaient à remuer. Flocon de Neige grimaça lorsqu'il prit appui sur sa patte blessée.

« Sales blaireaux ! grogna-t-il en se faufilant entre deux branches pour gagner la clairière. J'espère ne plus jamais en voir un de toute ma vie. »

Griffe de Ronce s'était endormi avec Poil d'Écureuil blottie contre lui, son doux parfum lui caressant les narines. À présent, elle était partie. Ne restait d'elle qu'un tas de mousse aplati. Il s'inquiéta en voyant que Pelage de Granit était lui aussi déjà sorti. Il se leva d'un bond, ce qui lui valut une vive douleur à l'épaule. Il entendit leurs voix avant même de mettre une patte dehors : Poil d'Écureuil et Pelage de Granit parlaient juste devant la tanière. Immobile, Griffe de Ronce tendit l'oreille.

« Écoute, Pelage de Granit, disait Poil d'Écureuil qui semblait avoir du mal à garder son calme. Je t'apprécie vraiment comme ami, mais c'est tout.

— Mais je t'aime ! » protesta le guerrier gris. Moins sûr de lui, il ajouta : « Nous sommes faits l'un pour l'autre, Poil d'Écureuil, je le sais. »

Griffe de Ronce eut pitié du matou éconduit. Il se rappelait son propre désarroi lorsqu'il pensait avoir perdu l'affection de Poil d'Écureuil.

« Je suis désolée, poursuivit la rouquine. Je ne veux pas te faire de peine, mais Griffe de Ronce… Je crois que le Clan des Étoiles nous a destinés l'un à l'autre.

— Comment peux-tu dire une chose pareille ? Tu affirmais toi-même qu'on ne pouvait pas lui faire confiance, à cause du sang d'Étoile du Tigre qui coule dans ses veines. C'est un guerrier valeureux, je le sais, mais il sera toujours le fils de ce tyran. »

La compassion de Griffe de Ronce s'évapora aussi sec. Il sortit ses longues griffes recourbées et les plongea dans le sol. Ne serait-il donc jamais apprécié pour ce qu'il était ?

« Je jugerai Griffe de Ronce sur ses propres actes, rétorqua-t-elle, courroucée. Non sur les horreurs commises par d'autres bien avant ma naissance.

— Je m'inquiète pour toi, se défendit Pelage de Granit. Moi, je me souviens très bien d'Étoile du Tigre. Ses pattes étaient rougies par le sang des innocents. Tu sais qu'il a assassiné ma mère pour attirer une meute de chiens jusqu'à notre camp ? »

Poil d'Écureuil murmura une réponse que Griffe de Ronce n'entendit pas, avant d'ajouter plus fort :

« Cela ne veut pas dire qu'il finira comme son père. »

Des bruissements dans la tanière détournèrent l'attention de Griffe de Ronce : ses camarades commençaient à se réveiller. Ne tenant pas à être surpris en flagrant délit d'espionnage, il se faufila en vitesse entre les branches.

« Bonjour, Griffe de Ronce ! » le salua Poil d'Écureuil lorsqu'il émergea de la clairière.

Il faisait grand jour à présent, et le ciel dégagé promettait un temps idéal pour chasser la fraîcheur de l'aube. Mais pour le guerrier tacheté, l'expression chaleureuse de Poil d'Écureuil fut plus délicieuse encore. Tandis que leurs truffes se frôlaient, il essaya d'ignorer le regard glacial de Pelage de Granit.

Alors qu'il s'étirait pour soulager son épaule endolorie, il aperçut Étoile de Feu qui sortait de sa tanière sur la Corniche et humait l'air matinal.

« Étoile de Feu ! lança-t-il. La patrouille de l'aube est-elle déjà partie ?

— Non, tu voudrais la diriger ?

— Avec plaisir. Tu viens, Poil d'Écureuil ? »

La chatte hocha la tête. De son côté, Pelage de Granit lâcha d'un ton sec : « Je vais voir Nuage de Frêne », avant de s'éloigner sans attendre de réponse.

Dans un bruissement de feuilles, Cœur Blanc sortit à son tour du gîte des guerriers. Elle regarda alentour, comme si elle cherchait quelqu'un. Ses oreilles se dressèrent lorsqu'elle repéra Flocon de Neige devant la pouponnière. Il discutait avec Chipie, pendant que les trois chatons tentaient de lui grimper sur le dos.

Devant l'air peiné de Cœur Blanc, Griffe de Ronce en voulut à Flocon de Neige. Le guerrier blanc devait vraiment avoir des abeilles dans la tête pour ne pas se rendre compte qu'il blessait sa compagne en passant tant de temps avec Chipie !

« Hé, Cœur Blanc, miaula-t-il comme si de rien n'était, tu veux participer à la patrouille de l'aube ?

— Non, merci. J'ai promis à Feuille de Lune que je l'aiderais, ce matin. Est-ce que Nuage Ailé peut venir avec nous ?

— Bien sûr. Mieux vaut l'occuper pendant que Poil de Fougère reste dans la pouponnière avec Poil de Châtaigne.

— Merci. Je vais la chercher. » Elle fit un pas vers la tanière des apprentis avant de jeter un coup d'œil par-dessus son épaule. « Ça me fait plaisir de voir que Poil d'Écureuil et toi, vous vous êtes réconciliés », ajouta-t-elle à voix basse.

Griffe de Ronce en resta sans voix. La guerrière s'éloigna en appelant sa fille.

Impatient de partir, Griffe de Ronce glissa la tête entre les branches du gîte des guerriers. Pelage de Poussière, qui venait de se lever, s'ébrouait pour chasser les brins de mousse de sa fourrure.

« Partant pour la patrouille de l'aube ? lança Griffe de Ronce.

— Je te suis, répondit le guerrier brun, les moustaches frémissantes. Si le Clan de l'Ombre a entendu parler de l'attaque des blaireaux, il pourrait en profiter pour empiéter sur notre territoire pendant qu'on est occupés à reconstruire le camp. »

Griffe de Ronce s'était fait la même réflexion. La frontière avec le Clan du Vent n'était pas en danger. Étoile Solitaire n'était pas du genre à les prendre en traître. Mais avec Étoile de Jais, le chef du Clan de l'Ombre, rien n'était impossible. Il ne raterait pas une occasion d'étendre son territoire.

Griffe de Ronce invita Patte d'Araignée à compléter la patrouille puis ressortit dans la clairière. Lorsque les autres guerriers l'eurent rejoint, il les entraîna à travers la barrière de ronces, vers le lac.

Le soleil brillait au-dessus des collines lorsqu'ils arrivèrent à l'orée des bois. Le lac scintillait tant que Griffe de Ronce en fut ébloui. Le vent qui ridait la surface de l'eau lui ébouriffa la fourrure. Tandis qu'il longeait la côte vers la rivière qui les séparait du Clan de l'Ombre, il se réjouit de sentir à nouveau Poil d'Écureuil à son côté.

« Pars devant, ordonna-t-il à Patte d'Araignée. Vérifie le marquage du Clan de l'Ombre jusqu'à l'arbre mort. Assure-toi qu'il est à sa place et attends-nous là-bas. » Tandis que le jeune guerrier aux grandes pattes s'éloignait, il ajouta à l'attention de Pelage de Poussière et Poil d'Écureuil : « Nous allons renouveler notre propre marquage et vérifier que le Clan de l'Ombre n'a pas violé la frontière. »

Il entraîna sa patrouille le long de la rivière jusqu'au coude que le cours d'eau dessinait un peu plus loin sur le territoire ennemi. Peu après, un bruissement de feuilles annonça qu'un chat fonçait droit vers eux. Il leva la queue pour signaler aux autres de s'arrêter, puis huma l'air. Seule l'odeur du Clan du Tonnerre lui parvint.

Un bouquet de fougères remua follement, puis Patte d'Araignée en jaillit à toute allure.

« Qu'est-ce que tu fais ? le tança Griffe de Ronce. Je t'ai dit de nous attendre près de la souche. Tu n'as pas eu le temps de...

— Je sais, le coupa le jeune guerrier, haletant. Mais j'ai trouvé un truc très bizarre. Venez voir.

— Quoi encore ? soupira Pelage de Poussière, les yeux au ciel. Pas des blaireaux, j'espère ?

— Le Clan de l'Ombre fait encore des siennes ? demanda Griffe de Ronce d'un ton sec.

— Non, j'ai repéré un truc de Bipèdes. Je n'ai jamais rien vu de semblable. »

D'un mouvement de la queue, il invita ses camarades à le suivre. Griffe de Ronce échangea un regard avec Pelage d'Orage avant de se remettre en route, sans cesser de guetter la moindre trace du Clan de l'Ombre de leur côté de la frontière. Il ne trouva rien, à part leur propre marquage. Patte d'Araignée les mena jusqu'à une petite clairière. Le sol disparaissait presque sous une épaisse couche de fougères. Leurs nouvelles feuilles se déployaient joyeusement au soleil.

Griffe de Ronce sentit ses poils se hérisser sur son échine lorsqu'il distingua une odeur nouvelle.

« Un renard, feula-t-il.

— La trace est ancienne, ajouta Poil d'Écureuil. Il n'est pas revenu depuis au moins deux jours. »

Griffe de Ronce n'en fut pas rassuré pour autant. Il avait repéré une sente entre les fougères, un étroit passage parsemé d'empreintes de renard. L'odeur y était plus forte encore : ces créatures mauvaises devaient l'emprunter souvent. Une patrouille devrait s'assurer qu'il n'y avait pas de renardière dans le coin.

Patte d'Araignée s'était arrêté un peu plus loin sur le sentier des renards, à quelque longueurs de queue de la frontière.

« Il est là, le truc des Bipèdes », annonça-t-il, la queue tendue vers le sol.

Griffe de Ronce se fraya un passage entre les fougères pour éviter de marcher sur les empreintes du prédateur. Quelque chose brillait près des pattes du jeune guerrier. Comme un fil de toile d'araignée épais, en forme de boucle et accroché à un bâton planté dans le sol.

« Tu as raison, ça vient des Bipèdes, confirma-t-il. Ils se servent aussi de ce gros fil pour fabriquer des enclos pour leurs moutons.

— Et ça empeste le Bipède à des longueurs de queue à la ronde, ajouta Pelage de Poussière en les rattrapant. Qu'est-ce que ça fiche ici ? À quoi ça sert ? »

Patte d'Araignée se pencha pour le renifler de plus près, mais Pelage de Poussière l'écarta d'un coup d'épaule avant qu'il puisse le toucher.

« Cervelle de souris ! cracha-t-il. Ton mentor ne t'a jamais dit qu'on ne fourrait pas sa truffe n'importe où ?

— Mais si, Poil de Souris m'a tout appris, rétorqua le jeune matou, vexé.

— Alors réfléchis un peu avant d'agir. »

Côte à côte, Poil d'Écureuil et Griffe de Ronce examinaient la boucle et le bâton.

« Qu'est-ce qui se passe si on le touche ? » se demanda la rouquine en avançant la patte avec prudence.

D'un coup de queue, Griffe de Ronce lui écarta la patte.

« Mieux vaut ne pas le découvrir à tes dépens, la mit-il en garde.

— On ne peut quand même pas le laisser là sans rien faire, protesta-t-elle. Attends. J'ai une idée. »

Elle prit un long bout de bois dans la gueule.

« Attention », fit Griffe de Ronce.

Poil d'Écureuil s'approcha doucement et planta la branche dans la boucle brillante. Aussitôt, la boucle se serra autour du bout de bois. Patte d'Araignée recula d'un bond en poussant un cri d'effroi, le pelage ébouriffé et les oreilles rabattues.

Griffe de Ronce ne broncha pas, malgré la vague de frissons qui le parcourut des oreilles au bout de la queue. Les yeux fermés, il imagina un chat galopant le long du sentier, inconscient du danger, jusqu'à ce qu'il passe la tête dans la boucle et là...

« Ce truc pourrait briser la nuque de l'un des nôtres, annonça-t-il.

— Ou même l'étrangler », ajouta Pelage de Poussière, la mine sombre.

Poil d'Écureuil lâcha le bout de bois.

« Cette chose ne nous est pas destinée, fit-elle remarquer. Les Bipèdes l'ont posée sur une passée de renards. Ils veulent sans doute attraper ces sales bêtes.

— Mais pourquoi ? s'étonna Patte d'Araignée.

— Ils sont fous, répondit Pelage de Poussière en haussant les épaules. Tous les Bipèdes sont fous. »

Griffe de Ronce examina de nouveau la longueur de fil, plus fine qu'une tige de lierre. Elle s'était resserrée si fort autour du bâton qu'elle avait entamé l'écorce vert pâle.

« Celui-là ne peut plus nuire, déclara-t-il. Mais il y en a sans doute d'autres. Nous devrons en parler dans notre rapport et nous assurer que tout le monde connaît la menace.

— Au moins, maintenant, nous savons comment les neutraliser. » Pelage de Poussière s'inclina devant son ancienne apprentie. « Tu as eu une très bonne idée, Poil d'Écureuil. »

Les yeux verts de la rouquine brillèrent de plaisir. Pelage de Poussière ne faisait pas de compliments à la légère.

« Bravo à toi aussi, Patte d'Araignée. Heureusement que tu l'as repéré », ajouta Griffe de Ronce, le ventre noué. Le jeune mâle aurait très bien pu foncer droit dans le piège. « Dépêchons-nous de finir notre ronde. Et gare à nos pattes ! Ces trucs sont peut-être dissimulés partout dans la forêt. »

Griffe de Ronce laissa Pelage de Poussière prendre la tête de la patrouille pour longer la frontière du Clan de l'Ombre. Il préféra fermer la marche au côté de Poil d'Écureuil. Le matou tacheté essayait de ne pas se laisser distraire par la proximité de la chatte : il humait l'air sans relâche et guettait le moindre signe d'un autre piège.

« À ton avis, faut-il prévenir les autres Clans de la présence de ces pièges ? » lui demanda-t-il.

La rouquine lui jeta un coup d'œil inquiet.

« Tu penses à Plume de Faucon, c'est ça ?

— Pas seulement, se défendit-il. Le Clan du Vent

n'a sans doute rien à craindre, à part peut-être dans le petit bosquet de l'autre côté du torrent. En revanche, il y a sans doute des pièges sur le territoire du Clan de l'Ombre. Celui qu'on a trouvé se trouvait près de la frontière.

— Ce sera à Étoile de Feu d'en décider, conclut-elle. Il l'annoncera sans doute lors de la prochaine Assemblée. »

Griffe de Ronce s'arrêta net pour la regarder droit dans les yeux.

« Poil d'Écureuil, est-ce qu'on peut parler sérieusement sans s'arracher la fourrure ? Tu t'imaginais vraiment que je voulais prévenir le Clan de la Rivière à cause de Plume de Faucon ?

— Oui, c'est ce que j'ai cru. » Au grand soulagement de Griffe de Ronce, elle était sincère, mais pas fâchée. « Tu sais ce que je pense de lui.

— C'est mon frère, lui rappela-t-il. Je ne peux pas faire comme si je l'ignorais. Et Pelage d'Or a beau être une guerrière du Clan de l'Ombre, elle est aussi ma sœur. C'est pareil. »

Il se demandait s'il était vraiment honnête. Dans les rêves où Plume de Faucon et lui apprenaient à diriger un Clan sous l'autorité d'Étoile du Tigre, il n'avait jamais vu Pelage d'Or. Son frère était le seul à partager son secret. Jamais il ne pourrait en parler à Poil d'Écureuil, ni à quiconque dans le Clan du Tonnerre.

Inutile de le leur dire, se rassura-t-il. *Ils ne comprendraient pas. Étoile du Tigre peut m'apprendre beaucoup, cela ne veut pas dire que je l'imiterai pour accéder au pouvoir.*

« Pour Pelage d'Or, c'est différent, insista Poil d'Écureuil. Et d'une, elle a voyagé avec nous. Et de deux, elle descend pour moitié du Clan du Tonnerre. »

Griffe de Ronce ravala une réponse cinglante. Il voulait régler leur différend une bonne fois pour toutes, pas le raviver.

« Imagine, dit-il, si Feuille de Lune était partie vivre dans le Clan du Vent avec Plume de Jais, aurait-elle moins compté pour toi ?

— Bien sûr que non ! s'indigna la rouquine. Elle pourrait s'enfuir avec le Clan du Vent tout entier, elle resterait ma sœur.

— Eh bien, c'est pareil pour Plume de Faucon et Pelage d'Or. Nous appartiendrons toujours à la même famille, que nous vivions dans des Clans différents n'y change rien. Tu as de la chance que ta sœur soit dans le même Clan que toi. Je donnerais n'importe quoi pour être à ta place. »

Poil d'Écureuil le dévisagea longuement.

« D'accord, miaula-t-elle. Ça, je peux le comprendre. Mais que Plume de Faucon compte autant pour toi que tes camarades de Clan, ça, ça ne me plaît pas.

— Ce n'est pas le cas, la détrompa-t-il. Ma loyauté, je la dois avant tout à mon Clan.

— Griffe de Ronce ! » les coupa Pelage de Poussière.

Le guerrier brun s'avança à travers les fougères. Patte d'Araignée pointa la tête entre deux feuilles, juste derrière lui.

« On patrouille ou quoi ? Vous comptez rester là toute la journée à papoter ?

— Désolé », répondit Griffe de Ronce en bondissant vers Pelage de Poussière pour reprendre la tête du groupe et poursuivre leur inspection.

Le jeune guerrier espérait que ses arguments avaient convaincu Poil d'Écureuil plus qu'ils ne l'avaient convaincu lui-même. S'il devait choisir un jour, ferait-il vraiment passer son Clan avant son frère ?

CHAPITRE 5

« Que tous ceux qui sont en âge de chasser s'approchent de la Corniche pour une assemblée du Clan ! »

L'appel d'Étoile de Feu figea Feuille de Lune, qui revenait de la tanière des anciens où elle avait examiné la blessure de Poil de Souris. L'ancienne se plaignait toujours de son muscle raide, mais les griffures commençaient à guérir sans montrer le moindre signe d'infection.

La guérisseuse s'approcha de la Corniche, d'où son père contemplait le Clan. Tempête de Sable et Cœur d'Épines quittèrent la réserve de gibier ; Flocon de Neige et Perle de Pluie cessèrent leur travail sur la barrière épineuse. Le ventre de Feuille de Lune se serra. La patrouille de l'aube, qui venait tout juste de rentrer, avait aussitôt été voir Étoile de Feu. Avait-on découvert d'autres blaireaux ? À moins que le Clan de l'Ombre n'essaie d'envahir leur territoire...

Elle tenta de réprimer son inquiétude et s'assit près de Fleur de Bruyère, qui la salua avant de lui demander avec empressement :

« Comment va Nuage de Frêne ?

— Il s'en remettra », répondit-elle.

Nuage de Frêne était le seul survivant de la dernière portée de Fleur de Bruyère. Tous les autres avaient péri lors de la famine dans l'ancienne forêt. Feuille de Lune comprenait que la chatte gris perle s'inquiète autant.

« Son œil commence à dégonfler, reprit-elle. Je vais le garder encore quelques jours jusqu'à ce que le risque d'infection soit passé. »

Fleur de Bruyère la remercia d'un coup de langue sur l'oreille.

« Tu es une guérisseuse formidable. Je suis vraiment contente que tu sois revenue. »

Je suis loin d'être formidable, se dit Feuille de Lune.

Les anciens sortirent de leur tanière et s'installèrent près de la muraille. Ils s'échangeaient des regards inquiets comme s'ils redoutaient de mauvaises nouvelles. Ne sachant s'ils étaient les bienvenus, Pelage d'Orage et Source s'attardaient à l'orée de la clairière.

Feuille de Lune leur fit signe de la queue.

« Venez vous asseoir, leur lança-t-elle. Vous pouvez vous joindre à nous le temps de votre séjour. »

Les deux chats la remercièrent d'un signe de tête et prirent place près d'elle. Chipie fit sortir ses trois chatons, tandis que Poil de Fougère demeurait près de l'entrée de la pouponnière, d'où il pouvait entendre l'assemblée tout en restant près de Poil de Châtaigne.

Griffe de Ronce et les autres membres de la patrouille de l'aube s'étaient rassemblés au pied de l'éboulis. Feuille de Lune remarqua leur queue gonflée et leurs yeux vifs, signes d'un danger tout proche.

« Chats du Clan du Tonnerre, commença Étoile de Feu, ce matin, la patrouille a fait une macabre découverte. Griffe de Ronce, veux-tu bien leur raconter ?

— Nous avons trouvé un piège de Bipèdes sur une passée de renard, a expliqué le guerrier tacheté après avoir bondi sur les rochers. C'est une fine boucle, accrochée à un bâton planté dans le sol et lorsque vous la touchez, elle se resserre. Quiconque s'y coincerait la tête risquerait de se faire tuer. »

Avant qu'il ait fini sa phrase, des cris de désarroi s'élevèrent tout autour de lui. Pelage de Granit se plaqua au sol, la fourrure hérissée comme pour bondir sur un ennemi, tandis que Nuage Ailé se recroquevillait, terrorisée. Près d'elle, Flocon de Neige remua la queue, les crocs découverts.

La voix de Poil de Souris couvrit toutes les autres :

« Et ces pièges, ils sont partout sur le territoire ? »

D'un mouvement de la queue, Griffe de Ronce leur intima le silence. À le voir perché là, Feuille de Lune fut frappée par sa prestance. Il avait l'étoffe d'un lieutenant. *Étoile de Feu a-t-il raison de continuer à attendre le retour de Plume Grise ? Ne vaudrait-il pas mieux pour le Clan qu'il accepte sa disparition et nomme un nouveau lieutenant ?*

« Nous n'avons trouvé qu'un seul piège, répondit Griffe de Ronce. Mais il y en a sans doute d'autres.

— Pourquoi ? demanda Perle de Pluie. Pour quelle raison les Bipèdes voudraient-ils piéger des renards ? »

Les félins échangèrent des murmures stupéfaits. Soudain, une petite voix tremblante se fit entendre.

« Moi, je peux vous dire pourquoi. »

Feuille de Lune regarda derrière elle : Chipie s'était levée. C'était la première fois que la chatte de la grange prenait la parole lors d'une assemblée, et elle semblait presque aussi terrorisée que lors de l'attaque des blaireaux.

« Nous t'écoutons, Chipie, l'encouragea Étoile de Feu.

— Les Sans-Fourrure – euh, les Bipèdes – élèvent des oiseaux dans leurs fermes en guise de gibier. Pas des petits oiseaux comme ceux que nous mangeons, des bien plus gros. Mais les renards viennent les leur voler, si bien que les Bipèdes veulent les tuer pour protéger leurs proies. Voilà pourquoi ils posent des collets – c'est le nom de ces pièges. »

Elle se rassit, gênée, la queue enroulée autour de ses pattes.

« Merci, Chipie, miaula Étoile de Feu. Au moins, nous connaissons leurs motivations.

— Et qu'allons-nous faire ? s'enquit Flocon de Neige.

— Que pouvons-nous y faire, de toute façon ? le défia Bouton-d'Or. Personne ne peut empêcher les Bipèdes de faire ce qu'ils veulent. Nous l'avons bien vu dans notre ancienne forêt, et cet endroit est pire encore !

— C'est faux, riposta gentiment Fleur de Bruyère. Pour vivre ici, nous devons simplement nous adapter. Le Clan des Étoiles ne nous aurait pas guidés jusque-là si nous n'étions pas capables d'y survivre.

— Alors le Clan des Étoiles peut peut-être nous dire ce qu'on doit faire de ces pièges ! rétorqua l'ancienne.

— Nous, nous pouvons vous le dire, intervint

Griffe de Ronce. Poil d'Écureuil a trouvé un moyen de les désamorcer. Vas-y Poil d'Écureuil, explique-leur. »

Feuille de Lune regarda sa sœur rejoindre le matou. Sous les rayons du soleil, sa fourrure roux sombre semblait embrasée – l'espace d'un instant, elle fut l'exact portrait de leur père.

« C'est facile, dit-elle. Vous prenez un bâton – aussi long que possible – et vous le plantez dans la boucle. La boucle se resserre autour du bout de bois, et voilà : plus de problèmes ! »

Feuille de Lune contempla sa sœur avec fierté. Les yeux verts de Tempête de Sable, leur mère, brillaient d'admiration.

« Le vrai danger, c'est de repérer ces pièges trop tard, reprit Étoile de Feu. Toutes les patrouilles devront rester sur leurs gardes et me prévenir si elles en trouvent d'autres.

— Et si on en déclenche un avec un bout de bois, ajouta Griffe de Ronce, il faudra vérifier régulièrement que les Bipèdes ne l'ont pas réamorcé.

— Bonne idée, le félicita Étoile de Feu. Nous n'y manquerons pas. Quiconque quitte la clairière doit rester prudent. Une odeur de Bipède mêlée à celle d'un renard doit vous alerter.

— Et comment est-on censés chasser, dans ce cas ? s'interrogea Perle de Pluie. On ne peut pas à la fois guetter les pièges, flairer le sol et poursuivre une proie. »

Feuille de Lune comprenait le problème. Elle frémit en imaginant un chasseur en pleine battue, concentré sur le gibier qu'il veut rapporter à son Clan, et fonçant droit dans l'une de ces boucles. *Clan des Étoiles, aidez-nous ! Sinon, tôt ou tard, l'un des nôtres va se faire tuer !*

Son inquiétude l'avait distraite un instant et, lorsqu'elle tendit de nouveau l'oreille, Étoile de Feu désignait les membres des patrouilles de chasse.

« Pelage d'Orage et Source, le Clan du Tonnerre vous remercie. Sans vous, nous aurions eu bien du mal à nourrir le Clan après l'attaque. »

D'un signe de tête, le guerrier gris accepta le compliment, tandis que Source contemplait ses pattes, embarrassée d'être félicitée devant le Clan tout entier.

« Je veux que tous les félins en état de chasser partent sur-le-champ. Au coucher du soleil, le Clan doit être repu et la pile de gibier reconstituée.

— Flocon de Neige et moi, nous y sommes déjà allés hier, répondit Tempête de Sable. Je vais y retourner, mais je pense que Flocon de Neige doit laisser sa patte blessée au repos. J'ai remarqué que tu boitais, ajouta-t-elle au moment où celui-ci bondissait pour protester. Et ton coussinet saigne de nouveau. »

Le guerrier blanc se rassit en agitant le bout de sa queue.

« Je t'accompagne, proposa Griffe de Ronce.

— Moi aussi », lança Pelage de Granit, qui avait bondi aussitôt.

Si le guerrier gris s'adressait à Tempête de Sable, son regard noir couvait Griffe de Ronce.

Qu'ils sont bêtes, ces mâles ! se dit Feuille de Lune. Elle se leva puis signala à Étoile de Feu qu'elle voulait prendre la parole.

« Oui, Feuille de Lune ?

— La plaie à l'épaule de Griffe de Ronce est profonde, et il est déjà parti en patrouille aujourd'hui, expliqua-t-elle. Quant aux blessures de Pelage de Granit, elles comptent parmi les plus mauvaises du Clan. Je veux les revoir tous les deux avant qu'ils mettent une patte hors du camp.

— Bien sûr, miaula Étoile de Feu. Dans ce cas, ni l'un ni l'autre n'iront chasser. Et Feuille de Lune, pourrais-tu aussi examiner les autres ? Personne ne quittera le camp sans l'accord de notre guérisseuse. Tempête de Sable, tu veux bien désigner les patrouilles ? »

La compagne du chef acquiesça, et l'assemblée prit fin.

« Hé, Feuille de Lune, miaula Cœur d'Épines, tu veux bien regarder mes cicatrices tout de suite ? Je veux aller chasser.

— Et les miennes aussi, ajouta Patte d'Araignée en venant se placer près de son camarade de Clan. Regarde, les égratignures sont presque guéries. Je vais bien, je t'assure.

— C'est à moi d'en juger », rétorqua-t-elle.

Elle passa en revue les blessés et envoya les plus gravement touchés dans sa tanière pendant que Tempête de Sable répartissait les autres en patrouilles.

Au final, deux groupes quittèrent le camp : Cœur d'Épines, accompagné de Pelage de Poussière et Fleur de Bruyère, et Tempête de Sable avec Poil d'Écureuil et Patte d'Araignée.

« Attends ! appela Étoile de Feu en dévalant l'éboulis pour rejoindre Tempête de Sable dans la clairière. Je viens avec toi.

— J'imagine qu'il serait inutile de te dire de retourner dans ta tanière ? ironisa la guerrière, les yeux plissés.

— Tout à fait inutile. Tous les chasseurs sont blessés, et mes coupures sont moins graves que celles de la plupart.

— C'est à Feuille de Lune d'en décider », lui rappela Tempête de Sable en se tournant vers leur fille.

La guérisseuse renifla les griffures sur les flancs et les épaules du meneur. Elle savait qu'elle devait oublier qu'il s'agissait de son père et le traiter comme n'importe quel guerrier. Heureusement, ses blessures superficielles commençaient à guérir.

« Ça devrait aller, annonça-t-elle enfin. Je vais mettre un peu de pulpe de feuille de souci sur tes griffures. Mais si elles recommencent à saigner, reviens tout de suite au camp. »

Étoile de Feu grommela une réponse. Seul le Clan des Étoiles savait s'il obéirait.

Feuille de Lune alla chercher les feuilles dans sa tanière. En sortant, elle vit que son père l'avait suivie. Il l'attendait à quelques longueurs de renard de son antre.

« Tu as remarqué que Poil d'Écureuil et Griffe de Ronce s'étaient rapprochés depuis la bataille ? demanda-t-il tandis qu'elle mâchait les feuilles. Apparemment, ils ne sont plus fâchés. »

Feuille de Lune s'appliqua à son travail sans répondre. Elle n'avait guère envie de parler de sa sœur, mais Étoile de Feu semblait attendre une réponse.

« Oui, finit-elle par murmurer. Je crois que l'attaque

des blaireaux leur a fait comprendre ce qui était important.

— Pelage de Granit doit être déçu.

— Sans doute. »

Feuille de Lune hésita à dire à son père qu'elle avait rêvé d'Étoile du Tigre et de ses deux fils dans une forêt sombre. N'était-ce pas là le devoir d'un guérisseur ? Prévenir le chef du Clan d'un danger potentiel ?

« Avant, j'avais du mal à accepter qu'un membre du Clan ressemble tant à Étoile du Tigre, reprit le rouquin. Mais lorsque Pelage d'Or est partie rejoindre le Clan de l'Ombre, j'ai compris qu'elle et Griffe de Ronce avaient leur place dans le Clan du Tonnerre. Peu importe qui était leur père. De plus, le Clan des Étoiles n'aurait pas envoyé Griffe de Ronce à la recherche de Minuit s'il n'avait pas eu confiance en lui. »

D'un murmure, elle lui signifia qu'elle était d'accord avec lui, puis elle le contourna pour soigner les blessures sur son autre flanc.

« Je dois me fier au jugement de Poil d'Écureuil. Elle n'est plus un chaton, poursuivit-il. Elle admire le guerrier qu'il est devenu. Lui reprocher d'être le fils d'Étoile du Tigre reviendrait à me reprocher d'être un chat domestique.

— Il y a des saisons que tu n'es plus un chat domestique ! s'insurgea la jeune chatte tigrée.

— Comme il y a des saisons que Griffe de Ronce n'a plus revu son père », riposta le meneur.

C'est là que tu te trompes ! voulut-elle dire, mais il ne lui en laissa pas le temps. Il ajouta d'une voix douce :

« Je suis content que tu sois revenue, Feuille de Lune. Je pense que tu as pris la bonne décision et j'espère que tu le crois aussi. Museau Cendré avait placé toute sa confiance en toi.

— Je sais, miaula-t-elle avec humilité. Je lui dois tout. »

Lorsqu'elle eut fini de le soigner, Étoile de Feu la remercia avant de disparaître.

Elle le regarda partir, découragée. Elle ne pouvait lui parler de son rêve, ni lui faire part de ses doutes concernant Griffe de Ronce. Il pourrait croire qu'elle était jalouse de sa sœur.

Dans un soupir, elle regagna son antre où l'attendaient ses malades.

Il était presque midi lorsque Feuille de Lune termina de traiter les blessés. La plupart avait regagné leur gîte pour un repos bien mérité. Nuage de Frêne excepté, Flocon de Neige était le seul à rester dans la tanière de la guérisseuse. La patte tendue, il regarda Feuille de Lune appliquer un cataplasme de prêle sur sa blessure.

« Évite de prendre appui dessus, le sermonna-t-elle. Pas étonnant que les saignements continuent. Cervelle de souris, tu n'aurais jamais dû aller chasser hier.

— Il faut nourrir le Clan, riposta-t-il.

— Les autres peuvent s'en charger. Bon, soit tu restes ici sous ma surveillance, soit tu vas te reposer sagement dans le gîte des guerriers.

— Je vais rejoindre mes camarades, promit-il dans un soupir. Et merci, Feuille de Lune. Tu travailles d'arrache-patte.

— Ce serait plus facile si certains ne jouaient pas les gros durs, le tança-t-elle. Et si je te vois... »

Elle s'interrompit lorsque Poil d'Écureuil apparut derrière le rideau de ronces, un campagnol dans la gueule.

« Tiens, c'est pour toi », miaula-t-elle après avoir lâché le rongeur aux pattes de sa sœur.

La rouquine se tourna pour partir, mais Feuille de Lune eut le temps de remarquer son air désespéré.

« Poil d'Écureuil, attends. Que se passe-t-il ? »

Elle crut qu'elle allait s'éloigner sans répondre. Puis celle-ci se retourna, jeta un coup d'œil vers Flocon de Neige avant de murmurer :

« C'est Pelage de Granit. Je viens de le croiser. Quand je lui ai dit bonjour, il m'a regardée comme si je n'étais pas là. Perle de Pluie l'accompagnait, poursuivit-elle tandis que Feuille de Lune posait sa queue sur son épaule pour la réconforter. Tout le Clan doit parler de moi !

— Tu ne peux pas en vouloir à Pelage de Granit, lui dit Feuille de Lune. Tu comptes beaucoup pour lui.

— Je ne voulais pas lui faire de peine ! C'est un guerrier formidable et je pensais que ça marcherait, entre nous. Mais Griffe de Ronce… Oh, Feuille de Lune, tu crois que j'ai fait le bon choix ? »

Feuille de Lune vint la frôler.

« Écoute-moi, miaula-t-elle doucement. Hier soir, je suis descendue au lac. Le Clan des Étoiles m'a envoyé une vision : j'ai vu deux paires d'empreintes étincelantes sur l'eau, si proches l'une de l'autre qu'elles en devenaient indissociables. Puis je t'ai vue, cheminant près de Griffe de Ronce. C'étaient vous qui semiez ces empreintes dans votre sillage. Côte à côte, vous marchiez au même pas, avant de disparaître dans le ciel.

— Vraiment ? s'étonna la rouquine. Le Clan des Étoiles t'a montré tout cela ? Alors cela signifie que Griffe de Ronce et moi sommes faits l'un pour l'autre !

— Oui, je le pense aussi, admit Feuille de Lune en essayant de dissimuler sa peur.

— Oh, c'est merveilleux ! Merci beaucoup ! »

La queue en panache, Poil d'Écureuil fit rentrer et sortir ses griffes comme si elle ne tenait plus en place.

« Je vais le dire à Griffe de Ronce. Plus besoin de s'inquiéter pour Pelage de Granit, alors. Rien ne pourra nous séparer, jamais ! »

Elle fila ventre à terre, sous le nez de Cœur Blanc et Nuage Ailé qui venaient d'arriver.

« Merci pour la viande ! lança-t-elle.

— Je viens de voir Chipie, déclara Cœur Blanc après avoir déposé le ballot de feuilles de souci. Elle dit qu'elle a mal au ventre.

— Il lui faudra de la menthe aquatique, dans ce cas », répondit Feuille de Lune, qui se glissa aussitôt dans son antre pour aller en chercher

Lorsqu'elle reparut, Flocon de Neige, qui s'était levé, prenait soin de garder sa patte blessée au-dessus du sol.

« Je peux porter la menthe à Chipie, si vous le voulez », proposa-t-il.

La guérisseuse allait lui rappeler qu'il devait se reposer lorsque Cœur Blanc l'en empêcha :

« Tu es loin d'être aussi prévenant avec ceux qui se sont vraiment battus, feula la guerrière avant de tourner le dos à son compagnon. Viens, Nuage Ailé. Allons chercher des baies de genièvre. »

L'apprentie jeta un regard perdu à son père avant de rejoindre sa mère.

Flocon de Neige les suivit des yeux, bouche bée.

« Qu'est-ce que j'ai dit ? »

Feuille de Lune soupira. S'il ne comprenait pas le problème, ce n'était pas à elle de le lui expliquer. De plus, elle ne voulait pas se mêler de ces histoires compliquées. Voulait-il que Chipie devienne sa nouvelle compagne ? S'il aimait toujours Cœur Blanc, il se comportait comme un mâle sans cervelle...

Elle poussa la menthe aquatique vers lui.

« D'accord, tu peux apporter ça à Chipie. Ensuite, tu devras te reposer. »

Depuis le rideau de ronces, elle l'observa boiter jusqu'à la pouponnière. Au centre de la clairière, Poil d'Écureuil et Griffe de Ronce échangeaient des miaulements excités. Un instant plus tard, leurs truffes se touchèrent et leurs queues s'enlacèrent.

Feuille de Lune réprima un soupir. Le signe des empreintes n'aurait pu être plus clair. Pourtant, des picotements fourmillaient toujours sous sa fourrure lorsqu'elle voyait le guerrier tacheté si près de sa sœur.

« Oh, Clan des Étoiles ! murmura-t-elle. Ai-je eu raison de révéler ma vision à ma sœur ? »

CHAPITRE 6

Le ciel était d'un noir absolu, mais la lumière jaunâtre des champignons phosphorescents guidait les pas de Griffe de Ronce. De sombres fougères frôlaient sa fourrure du bout de leurs feuilles humides et pois seuses tandis qu'il courait vers le lieu de rendez-vous. La douleur avait disparu de son épaule et il se sentait plus fort et plus puissant à chaque pas.

Bientôt, le sentier s'élargit devant une clairière. Malgré l'absence de lune, une lumière pâle éclairait la silhouette de son demi-frère. Plume de Faucon était tapi près d'un roc, où trônait un matou tacheté massif.

Lorsque Griffe de Ronce sortit des bois, Plume de Faucon bondit à sa rencontre.

« Griffe de Ronce ! s'exclama-t-il. Où étais-tu passé ? »

Cette nuit-là était sa première nuit de repos depuis l'attaque des blaireaux. À peine avait-il fermé les yeux qu'il s'était retrouvé dans la sombre forêt, plus impatient que jamais de découvrir ce qu'Étoile du Tigre avait à lui enseigner. Le jeune guerrier essayait d'ignorer la pointe de culpabilité qui l'aiguillonnait telle une ronce entêtée. Il ne pourrait jamais dire à Poil d'Écureuil qu'il retrouvait Étoile du Tigre dans ses rêves. Elle refuserait de croire qu'il puisse rester loyal envers son Clan tout en allant voir son père.

« Des blaireaux ont attaqué notre Clan, expliqua-t-il à Plume de Faucon tandis qu'ils revenaient côte à côte vers le rocher.

— Des blaireaux ? » répéta ce dernier, la fourrure hérissée. Il savait à quel point ces prédateurs étaient dangereux. « Combien ?

— Trop, répondit Griffe de Ronce, la mine sombre.

— Et tu es blessé. »

Le regard bleu glacé de Plume de Faucon s'adoucit un peu devant la longue cicatrice bien visible sur l'épaule de son demi-frère.

« Ce n'est rien. » Une fois devant le roc, il s'inclina devant son père. « Salutations, Étoile du Tigre.

— Salutations. » Les prunelles ambrées d'Étoile du Tigre plongèrent en Griffe de Ronce comme des serres. « Tu n'es pas venu pendant près d'un quart de lune. Si tu veux vraiment le pouvoir, tu dois te dévouer corps et âme. Rien de moins. Sinon, la faiblesse l'emportera.

— Je ne suis pas faible ! » s'indigna Griffe de Ronce, avant de décrire l'attaque des blaireaux. Il garda en tête que Plume de Faucon l'écoutait, et qu'il ne devait pas révéler à un guerrier d'un Clan rival à quel point le combat avait dévasté le Clan et le camp. « Depuis, j'ai à peine eu le temps de dormir, conclut-il. Il y a bien trop à faire pour réparer les dégâts.

— Tu as lutté avec courage, le félicita Étoile du Tigre. Je suis fier de toi : tu étais prêt à défendre ton Clan au péril de ta vie. »

Griffe de Ronce remua les oreilles, perplexe. Il n'avait pas dit à son père ce qu'il avait fait pendant l'attaque, pourtant, ce dernier semblait le savoir. *Il devait m'observer tout au long du combat.* Cette pique sur sa faiblesse n'était sans doute qu'un test.

« Tu dois faire en sorte qu'Étoile de Feu se souvienne à quel point tu as combattu avec bravoure et travaillé sans répit pour ton Clan, reprit Étoile du Tigre. Cela te servira lorsqu'il se décidera à désigner un nouveau lieutenant. »

Griffe de Ronce dévisagea son père. Il s'était battu pour défendre ses camarades, non pour se rapprocher du pouvoir ! Pourtant, il était malgré tout satisfait de lui. Étoile de Feu lui confiait d'importantes missions : le meneur devait donc considérer qu'il ferait un bon lieutenant.

« Je n'ai toujours pas d'apprenti, rappela-t-il à Étoile du Tigre. Et Étoile de Feu ne choisira pas d'autre lieutenant tant qu'il n'aura pas la certitude que Plume Grise est mort.

— Alors tu dois t'arranger pour qu'il repousse le plus possible cette décision, comme ça, tu auras le temps de devenir mentor. Comment faire pour y parvenir ? Plume de Faucon, qu'en penses-tu ?

— Encourage-le à croire que Plume Grise est toujours en vie, suggéra Plume de Faucon. Cela semble improbable, évidemment, mais Étoile de Feu veut y croire, alors il ne devrait pas être difficile de l'en persuader. »

L'idée de manipuler son chef n'enchantait guère Griffe de Ronce, surtout qu'il savait à quel point Plume Grise comptait pour son meneur. Mais il ne pouvait nier la logique du conseil de son demi-frère. Plus Étoile de Feu s'accrochait à l'idée que son lieutenant reviendrait un jour, plus il mettrait de temps à lui choisir un successeur et plus Griffe de Ronce aurait de chance de se voir attribuer un apprenti dans les temps.

Étoile du Tigre félicita Plume de Faucon d'un signe de tête puis son regard pivota de nouveau vers son second fils.

« Quoi d'autre ? demanda-t-il.

— Euh... je dois faire en sorte d'accomplir les devoirs d'un lieutenant, miaula Griffe de Ronce. Ainsi, je ferai bonne impression à mon chef, et il ne se sentira pas obligé d'en choisir un tout de suite.

— Et ? »

Griffe de Ronce chercha en vain une autre réponse dans son esprit. C'était comme traquer une proie sans l'aide de son ouïe et de son odorat.

« Lie-toi d'amitié avec les petits de cette Chipie, miaula Plume de Faucon tout en donnant du bout de la queue une pichenette à son frère. Ce seront eux, les prochains apprentis, non ? Si l'un d'eux te demande comme mentor, tu seras tranquille.

— Bien sûr, fit Griffe de Ronce. Ce sont de bons petits, même si leur mère n'est pas née dans un Clan. »

J'aimerais bien être le mentor de Petit Sureau, se dit-il. Le chaton, déjà robuste et aventureux, avait l'étoffe d'un valeureux guerrier. Mais que penserait Étoile du Tigre d'un apprenti né hors des Clans ?

« Est-ce important si leur mère vient du territoire des chevaux ? » hasarda-t-il.

Il n'avait pas oublié les histoires selon lesquelles,

jadis, Étoile du Tigre avait ordonné l'exécution de Clan-mêlés lorsqu'il avait pris le contrôle des Clans de la Rivière et de l'Ombre. Ces récits étaient-ils faux ou bien avait-il changé d'avis ?

« Leur mère devrait retourner d'où elle vient, feula Étoile du Tigre. Mais ses petits pourraient s'adapter, s'ils sont bien formés. »

Les moustaches de Plume de Faucon frémirent.

« N'oublie pas que ma mère est elle aussi née hors des Clans. Le Clan de la Rivière me le rappelle à la moindre occasion, mais je ne suis ni faible ni stupide pour autant.

— En effet, ta mère était une chatte errante. Mais si tu suis le code du guerrier, tu seras un combattant bien plus valeureux que ceux qui te méprisent. Je ne suis pas né dans le Clan dont je suis devenu le chef. Et les petits de Chipie sont trop jeunes pour se souvenir de leur vie de chats domestiques. » Il marqua une pause avant d'ajouter : « Être un guerrier pur souche, c'est important mais, sur le sentier menant au pouvoir, nous devons faire avec ce que nous avons.

— Donc, même un chat domestique comme Étoile de Feu peut… commença Griffe de Ronce.

— Étoile de Feu puera toujours le chat domestique ! feula-t-il. Il est faible. Regarde, il a accueilli cette chatte geignarde venue du territoire des chevaux. Ses petits deviendront peut-être des guerriers, mais elle, elle restera un poids mort pour son Clan. Et maintenant, il a accueilli ce guerrier du Clan de la Rivière qui a déserté son propre Clan, sans parler de sa compagne, qui n'a rien à faire ici.

— Tu parles de Pelage d'Orage ? demanda Plume de Faucon, les oreilles dressées. Il est revenu ?

— Oui, confirma Griffe de Ronce. Source et lui sont arrivés au moment où nous chassions les derniers blaireaux. Ils sont restés quelques jours pour nous aider à nous rétablir. À présent, j'imagine qu'ils vont rejoindre le Clan de la Rivière. »

Plume de Faucon plissa les yeux. À quoi pouvait-il penser ? Griffe de Ronce aurait préféré que son père ne parle pas à Plume de Faucon du retour de Pelage d'Orage. Il eut soudain un mauvais pressentiment. Devait-il prévenir Pelage d'Orage ? Comment faire, alors qu'il ne pouvait révéler à personne ces rencontres nocturnes ?

Soudain, un coup terrible le fit basculer. Les pattes massives d'Étoile du Tigre le clouèrent au sol. Ses yeux jaunes le foudroyaient.

« Reste toujours sur tes gardes ! cracha-t-il. Un ennemi peut surgir à tout instant. Comment protéger ton Clan, si tu l'oublies ? »

Le souffle coupé, Griffe de Ronce martela le ventre de son père pour l'écarter. Il se releva d'un bond et, alors qu'Étoile du Tigre lançait une patte vers son oreille, il esquiva le coup avant de se jeter sur lui. Ce dernier chancela, mais parvint à garder l'équilibre. Il feinta d'un côté puis attaqua de nouveau son fils, crocs et griffes dehors. Le jeune guerrier esquiva de plus belle et tenta de mordre la gorge de son père. Ce dernier se libéra aussitôt, puis recula d'un pas.

Griffe de Ronce haletait. Ce combat était plus dur qu'un entraînement ordinaire, où les chats s'affrontaient sans sortir les griffes. La blessure de son épaule s'était rouverte. Il sentait le sang couler sur sa fourrure et, lorsqu'il voulut poser la patte au sol, la douleur le fit cracher entre ses dents.

« Tu es trop lent ! » le tança Étoile du Tigre, qui bondit sur lui.

Cette fois-ci, Plume de Faucon s'interposa. Dans un cri, il griffa l'échine d'Étoile du Tigre et ce dernier lui sauta dessus. Les deux mâles roulèrent au sol dans une mêlée de pattes et de queues. Plume de Faucon se battait aussi férocement que si tous les blaireaux du monde l'attaquaient en même temps et offrait ainsi un moment de répit à Griffe de Ronce. Lorsqu'ils se séparèrent enfin, même Étoile du Tigre était à bout de souffle.

« Il suffit, haleta-t-il. Nous nous retrouverons demain soir. » Ses prunelles dorées scrutèrent Griffe de Ronce. « Avant cela, tu parleras à ces chatons pour gagner leur confiance. Si tu peux donner à l'un d'eux l'envie d'être ton apprenti, la voie qui t'amènera au poste de lieutenant sera plus aisée. »

Malgré sa blessure, Griffe de Ronce galopait dans la forêt sombre comme porté par le vent. Étoile du Tigre ne lui avait donné que de bons conseils. Loin de trahir son Clan, s'il se montrait amical envers Petit Sureau et assumait les tâches d'un lieutenant, il rendrait toujours service à ses camarades. Ses rencontres avec son père feraient de lui un meilleur guerrier, plus loyal envers son Clan, et le doteraient des qualités nécessaires pour être un chef efficace.

Lorsqu'il se réveilla dans la tanière commune, une douleur fulgurante courut de son oreille droite jusqu'à son ventre. La fourrure de son épaule était sombre, collée par le sang. Ses poils se dressèrent. Il s'était battu *en rêve* avec Étoile du Tigre. Comment sa blessure avait-elle pu se rouvrir ? Et pourquoi se sentait-il si fatigué, à croire qu'il n'avait pas dormi de la nuit ?

Tandis que Griffe de Ronce nettoyait sa plaie à grands coups de langue râpeuse, Poil d'Écureuil, qui dormait près de lui, leva la tête. Les mouvements du guerrier et l'odeur du sang l'avaient réveillée.

« Comment t'es-tu fait ça ? hoqueta-t-elle, les yeux ronds.

— Je... je ne sais pas vraiment... J'ai dû m'accrocher à une branche dans mon sommeil.

— Espèce de maladroit, ronronna-t-elle. Tu ferais mieux d'aller chercher des toiles d'araignées chez Feuille de Lune. »

Griffe de Ronce balaya la tanière du regard. La lumière de l'aube filtrait déjà entre les branches du buisson d'aubépine. D'autres guerriers commençaient à bouger ici et là.

« Est-ce que quelqu'un a été désigné pour la patrouille de l'aube ? s'enquit-il.

— Oui, moi », répondit Pelage de Poussière dans un bâillement. Il se leva avant de s'arc-bouter pour s'étirer les pattes. « Flocon de Neige et Cœur d'Épines m'accompagnent. » Il secoua le guerrier blanc du bout de la patte. « Allez, réveille-toi. Tu te prends pour un loir, ou quoi ?

— C'est aussi bien que tu n'y ailles pas, avec ton épaule blessée, commenta Poil d'Écureuil.

— Ça ira, rétorqua-t-il. Et si on allait chasser ?

— D'accord, mais pas avant que Feuille de Lune t'ait examiné. »

Soulagé d'éviter un interrogatoire, Griffe de Ronce se glissa entre les branchages et fila vers le gîte de la guérisseuse. Il était si fatigué que la tête lui tournait et que ses pattes lui semblaient de pierre. Au lieu de partir chasser, il aurait tout donné pour se rouler en boule dans son lit et se rendormir.

La jeune guérisseuse s'occupait de Nuage de Frêne, qui n'avait toujours pas quitté sa litière derrière le rideau de ronces. Dès qu'elle vit la blessure de Griffe de Ronce, elle alla lui chercher des toiles d'araignées pour stopper le saignement.

« On croirait que tu t'es encore battu », déclara-t-elle en appliquant les toiles.

Le cœur battant, Griffe de Ronce se demanda un instant si elle était au courant de ses escapades nocturnes dans la forêt sombre.

« Je ne sais pas comment je m'y suis pris, miaula-t-il. Je peux aller chasser ?

— Eh bien... » Feuille de Lune hésita un instant, avant de hocher la tête. « D'accord, mais ne force pas et reviens tout de suite si les saignements reprennent. »

Il le lui promit avant de regagner la clairière, où Poil d'Écureuil l'attendait, avec Pelage d'Orage et Source. Il se réjouit à l'idée qu'il allait chasser avec son ami. Si Pelage d'Orage allait bientôt rejoindre le Clan de la Rivière, ils n'auraient peut-être plus beaucoup d'occasions de passer du temps ensemble.

« Bonjour, le salua le guerrier gris. Poil d'Écureuil nous a dit que tu t'étais battu avec un blaireau dans tes rêves ! »

Griffe de Ronce se crispa. La théorie de la rouquine était un peu trop proche de la vérité à son goût.

Poil d'Écureuil en tête, ils se dirigèrent vers la barrière d'épines, qui avait retrouvé un peu de son épaisseur passée. Alors que Poil d'Écureuil s'approchait du tunnel de ronces, Pelage de Granit apparut à l'entrée, une boule de mousse dans la gueule.

« Coucou », fit-elle.

Pelage de Granit la toisa avec froideur, ignora complètement Griffe de Ronce et s'éloigna vers l'abri des anciens.

« J'ai essayé de lui expliquer... gémit la jeune guerrière. Dès que je veux lui parler, il m'évite. Je ne vois pas pourquoi on ne pourrait pas être amis.

— Tu as fait de ton mieux. Viens, allons chasser. »

Dans la forêt, l'atmosphère était humide, brumeuse, chargée du parfum âcre des feuilles nouvelles. À mesure que le soleil montait dans le ciel, la brume se dissipait, ne laissant que quelques volutes accrochées aux plus basses branches. Les ombres des arbres majestueux s'étiraient sur le sol et la rosée scintillait sur chaque toile d'araignée, chaque brin d'herbe. Griffe de Ronce oublia un peu sa fatigue lorsqu'il s'arrêta un instant au soleil pour que les chauds rayons imprègnent sa fourrure.

Du coin de l'œil, il aperçut un mouvement dans les herbes. En se tournant, il repéra une souris qui filait à découvert. Sans lui laisser le temps de se réfugier dans les buissons, Source bondit vers elle et la tua d'un coup de patte.

« Belle prise ! s'écria-t-il. Tu es de plus en plus douée pour chasser dans la forêt.

— Après avoir passé toute ma vie dans les montagnes, j'ai un peu de mal à m'adapter, confessa-t-elle. Mais ça vient. »

Dans la Tribu de l'Eau Vive, les tâches étaient réparties différemment : les chasse-proies attrapaient les rapaces aux serres acérées, et les garde-cavernes protégeaient leurs camarades et défendaient leur foyer derrière la cascade. Griffe de Ronce savait que Source comptait parmi les meilleurs chasse-proies. Elle lui avait appris, à lui et Pelage d'Orage, à se servir des souris et des campagnols pour appâter du gibier plus gros.

Pelage d'Orage vint les rejoindre.

« Beau travail, Source, la félicita-t-il. N'oublie pas que dans la forêt, tu n'attraperas rien en restant à l'affût. Les cachettes sont bien trop nombreuses pour le gibier, ici. Tu dois le traquer. Tu vois, là-bas ? » Il inclina les oreilles vers un écureuil qui cherchait des graines au pied d'un arbre. « Regarde. »

Le ventre plaqué au sol, il rampa vers le rongeur en prenant soin d'être face au vent. Mais c'était un guerrier du Clan de la Rivière, avant tout formé à pêcher du poisson dans les rapides. De plus, dans les montagnes, il avait pris l'habitude de poursuivre ses proies sur la roche nue. Il avait oublié qu'une couche de débris couvrait le sol de la forêt. Une brindille craqua sous ses pattes. Alerté, l'écureuil se redressa. Dépité, Pelage d'Orage cracha et se lança à sa poursuite, mais sa proie fut plus rapide et grimpa lestement sur le tronc de l'arbre. Elle s'arrêta un instant, tremblante, sur une branche, avant de disparaître dans la feuillée.

« Crotte de souris ! pesta Pelage d'Orage.

— En résumé, voici exactement ce qu'il ne faut pas faire, le railla Poil d'Écureuil, la queue en panache.

— Tu es injuste, miaula Griffe de Ronce. Personne n'est à l'abri d'une erreur. Pelage d'Orage et Source ont déjà rapporté des tas de proies.

— Nous étions ravis de pouvoir vous aider », répondit Source.

Griffe de Ronce se figea soudain : un campagnol frétillait sous les branches enroulées d'une jeune fougère.

« À mon tour », annonça-t-il, les moustaches frémissantes.

Sachant que Poil d'Écureuil ne le laisserait jamais en paix si lui aussi ratait son approche, il regarda prudemment où il mettait les pattes. Sans un bruit, il traversa la clairière et tua sa proie d'un seul coup.

« Bravo ! » lança Pelage d'Orage.

Si seulement la vie pouvait toujours ressembler à cela, se dit-il. Une journée chaude et ensoleillée, du gibier en abondance, des amis – à cet instant, ils comptaient bien plus pour lui que ses rêves de pouvoir. Néanmoins, il n'avait pas oublié son ambition. Il donnerait n'importe quoi pour devenir lieutenant, puis chef du Clan, avec tous les guerriers sous ses ordres.

Qu'est-ce que je veux vraiment ? se demanda-t-il et, pour une fois, il ne sut y répondre.

Le soleil brillait au-dessus des arbres lorsque les chasseurs rapportèrent leurs prises au camp. Dès qu'il émergea du tunnel épineux, Griffe de Ronce remarqua que la patrouille de l'aube venait elle aussi de rentrer. Pelage de Poussière, Flocon de Neige et Cœur d'Épines se tenaient au milieu de la clairière, entourés de quelques félins : Perle de Pluie, Chipie et ses petits, Poil de Souris et Tempête de Sable. Étoile de Feu était là lui aussi. Il écoutait le rapport de Pelage de Poussière.

Poussé par la curiosité, Griffe de Ronce déposa son fardeau sur le tas de gibier et s'approcha.

« ... deux autres pièges pour les renards, miaulait le guerrier brun. Un sur la frontière du Clan du Vent, un autre près du nid de Bipèdes abandonné. Nous les avons tous deux désamorcés. » Il adressa un signe de tête à Poil d'Écureuil, qui venait de rejoindre Griffe de Ronce. « Ton idée était excellente.

— Et nous avons entendu un bourdonnement en provenance du lac, ajouta Cœur d'Épines.

— Un bourdonnement ? Des abeilles ? demanda Perle de Pluie.

— Non, fit Flocon de Neige. Un bruit bien plus sonore que ça. Ça venait d'une sorte de monstre de Bipède. Il y en a plein sur le lac. »

Le ventre de Griffe de Ronce se noua. Depuis leur arrivée dans la région, ils avaient vu très peu de signes de la présence des Bipèdes. À présent, il avait l'impression que leur paix était de nouveau menacée. Il était toujours hanté par la destruction de leur ancienne forêt. Une telle catastrophe pourrait-elle se reproduire ici ?

« Des Bipèdes ? Que faisaient-ils ? voulut-il savoir en se faufilant jusqu'au premier rang.

— Ils filaient sur l'eau du lac à l'intérieur de monstres aquatiques, répondit Pelage de Poussière. Ce sont ces monstres les responsables du bruit. Et d'autres

Bipèdes flottaient sur des machins qui ressemblaient à des feuilles, tirés par des pelages blancs gonflés par le vent.

— Ce sont des bateaux, expliqua Chipie. Il y en a beaucoup sur la rive opposée. Les Bipèdes y viennent toujours lorsqu'il fait chaud.

— Quoi ? s'indigna Poil de Souris, les poils de la nuque dressés. Tu veux dire qu'ils vont nous enquiquiner durant toute la saison des feuilles vertes ?

— Sans doute, reconnut Chipie, qui semblait presque s'excuser. Ils aiment faire du bateau et nager dans le lac.

— Les Bipèdes nagent pour s'amuser ? s'étonna Tempête de Sable. Quelle bande de cervelles de souris !

— Si les bateaux se trouvent de l'autre côté du lac, alors ce n'est pas notre problème, mais celui des Clans de la Rivière et de l'Ombre. Avec un peu de chance, les Bipèdes ne viendront pas jusqu'ici », soupira Pelage de Poussière.

Griffe de Ronce jeta un coup d'œil vers Poil d'Écureuil. Les yeux verts de la guerrière ne le quittaient pas. Pensait-elle qu'il s'inquiétait encore pour Plume de Faucon ?

« Toutes les patrouilles devront rester sur leurs gardes, miaula Étoile de Feu. Et nous pourrons aborder le sujet avec les autres Clans lors de la prochaine Assemblée. N'oubliez pas que les problèmes des Clans de la Rivière et de l'Ombre peuvent très vite devenir les nôtres, surtout si les autres Clans y trouvent leur intérêt. »

CHAPITRE 7

Feuille de Lune se rongea les sangs toute la journée. Elle ne pouvait oublier à quel point Griffe de Ronce lui avait semblé fatigué lorsqu'il était venu chercher des toiles d'araignées pour sa blessure. Avait-il de nouveau arpenté les sentiers des rêves au côté d'Étoile du Tigre ?

Une fois ses tâches accomplies, elle s'installa dans sa tanière pour la nuit et tenta d'orienter son sommeil vers la forêt noire d'Étoile du Tigre. Les bois sombres, avec sa pâle lumière qui ne venait ni de la lune ni des étoiles, la terrifiaient, mais il était de son devoir de guérisseuse de découvrir ce que Griffe de Ronce manigançait. Pas simplement pour sa sœur, mais pour le bien de son Clan tout entier.

Elle ouvrit les yeux au milieu de grands arbres dénudés. Des ombres murmurantes vacillaient entre les troncs. Un sentier sinueux serpentait parmi les épaisses fougères. Elle s'engagea sur le chemin aussi silencieusement que si elle traquait une souris.

Elle repéra bientôt l'odeur d'autres chats, droit devant elle. Prudente, elle se glissa dans les fougères et poursuivit son chemin en rampant. Des picotements couraient sous sa fourrure tant elle craignait qu'Étoile du Tigre ne la surprenne en train de l'espionner.

Un instant plus tard, elle s'immobilisa, ébahie. Trois félins se tenaient sur le sentier, mais il ne s'agissait ni d'Étoile du Tigre, ni de ses fils. De la poussière d'étoile brillait autour de leurs pattes et constellait leur fourrure. Lorsque l'un d'eux tourna la tête, Feuille de Lune reconnut Étoile Bleue, celle qui avait été la chef du Clan du Tonnerre avant Étoile de Feu. Elle avait péri bien avant la naissance de la jeune guérisseuse, mais celle-ci l'avait déjà rencontrée en rêve.

« Sors de là, Feuille de Lune, lui lança-t-elle. Nous t'attendions. »

Feuille de Lune quitta l'abri des feuilles et vint se placer devant la chatte au pelage gris-bleu.

« Tu as pris ton temps », lâcha une autre membre du Clan des Étoiles.

C'était Croc Jaune, l'ancienne guérisseuse du Clan du Tonnerre, qui avait aussi été le mentor de Museau Cendré. Ses yeux jaunes plissés se découpaient sur une large tête gris foncé. Elle agita la queue pour montrer son irritation.

Feuille de Lune ne reconnut pas le troisième félin, un mâle doré au pelage moucheté magnifique.

« Salutations, Feuille de Lune. Je suis Cœur de Lion. J'étais avec Étoile Bleue à l'époque où ton père est arrivé dans la forêt.

— C'est un honneur de te rencontrer, répondit la guérisseuse. Mais où suis-je ? Pourquoi m'avoir amenée ici ? »

Elle n'était jamais venue dans cet endroit. Il ne pouvait s'agir du territoire d'Étoile du Tigre puisque le Clan des Étoiles était là.

Personne ne lui répondit. Étoile Bleue se contenta de miauler un petit « Viens » avant de l'entraîner un peu plus loin sous les arbres.

Bientôt, le sentier déboucha sur une clairière illuminée par le clair de lune. La forêt, d'abord si menaçante, lui semblait à présent merveilleuse. Les recoins ombrageux lui paraissaient plein de mystères et non de dangers.

Juste au-dessus des branches faîtières, trois étoiles groupées scintillaient à l'unisson. Feuille de Lune se demanda, perplexe, si elle les avait déjà vues. Elles brillaient de plus en plus fort, de sorte que leur éclat finit par éclipser celui de la lune.

« Étoile Bleue, qu'est-ce que c'est ? » demanda la guérisseuse.

Sans lui répondre, la chatte l'entraîna au milieu de la clairière et lui fit signe de s'asseoir. Les trois guerriers du Clan des Étoiles s'installèrent autour d'elle. Feuille de Lune jeta un dernier regard par-dessus son épaule, mais les trois nouvelles étoiles avaient disparu. *Mon imagination me joue des tours,* conclut-elle.

« M'apportez-vous un message ? s'enquit-elle alors.

— Pas exactement, miaula Étoile Bleue. Nous voulions t'avertir que ta vie prendra bientôt un tour inattendu.

— En effet », confirma Croc Jaune comme si elle en savait plus qu'elle ne voulait bien dire. « Tu emprunteras un sentier que peu de guérisseurs ont suivi avant toi. »

Frappée de terreur, la jeune chatte tigrée planta les griffes dans le sol.

« Que voulez-vous dire ?

— Tu vas rencontrer d'autres chats, lui expliqua Étoile Bleue. Et leurs pattes façonneront ton avenir. »

Ce n'est pas une réponse ! voulut-elle protester, mais par respect pour le Clan des Étoiles, elle ne dit rien.

Cœur de Lion posa le bout de sa queue sur l'épaule de la jeune chatte. L'odeur du guerrier-étoile – forte, rassurante – lui chatouilla les narines.

« Nous sommes venus te donner notre force, annonça-t-il.

— Quoi qu'il advienne, n'oublie pas que nous serons toujours à tes côtés », souffla Étoile Bleue, le regard plein de compassion.

Feuille de Lune tenta en vain de comprendre ces paroles. Tout cela n'avait aucun sens ! Elle savait très bien ce que la vie lui réservait. Elle était la guérisseuse du Clan du Tonnerre, rien d'autre, et elle le resterait jusqu'à ce que le Clan des Étoiles la convoque pour rejoindre la Toison Argentée. Elle avait renoncé à tous ses rêves de vie commune avec Plume de Jais.

« Je ne comprends pas, gémit-elle. Ne pouvez-vous pas m'en dire davantage ? »

Étoile Bleue fit non de la tête.

« Le Clan des Étoiles lui-même ne peut voir tout ce qui adviendra. Le chemin qui t'attend disparaît dans l'ombre… mais nous suivrons le moindre de tes pas, je te le promets. »

Ses paroles ébranlèrent la guérisseuse, tout en la rassurant un peu. Elle savait qu'elle n'était pas seule. Le Clan des Étoiles ne l'avait pas abandonnée. Voilà qui expliquait peut-être pourquoi elle ne pouvait plus fouler la forêt sombre d'Étoile du Tigre : en écoutant son cœur, elle avait rejoint son Clan.

« Repose-toi, ronronna Cœur de Lion avant de lui donner un coup de langue entre les oreilles. Repose-toi, et prends des forces pour affronter l'avenir.

— Repose-toi afin de pouvoir maintenir l'ordre dans ton Clan », ajouta Croc Jaune.

Le parfum des trois félins s'enroula autour de la guérisseuse. Ses pattes lui semblèrent soudain lourdes comme la pierre et, dans un soupir, elle se lova dans l'épais tapis d'herbe. Une douce brise caressait sa fourrure. À travers les branches entremêlées, elle aperçut dans le ciel les trois nouvelles étoiles, plus brillantes que jamais.

« Merci », murmura-t-elle, puis elle ferma les yeux.

Presque aussitôt, Feuille de Lune rouvrit les paupières. La lumière du soleil inondait son antre. Dehors, Nuage de Frêne s'était assis sur sa litière.

« Je meurs de faim ! râla-t-il. Je peux aller manger ? »

La jeune chatte alla examiner ses plaies. Les blessures de son arrière-train cicatrisaient bien ; mais il faudrait du temps avant que la fourrure ne repousse. Son œil avait dégonflé et les griffures de son visage étaient elles aussi presque guéries. Elle ne vit aucun signe d'infection.

« Tu peux retourner dans la tanière des apprentis, annonça-t-elle.

— Super ! » Les yeux brillants, il pétrit la mousse de son nid avec impatience. « Est-ce que je peux aussi reprendre l'entraînement ? C'est vraiment trop barbant de rester allongé sans rien faire... »

S'il était suffisamment remis pour s'ennuyer, c'était bon signe.

« D'accord. Mais contente-toi de petites tâches, pour l'instant. Pas de combats. De toute façon, Pelage de Granit est lui aussi gravement blessé. Il ne pourra pas faire grand-chose pendant un moment.

— Je vais voir si je peux lui être utile, promit le novice, qui se hâta de disparaître avant que Feuille de Lune puisse changer d'avis.

— Viens me montrer tes blessures tous les jours ! » lança-t-elle.

Sa vision l'avait rassurée et lui avait redonné des forces. Pourtant, elle s'inquiétait toujours pour Griffe de Ronce. Certaine qu'il continuait à retrouver Plume de Faucon et Étoile du Tigre, elle avait guetté le moindre signe suspect dans son comportement. Cependant, tandis que le Clan se remettait peu à peu de l'attaque des blaireaux, celui-ci avait agi en guerrier plus dévoué que jamais. Était-il vraiment possible pour un chat de rester loyal malgré l'influence d'Étoile du Tigre ?

Deux nuits plus tard, elle revint au camp après avoir été cueillir de l'herbe à chat près du nid de Bipèdes abandonné. La lune s'était déjà levée et la plupart des guerriers s'étaient retirés pour la nuit. Patte d'Araignée, qui était de garde à l'entrée, la salua d'un hochement de tête lorsqu'elle se faufila dans le tunnel épineux. Elle alla déposer les plantes dans son antre avant de se diriger vers la réserve de gibier.

Tandis qu'elle mordait dans un merle, elle entendit un bruissement de feuilles venu du gîte des guerriers. Les branches s'écartèrent au passage du corps musculeux de Griffe de Ronce. Il traversa la clairière sans la voir et, après avoir échangé quelques mots avec Patte d'Araignée, il s'engouffra dans le tunnel.

Que manigance-t-il ? se demanda-t-elle. Il avait quitté le camp au vu de tous, comme s'il se moquait qu'on remarque son départ. Mais pourquoi partir seul, alors que tous dormaient ? Allait-il retrouver Plume de Faucon ?

Bien décidée à le suivre, elle engloutit rapidement le reste de son merle.

« Tu travailles tard, ce soir, déclara Patte d'Araignée lorsqu'elle passa de nouveau devant lui.

— Certaines plantes doivent être cueillies au clair de lune », répondit-elle.

Ce n'était pas tout à fait un mensonge, mais rapporter des herbes était le cadet de ses soucis.

Lorsqu'elle émergea du tunnel, Griffe de Ronce avait disparu. Elle retrouva facilement sa trace en humant l'air. Son cœur se serra quand elle reconnut le chemin rocailleux : c'était celui qu'elle empruntait naguère pour rejoindre Plume de Jais à la frontière du Clan du Vent.

Mais Griffe de Ronce ne comptait pas rendre visite au Clan du Vent. Alors que Feuille de Lune entendait le clapotis du torrent d'un côté, la piste du guerrier tacheté partait de l'autre, à travers les arbres, en direction du lac. La guérisseuse la suivit, les mâchoires entrouvertes pour bien distinguer l'odeur du guerrier de celles des proies qui s'y mêlaient.

Elle se fraya un passage dans les fougères jusqu'au sommet d'une pente ardue d'où elle domina les environs. Assis face au lac, Griffe de Ronce ne se tenait qu'à quelques longueurs de queue d'elle. Feuille de Lune se figea, terrifiée à l'idée que son approche peu discrète ait trahi sa présence. Mais le matou ne broncha pas.

Elle recula de quelques pas pour s'abriter derrière une racine noueuse. S'agissait-il d'un point de rendez-vous où il retrouvait Plume de Faucon ? Dans ce cas, le guerrier du Clan de la Rivière devait accomplir un long voyage à chacune de leur rencontre.

La lune déclinait dans le ciel tandis qu'elle attendait, aux aguets. Mais elle ne vit aucun signe de Plume de Faucon ni de quiconque. Griffe de Ronce restait immobile, les yeux rivés à la surface piquée d'étoiles du lac. À quoi pouvait-il donc penser ?

Tandis que la nuit progressait, Feuille de Lune céda à la fatigue. Elle piqua du nez, se redressa en sursaut, puis laissa ses yeux se fermer et se lova entre deux racines. Dans son rêve, Griffe de Ronce avait disparu. Devant elle, les eaux du lac étaient épaisses et écarlates, comme si des vagues de sang venaient lécher la rive.

Avant que la paix vienne, le sang fera couler le sang, et les eaux du lac deviendront pourpres.

Horrifiée, Feuille de Lune se tourna pour fuir. Elle percuta un obstacle et ses griffes raclèrent l'écorce d'un arbre. Piégée ! Dans sa panique, elle se réveilla pour de bon et constata qu'elle avait trébuché sur une racine. Les premières lueurs de l'aube filtraient entre les branches et mouchetaient l'herbe de taches claires.

« Qui est là ? » lança une voix tonnante.

Sans lui laisser le temps de répondre, Griffe de Ronce bondit sur la racine et la toisa durement. Ses yeux brûlaient de colère.

« Qu'est-ce que tu fais là ? Tu m'espionnes ?

— Non ! s'indigna-t-elle, avant de comprendre qu'elle mentait. Je suis sortie tard, hier soir, pour ramasser des herbes. J'ai dû m'endormir, c'est tout. »

Le peur lui nouait le ventre. *Il ne me fera aucun mal*, se dit-elle. *Nous sommes camarades de Clan, pour l'amour de nos ancêtres ! Et Poil d'Écureuil lui fait confiance. Je n'ai rien à craindre.*

Dans ce cas, pourquoi continuait-il à la foudroyer du regard, sans rien dire ? Aussi dignement que possible, elle se releva et s'en alla. Elle se retint de fuir ventre à terre et marcha doucement jusqu'au couvert des fougères.

Derrière les arbres, le lac reflétait le ciel pâle. Pourtant, la marée écarlate de ses rêves lui paraissait bien plus réelle que l'eau gris perle que nul vent ne venait rider.

Avant que la paix vienne, le sang fera couler le sang, et les eaux du lac deviendront pourpres.

Quelle abomination l'avenir réservait-il encore au Clan du Tonnerre ?

CHAPITRE 8

Griffe de Ronce soupira. Il replia ses pattes sous lui et porta son regard sur le lac. Depuis qu'il retournait voir Étoile du Tigre dans ses rêves, il dormait d'un sommeil agité. Ses mouvements brusques gênaient Poil d'Écureuil et les autres chasseurs tant ils étaient serrés les uns contre les autres dans les ruines de la tanière des guerriers. Il avait donc pris l'habitude d'aller passer la nuit près du lac, pour permettre à ses camarades de se reposer.

Quel choc lorsque Feuille de Lune l'avait surpris ! Elle avait beau dire, il restait persuadé qu'elle l'avait suivi. Savait-elle donc où l'emmenaient ses rêves ? Comme sa sœur, elle ne pourrait concevoir qu'il aille retrouver son père sans pour autant trahir son Clan. Il essayait de se convaincre que ses visites nocturnes ne faisaient de mal à personne, mais il commençait à se demander s'il ne ferait pas mieux de s'abstenir. Il avait peur de ce que Feuille de Lune pouvait savoir et plus encore de ce qu'elle dirait à Poil d'Écureuil. Les deux sœurs étaient si proches qu'elles n'avaient sans doute aucun secret l'une pour l'autre.

Les yeux plissés, il scruta la rive opposée. Dans la faible lumière de l'aurore, il discernait tout juste les bateaux des Bipèdes agglutinés autour du demi-pont, sur la frontière séparant les Clans de la Rivière et de l'Ombre. Tout comme Chipie l'avait dit, les Bipèdes étaient restés dans cette zone. Néanmoins, Griffe de Ronce craignait qu'ils n'envahissent un jour le territoire du Clan du Tonnerre.

Le ciel, de plus en plus lumineux, se reflétait sur les eaux du lac. Poil d'Écureuil lui avait rapporté la vision de sa sœur, de leurs empreintes entremêlées, et il frissonna de plaisir en y repensant. Il enviait le pouvoir des guérisseurs : lui aussi aurait voulu lire l'avenir sur le lac. Mais pour lui, les reflets des étoiles n'étaient rien d'autre que des étincelles vides de sens dansant sur l'eau indigo, sublimes et muettes. *Mon destin est-il vraiment entre les pattes du Clan des Étoiles ?* se demanda-t-il. Aucun guerrier-étoile ne foulait les sentiers de la forêt sombre d'Étoile du Tigre. Leur tournait-il le dos en rendant visite à son père ?

Il s'endormit enfin et ne se réveilla qu'au chant des oiseaux. Le soleil brillait au-dessus des collines du Clan du Vent. Griffe de Ronce bondit sur ses pattes. Il n'avait pas eu l'intention de s'absenter si longtemps. Un guerrier digne d'être lieutenant ne quittait pas le camp seul en plein milieu de la nuit !

En chemin, il s'arrêta pour chasser et rentra au camp la gueule débordant de proies. Il allait s'engouffrer dans le tunnel lorsqu'une plainte glaçante résonna dans la combe. Les blaireaux étaient-ils revenus ?

Impossible. La patrouille n'avait pas trouvé le moindre signe des prédateurs sur leur territoire depuis l'attaque, et la barrière de ronces devant lui était intacte. Le cri se répéta, plus distinctement.

« Mon fils ! Où est mon fils ? »

Griffe de Ronce fila dans le tunnel jusqu'à la clairière. Chipie se trouvait devant la pouponnière, la fourrure hirsute. Flocon de Neige était près d'elle, et deux autres chatons pointaient le museau entre les feuilles, les yeux écarquillés. Feuille de Lune surgit de son antre, suivie de près par Cœur Blanc. Griffe de Ronce déposa ses prises sur la réserve et les rejoignit en quelques bonds.

« J'ai cherché partout ! gémissait la chatte. Il n'est pas là. Oh, Petit Sureau, où es-tu ? »

Pour Griffe de Ronce, le pire était à craindre. Petit Sureau avait toujours été le plus vif de la portée, et le plus à même de s'attirer des ennuis. Il l'imaginait trop bien sortir du camp en douce à la recherche d'aventures.

« Quand l'as-tu vu pour la dernière fois ? lui demanda Flocon de Neige.

— Hier soir. Quand je me suis réveillée ce matin, il avait disparu. J'ai cherché partout, mais il reste introuvable !

— Calme-toi, miaula Cœur Blanc. Brailler de la sorte ne le ramènera pas, et tu vas inquiéter Poil de Châtaigne. Nous le retrouverons.

— Un blaireau l'a dévoré ! se lamenta encore Chipie en ignorant la guerrière. J'en suis certaine. »

Cœur Blanc leva les yeux au ciel, et même la douce

Feuille de Lune remua les moustaches avec impatience.

« Chipie, tu sais très bien qu'on n'a trouvé aucune trace des blaireaux depuis des jours. Petit Sureau a dû s'égarer. Nous le retrouverons, ne t'inquiète pas. »

Entre-temps, d'autres guerriers s'étaient rapprochés, alertés par les cris de la mère éplorée. Étoile de Feu dévala l'éboulis qui menait à la Corniche et vint trouver Griffe de Ronce.

« Que se passe-t-il ? »

Le guerrier tacheté lui expliqua brièvement la situation.

« Nous allons dépêcher une patrouille, décida le meneur. Flocon de Neige, tu en prendras la tête. Choisis deux ou trois guerriers pour t'accompagner et partez sur-le-champ.

— Oh, non, non ! s'écria Chipie, qui enroula sa queue autour du cou de Flocon de Neige. Tu dois rester avec moi, j'ai besoin de toi. Et si mes autres petits disparaissaient aussi ? »

Agacée, Cœur Blanc feula avant de s'en aller. Griffe de Ronce ne pouvait le lui reprocher. Petite Noisette et Petit Mulot semblaient bien trop terrifiés pour mettre une patte hors de la pouponnière. Il comprenait l'inquiétude de Chipie, mais elle n'avait pas besoin de faire tant de tapage. Malgré son embarras visible, Flocon de Neige ne prit pas la peine d'expliquer à la chatte de la grange que personne ne contredisait les ordres du chef.

« Petite Noisette et Petit Mulot n'iront nulle part, miaula calmement Feuille de Lune. Flocon de Neige, conduis Chipie dans la pouponnière. Je vais lui chercher des graines de pavot pour la calmer.

— Et je peux me charger de diriger la patrouille », proposa Griffe de Ronce.

Étoile de Feu acquiesça tandis que Flocon de Neige se libérait de l'étreinte de Chipie et poussait cette dernière vers la pouponnière. Griffe de Ronce fit signe à Poil d'Écureuil, qui se tenait à une longueur de queue de là avec Pelage d'Orage et Source.

« Allons-y, lança-t-il. Une fois que je l'aurai retrouvé, je l'écorcherai vif, ce petit chenapan ! Il a semé la pagaille dans tout le camp !

— Mais non, tu ne lui feras rien, rectifia Poil d'Écureuil en lui donnant un coup d'épaule amical. Tu es aussi inquiet que nous tous à l'idée qu'il soit blessé. »

Griffe de Ronce grommela. Malgré sa colère, il devait admettre que l'audace de Petit Sureau l'impressionnait. Il fallait beaucoup de courage à un chaton pour partir à l'aventure tout seul dans la forêt, surtout après un combat aussi terrible.

« Le plus tôt il deviendra apprenti, le mieux cela vaudra », marmonna-t-il.

Et je serai vraiment ravi d'être son mentor, songea-t-il.

Poil d'Écureuil fut la première à repérer l'odeur du chaton à deux longueurs de queue du tunnel.

« Il est parti par là, annonça-t-elle, la queue tendue vers la frontière du Clan de l'Ombre.

— On a intérêt à le retrouver vite, miaula Pelage d'Orage. Le Clan de l'Ombre ne serait guère content de découvrir un chaton inconnu sur son territoire. »

La piste de Petit Sureau traçait presque une ligne droite jusqu'à la frontière, malgré quelques détours là où le chaton avait voulu examiner les racines d'un arbre ou un trou sablonneux sous un rocher. Source aperçut de petites empreintes dans la boue bordant un point d'eau, comme s'il s'était arrêté pour boire. Un peu plus loin, le sol avait été gratté par endroits.

« Quel chasseur redoutable ! s'amusa Poil d'Écureuil, la queue en panache. Il a dû faire semblant d'enterrer sa victime.

— Une prise de ce genre, tu veux dire ? » demanda Pelage d'Orage.

Il désigna un scarabée qui grimpait le long d'une fougère. S'il s'agissait de la proie du chaton, elle avait survécu à l'expérience.

« Tu devais être pareil au même âge, le gronda gentiment Source. Nous savons au moins qu'il allait bien en arrivant ici.

— Mais la frontière du Clan de l'Ombre est toute proche », leur rappela Poil d'Écureuil.

Griffe de Ronce crut soudain entendre quelque chose, juste devant. D'un mouvement de la queue, il intima le silence aux autres. Au début, il n'entendit rien que le bruissement du vent dans les feuilles et le pépiement des oiseaux. Puis le bruit se répéta : un cri perçant, pareil à celui d'une proie entre les griffes d'un chat.

Poil d'Écureuil se tourna vers lui, alarmée :

« Et si c'était Petit Sureau ? »

Griffe de Ronce huma l'air. L'odeur du chaton lui parvint très nettement, ainsi qu'une autre, à la fois familière et inquiétante.

« Le Clan de l'Ombre ! s'exclama-t-il. Vite ! »

Guidé par les cris, Griffe de Ronce fila entre les arbres, suivi de près par ses trois amis. Cette petite cervelle de souris avait dû franchir la frontière et se faire repérer par une patrouille rivale. *S'ils ont touché à un seul de ses poils...* se dit le guerrier, si furieux que sa fourrure s'était hérissée sur son échine.

Il contourna un massif de ronces et déboula dans une clairière, près de l'arbre mort qui marquait la frontière entre les deux territoires.

« Petit Sureau ! »

Un faible gémissement de douleur lui répondit. Petit Sureau se tortillait au sol au milieu des fougères. Il était seul. Griffe de Ronce crut d'abord qu'il devait être trop blessé pour se relever. Puis il repéra la boucle brillante resserrée autour de sa queue. Petit Sureau s'était fait prendre dans un piège à renard !

Poil d'Écureuil cracha furieusement, la fourrure dressée sur la nuque, les yeux rivés par-delà la frontière. Suivant son regard, Griffe de Ronce distingua trois guerriers du Clan de l'Ombre tapis sous un noisetier : Plume Rousse, le lieutenant, Bois de Chêne et Cœur de Cèdre. Tout portait à croire qu'ils contemplaient depuis un moment le chaton en train de se tortiller en criant de douleur.

« Sales bouffeurs de chair à corbeau ! feula la rouquine. Pourquoi restez-vous là sans rien faire ? »

Feuille Rousse se leva puis se donna quelques coups de langue sur l'épaule avant de répondre :

« Tout le monde sait que le Clan du Tonnerre ignore les frontières. Mais le Clan de l'Ombre respecte le code du guerrier. De plus, c'est un chat domestique. Nous n'avons rien à voir avec eux, nous. »

Poil d'Écureuil cracha de plus belle, trop furieuse pour parler.

« Laisse tomber, marmonna-t-il. Allons aider Petit Sureau. »

La guerrière sortit les griffes, comme si rien ne lui aurait fait plus plaisir que de les planter dans la fourrure de son interlocuteur. Au lieu de quoi, elle lui tourna le dos et suivit Griffe de Ronce vers le chaton blessé.

Pelage d'Orage et Source étaient déjà à son côté. La chatte le réconfortait à grands coups de langue sur les oreilles, tandis que Pelage d'Orage reniflait la boucle qui coinçait sa queue. Tout autour du chaton, le sol était labouré de coups de griffe, comme s'il avait désespérément essayé de se libérer. Ses cris n'étaient plus que des gémissements apeurés.

« Je s-suis v-vraiment d-désolé, pleurnicha-t-il. Je voulais juste chasser et...

— Ta mère est morte d'inquiétude et tu as mis le camp sens dessus dessous, le tança Griffe de Ronce. Ne bouge plus. On va te sortir de là. »

Lorsqu'il examina la queue du petit chat, il comprit que cela ne serait peut-être pas si facile. Son arrière-train était couvert de sang et il avait abîmé sa queue à force de tirer sur le collet pour se libérer. La boucle était collée à la chair et le fil tendu jusqu'au bâton planté dans le sol. Griffe de Ronce y hasarda un coup de patte. Le bout de bois de bougea pas, mais Petit Sureau poussa un cri de douleur.

« Tu lui fais mal, hoqueta Poil d'Écureuil. Je vais essayer de le couper avec mes crocs. »

Elle se tapit près du blessé, mais le fil était trop

emmêlé à la fourrure pour qu'elle puisse le saisir entre ses dents. Petit Sureau poussa un autre cri de douleur.

« Tu m'as mordu !

— Pardon. »

Poil d'Écureuil recula d'un pas, le souffle court, une tache de sang sur le museau.

Griffe de Ronce contemplait le chaton pris au piège. Devraient-ils lui couper la queue pour le libérer ? Il allait se résoudre à proposer cette solution lorsque Source inclina les oreilles vers le bout de bois qui tenait le fil.

« Si nous le déterrons, la boucle devrait se desserrer », fit-elle remarquer.

Griffe de Ronce échangea un regard perplexe avec Poil d'Écureuil.

« C'est le bout de bois qui tient le fil, expliqua la chatte de la Tribu. Mais il ne peut pas le tendre s'il n'est pas planté dans le sol.

— Source, tu es géniale ! » s'exclama Poil d'Écureuil avant de commencer à gratter furieusement la terre.

Source alla se placer de l'autre côté et tira sur le bâton. Chaque fois que celui-ci bougeait, le chaton poussait un cri de douleur. Pelage d'Orage se pencha vers lui pour lui lécher les oreilles. En même temps, il l'empêchait de voir l'état de sa queue.

Peu à peu, la boucle commençait à se desserrer.

« Ça va mieux ? s'enquit Griffe de Ronce.

— Oui. Ça me serre moins.

— Ne bouge surtout pas. C'est bientôt fini.

— Reculez-vous ! haleta Poil d'Écureuil. J'y suis presque. »

Elle agrippa le bâton entre ses crocs et le tira de toutes ses forces. Elle perdit l'équilibre lorsqu'il jaillit du sol. Dès qu'il se sentit libéré, Petit Sureau rampa en avant, traînant le bâton derrière lui.

« Attends ! miaula Pelage d'Orage. On va d'abord t'enlever ce truc. »

La boucle s'était relâchée et, avec délicatesse, Griffe de Ronce put glisser une griffe dessous puis la desserrer un peu plus encore.

« Essaie de libérer ta queue », conseilla-t-il au chaton.

Il poussa un long soupir de soulagement : Petit Sureau parvint à retirer sa queue de la boucle brillante. Puis il tenta de se lever mais retomba aussitôt sur le flanc, les yeux clos.

« Repose-toi un peu, miaula Source. Nous allons nettoyer la blessure. »

Elle se coucha près de lui et lécha les coupures. Poil d'Écureuil vint bientôt l'imiter. Griffe de Ronce grimaça en voyant les chairs déchirées et le sang qui continuait à suinter de la plaie. Il ramassa quelques feuilles et les plaqua dessus. Ce ne serait pas aussi efficace que des toiles d'araignées mais ils n'avaient pas le temps d'en chercher.

« Une fois au camp, Feuille de Lune t'examinera. »

Petit Sureau ne répondit pas. Ses yeux demeurèrent clos. Griffe de Ronce se demanda s'il l'avait seulement entendu.

Pendant ce temps, Pelage d'Orage avait fait quelques pas vers la patrouille du Clan de l'Ombre, qui contemplait toujours la scène à l'abri du noisetier.

« Le spectacle vous a plu ? feula-t-il. Au moins, vous

avez vu comment le Clan du Tonnerre se débarrasse d'un collet.

— Le Clan de l'Ombre sait comment s'y prendre avec les pièges pour les renards, merci, rétorqua Plume Rousse dans un battement de queue. Nous en avons repéré quelques-uns sur notre territoire, mais nous, nous sommes assez intelligents pour ne pas nous en approcher.

— Bravo, vous êtes plus perspicaces qu'un chaton, railla Pelage d'Orage, qui était maintenant au bord de la frontière. Vous êtes vraiment des guerriers redoutables, ça se voit au premier coup d'œil. »

Bois de Chêne bondit sur ses pattes avec un grognement.

« Pose une seule griffe de l'autre côté de la frontière et tu verras à quel point nous sommes redoutables... déserteur ! »

Les poils de Pelage d'Orage se dressèrent sur sa nuque.

« Sache que si j'ai voyagé jusqu'à Minuit, si j'ai aidé tout le monde à trouver un nouveau territoire, ce n'est pas pour voir l'un des Clans refuser de secourir un chaton blessé.

— Ce chaton n'est pas né au sein d'un Clan, lui rappela Cœur de Chêne avec mépris. Tu es resté si longtemps dans les montagnes que tu as oublié le code du guerrier. Si tant est que tu l'aies connu un jour, sale Clan-mêlé. »

Pelage d'Orage sortit les griffes. Pour éviter une bagarre, Griffe de Ronce rejoignit Pelage d'Orage d'un bond et lui donna un petit coup de museau amical.

« Ce n'est pas le moment de se battre, lui souffla-t-il

à l'oreille. Nous devons ramener Petit Sureau au camp. Ils n'en valent pas la peine, de toute façon. Ignore-les. »

Le guerrier gris soutint son regard ; ses yeux brillaient de colère. Puis il inspira à fond et sa fourrure retomba en place sur son échine.

« Tu as raison. Ceux-là valent moins que de la chair à corbeau. »

Les deux amis retournèrent auprès du chaton. Les chasseurs du Clan de l'Ombre les raillèrent, mais ni Griffe de Ronce ni Pelage d'Orage ne se retournèrent.

Griffe de Ronce crut que le chaton était toujours inconscient, mais lorsqu'il voulut le renifler, la petite boule de poils ouvrit les yeux.

« Merci, murmura-t-il. Je suis vraiment désolé.

— N'y pense plus, le rassura Poil d'Écureuil.

— Est-ce qu'Étoile de Feu me laissera quand même devenir apprenti ?

— Je vais te dire un secret, répondit Griffe de Ronce d'un ton rassurant. Lorsqu'il était apprenti, Étoile de Feu s'attirait des tas d'ennuis… pas vrai, Poil d'Écureuil ? »

La rouquine acquiesça d'un air solennel.

« Ce n'est un secret pour personne ! Tout le Clan le sait.

— Étoile de Feu ? Des tas d'ennuis ? répéta le chaton, incrédule.

— Oui, confirma Griffe de Ronce. Tu as commis une bêtise, mais une bêtise qui demandait du courage. Étoile de Feu le comprendra sans mal. »

Rasséréné, Petit Sureau laissa échapper un soupir et referma les paupières.

« Allez, lança le guerrier tacheté en regardant ses compagnons. Ramenons-le au camp. »

Griffe de Ronce et Pelage d'Orage traversèrent tant bien que mal le tunnel en portant le corps inerte du chaton. Sa queue meurtrie saignait toujours. Seuls les légers soulèvements de ses côtes indiquaient qu'il était toujours en vie. Sans les soins rapides de Feuille de Lune, le Clan des Étoiles allait le rappeler à lui.

Poil d'Écureuil, qui suivait les guerriers, fila aussitôt vers l'antre de sa sœur. Source fermait la marche.

« Je vais prévenir Chipie », annonça cette dernière.

Au moment où Griffe de Ronce et Pelage d'Orage atteignaient le centre de la clairière, un cri aigu retentit derrière eux. En jetant un coup d'œil en arrière, Griffe de Ronce vit Chipie jaillir de la pouponnière. Flocon de Neige sortit à sa suite.

« Chipie, attends ! » cria-t-il.

La chatte au pelage crème s'arrêta net devant Griffe de Ronce, les yeux déformés par la terreur.

« Petit Sureau ! Il est mort ! Oh ! Il est mort ! »

Griffe de Ronce, qui n'avait pas lâché l'épaule du chaton, ne put lui répondre.

« Mais non, lança Flocon de Neige en accourant. Source vient de te dire qu'il était vivant, rappelle-toi ! Regarde, il respire. »

Chipie contempla son fils, immobile, comme si elle ne comprenait pas les paroles du guerrier blanc. Puis elle se jeta sur son petit afin de le couvrir de coups de langue désespérés. Griffe de Ronce remua les oreilles, agacé. Cette cervelle de souris ne se rendait-elle pas compte qu'elle les gênait ? Qu'ils devaient avant tout le porter jusqu'à la guérisseuse ?

« Viens, lui ordonna Flocon de Neige avec douceur. Laisse-les l'emmener dans la tanière de Feuille de Lune. Tu ferais mieux de dire à Petit Mulot et Petite Noisette qu'il va s'en tirer. Ils se sont inquiétés, eux aussi. »

Chipie lui jeta un regard sceptique avant de se laisser entraîner vers la pouponnière.

Feuille de Lune vint à leur rencontre.

« Pauvre petite boule de poils ! s'exclama-t-elle en reniflant en vitesse la queue blessée. Emmenez-le jusqu'à mon antre, s'il vous plaît. Cœur Blanc lui a préparé une litière. »

Les deux guerriers contournèrent le rideau de ronces et le déposèrent sur un douillet nid de mousse et de fougères juste devant la fissure. Il gisait sur le flanc, immobile. Cœur Blanc le caressa du bout de la patte tandis que Poil d'Écureuil les regardait faire, inquiète.

« Je ferais mieux d'avertir Étoile de Feu », marmonna-t-elle avant de s'éclipser.

Feuille de Lune disparut dans la crevasse et en ressortit aussi sec, une patte couverte de toiles d'araignées.

« Il faut avant tout stopper l'hémorragie », déclara-t-elle en les appliquant autour des lacérations. Les feuilles dont s'était servi Griffe de Ronce étaient tombées en cours de route. « Ensuite, je lui ferai un cataplasme de souci pour éviter l'infection.

— Il va s'en remettre, n'est-ce pas ? » s'enquit Griffe de Ronce à voix basse.

Feuille de Lune leva ses yeux ambrés, la mine sombre.

« Je l'espère, mais je n'en suis pas sûre, admit-elle. Je ferai de mon mieux. Son avenir est entre les pattes du Clan des Étoiles. »

Lorsqu'il quitta l'antre de la guérisseuse, Griffe de Ronce croisa Pelage de Poussière et Cœur d'Épines, qui s'apprêtaient à partir en patrouille. Il se joignit à eux, espérant ainsi se changer les idées. Malgré tout, tout en longeant le torrent qui les séparait du Clan du Vent, il repensa au petit corps inerte du chaton. S'il mourait, Chipie ramènerait assurément ses deux autres petits au territoire des chevaux. Dans ce cas, il lui faudrait attendre six lunes pour avoir un apprenti, le temps que les petits de Poil de Châtaigne grandissent !

Griffe de Ronce battit de la queue, furieux que ses pensées prennent une telle tournure. Il s'inquiétait vraiment pour la petite boule de poils, si vive, si entêtée, et pas seulement parce qu'il avait besoin d'un apprenti.

Il était midi passé lorsqu'il revint au camp. Il s'apprêtait à prendre des nouvelles du chaton quand il aperçut Pelage d'Orage, Source, Étoile de Feu et Poil d'Écureuil qui traversaient la clairière.

Pelage d'Orage vint à sa rencontre.

« Nous t'attendions, annonça le guerrier gris.

— Pourquoi ? »

Son ventre se noua lorsqu'il remarqua l'expression pleine de regrets de son ami. Que se passait-il encore ?

Pelage d'Orage frotta son museau contre l'épaule du guerrier avant de répondre :

« Source et moi, nous partons.

— Maintenant ? s'enquit-il, déçu. Je savais que vous retourneriez un jour dans les montagnes, mais j'espérais que vous resteriez plus longtemps.

— Non, nous ne partons pas pour les montagnes, corrigea Pelage d'Orage après une légère hésitation. Mais pour le Clan de la Rivière. Ces sacs à puces du Clan de l'Ombre avaient raison. Si nous voulons rester ici, nous devons suivre le code du guerrier, ce qui signifie demeurer loyal envers le Clan de la Rivière.

— C'est pour ça que vous partez ? À cause de ce que ces crapules ont dit ?

— Pas seulement, ajouta Source. Nous nous reverrons, promit-elle. Nous voulons rester ici pour toujours. Une fois dans le Clan de la Rivière, je compte m'entraîner pour devenir guerrière. »

Griffe de Ronce la dévisagea, abasourdi. Ils comptaient rester là pour toujours ? Le but de leur visite n'était donc pas de s'assurer que les Clans avaient trouvé un nouveau territoire. Pour quelle raison avaient-ils vraiment quitté les montagnes ? Et pourquoi ne voulaient-ils plus y retourner ? Griffe de Ronce fut peiné lorsqu'il comprit que son ami ne lui faisait pas suffisamment confiance pour s'ouvrir à lui.

« Vous restez ? C'est une bonne nouvelle, se força-t-il à ronronner. Au moins, nous nous reverrons lors des Assemblées.

— Oui, nous serons impatients d'entendre les derniers ragots du Clan de la Rivière », ajouta Poil d'Écureuil avant d'enfouir sa truffe dans la fourrure de leurs deux camarades.

Étoile de Feu attendit à quelques longueurs de queue que les anciens compagnons de route se soient salués.

« Nous n'oublierons jamais votre aide précieuse, dit-il ensuite aux visiteurs. Le Clan du Tonnerre vous sera toujours reconnaissant.

— Nous aussi, nous vous remercions de nous avoir accueillis si longtemps parmi vous, répondit Pelage d'Orage. »

Suivi de près par Source, il fit volte-face et disparut dans le tunnel. Griffe de Ronce et Poil d'Écureuil s'engouffrèrent après eux et, côte à côte, ils les regardèrent se fondre dans les broussailles.

« Que le Clan des Étoiles illumine votre chemin ! » lança Griffe de Ronce.

Pelage d'Orage s'arrêta un instant pour jeter un coup d'œil derrière lui. Il leur fit ses adieux d'un mouvement de la queue, et Source et lui s'évanouirent dans les fougères.

CHAPITRE 9

La lune flottait au-dessus des arbres qui bordaient la combe rocheuse, mais le nid de Petit Sureau était plongé dans l'ombre. Tapie près de lui, Feuille de Lune posa sa truffe contre la sienne. Elle était chaude et desséchée par la fièvre. Les yeux clos, il gémissait dans son sommeil. Il n'avait pas repris connaissance depuis que, la veille au matin, Griffe de Ronce et les autres l'avaient ramené au camp.

Feuille de Lune n'avait pas fermé l'œil de la nuit. Après avoir fait de son mieux avec les toiles et le cataplasme, elle avait dû s'avouer vaincue : elle n'avait pas réussi à sauver l'extrémité de la queue meurtrie. Dans l'après-midi, elle s'était résignée à couper d'un coup de dents les derniers bouts de tendon. Les membres raidis, le chaton avait poussé un cri de douleur, sans se réveiller. Feuille de Lune avait couvert la nouvelle plaie de toiles d'araignées avant de donner le morceau de chair amputé à Cœur Blanc afin qu'elle l'enterre hors du camp.

Elle se leva pour chercher des feuilles de bourrache

dans sa réserve, qu'elle réduisit en pulpe. Puis elle ouvrit les mâchoires du chaton et y versa un peu de jus. Si le Clan des Étoiles le voulait, ce remède ferait baisser la fièvre. Elle tenta de veiller un moment encore tandis que la lune glissait dans le ciel, mais elle était si épuisée que ses yeux se fermèrent d'eux-mêmes et qu'elle sombra dans un sommeil agité.

Elle se retrouva au bord du lac. Les étoiles de la Toison Argentée scintillaient au firmament. Une forme sombre attira son attention un peu plus loin sur le rivage : un félin, qui s'approchait à vive allure. Elle reconnut bientôt Patte de Pierre, l'ancien guérisseur du Clan de la Rivière, qui avait péri dans leur ancienne forêt juste avant l'exode. Son corps avait retrouvé sa force et sa souplesse, et sa fourrure semblait parsemée de poussière d'étoile.

Feuille de Lune s'inclina avant de demander :

« Salutations, Patte de Pierre. As-tu un message pour moi ?

— Oui. J'ai besoin que tu dises un mot de ma part à Papillon. »

Feuille de Lune se crispa. Papillon, l'actuelle guérisseuse du Clan de la Rivière, ne croyait pas au Clan des Étoiles. Et les esprits de leurs ancêtres ne parvenaient pas à visiter ses rêves. Par le passé, Feuille de Lune avait déjà transmis une fois à son amie un message de Jolie Plume, lorsque les Bipèdes avaient versé du poison sur le territoire du Clan de la Rivière. Mais cette lourde responsabilité lui pesait, d'autant qu'elle avait juré de se dévouer corps et âme à son propre Clan.

« Un ancien du Clan de la Rivière souffre du mal vert, continua Patte de Pierre. Papillon doit trouver de l'herbe à chat pour le guérir, mais ses recherches ont été vaines. Ai-je donc commis une erreur en la choisissant pour me remplacer ? se demanda-t-il tout haut. Le signe semblait clair... L'aile de papillon trouvée devant mon antre ne laissait aucun doute... » Il hésita, comme s'il ne savait comment poursuivre. « Feuille de Lune, je t'en supplie, assure-toi que mon Clan ne souffre pas de mon erreur de jugement.

— Veux-tu que je lui apporte de l'herbe à chat ? proposa-t-elle en pensant au plant qui poussait près du nid de Bipèdes abandonné.

— Non, il y en a plein au bord de son propre territoire, si seulement elle savait où le chercher. En suivant le petit Chemin du Tonnerre, elle découvrira une rangée de nids de Bipèdes entourés de jardins. Elle y trouvera de l'herbe à chat. Feuille de Lune, veux-tu bien le lui dire ? »

Il ouvrit la bouche et laissa échapper un faible miaulement. Inquiète, elle le regarda s'éloigner. Son miaulement résonnait toujours dans ses oreilles lorsqu'elle ouvrit les yeux et vit que Petit Sureau s'agitait dans son nid.

« Ça fait mal ! J'ai mal à ma queue ! » gémissait-il.

La jeune guérisseuse lui posa une patte sur le poitrail pour le calmer et fit couler un peu de jus de bourrache dans sa gueule. Tout en le caressant et en ronronnant pour le rassurer, elle repensait au regard anxieux de Patte de Pierre.

La lune avait disparu, et les premières lueurs de l'aube pointaient dans le ciel. Feuille de Lune discernait à peine les contours des arbres qui surplombaient la combe.

« Comment pourrais-je me rendre au Clan de la Rivière ? » murmura-t-elle.

Par le passé, Étoile de Feu lui avait donné la permission d'aider le Clan de son amie, mais cette fois-ci, elle devait penser avant tout au chaton malade. Petit Sureau risquait de mourir s'il n'était pas correctement soigné. De plus, après son escapade avec Plume de Jais, que penserait son Clan si elle disparaissait de nouveau ?

Heureusement que ce soir, c'est la demi-lune. Je verrai Papillon à la Source de Lune et pourrai lui transmettre le message de Patte de Pierre sans avoir besoin de quitter mon Clan.

« Je ne sais pas si je dois y aller », miaula Feuille de Lune, indécise.

Le soleil couchant projetait des rayons rouge sang dans la clairière. Devant son antre, elle contemplait Petit Sureau. Il dormait d'un sommeil plus paisible, lové dans son nid. Sa fièvre tombait peu à peu, mais la jeune guérisseuse n'était toujours pas certaine que ses blessures cicatrisaient correctement.

Après sa nuit blanche, elle se sentait presque trop épuisée pour se rendre à la Source de Lune. De plus, elle appréhendait de devoir annoncer la mort de Museau Cendré aux autres guérisseurs.

« Tu dois y aller, lui rappela Cœur Blanc. Je veillerai sur Petit Sureau. Je sais quoi lui donner s'il se réveille. »

Elle ne mentait pas. Cœur Blanc se révélait une aide précieuse et toutes les herbes nécessaires étaient à sa disposition. Sans compter que Feuille de Lune avait un message à transmettre à Papillon.

« Entendu, miaula-t-elle. J'irai. Mais je reviendrai vite.

— Tu n'as pas à t'inquiéter. »

Après avoir examiné Petit Sureau une dernière fois, Feuille de Lune traversa la clairière et s'engagea dans le tunnel. Elle souhaita une bonne nuit à Cœur d'Épines, qui s'installait près de l'entrée pour sa nuit de garde. Il lui semblait étrange de partir sans Museau Cendré pour accomplir ce voyage. Il lui tardait de sentir l'esprit de son mentor près d'elle. Feuille de Lune ne s'était jamais sentie aussi seule.

Le soleil disparut à l'horizon tandis qu'elle se dirigeait vers la frontière du Clan du Vent, où elle suivit le torrent dans les collines. Les fragrances de la nouvelle saison tourbillonnaient autour d'elle, la pénombre envahissait la forêt, et la rosée rafraîchissait ses coussinets. Sa fatigue avait disparu à l'idée que, bientôt, elle laperait l'eau de la source étoilée et partagerait les rêves de ses ancêtres. Entourée des autres guérisseurs, et des guerriers du Clan des Étoiles, elle oublierait sa solitude.

Elle aperçut alors Écorce de Chêne, le guérisseur du Clan du Vent, qui la devançait de quelques longueurs de queue, accompagné de Petit Orage, du Clan de l'Ombre. Ils durent la flairer car ils s'arrêtèrent pour l'attendre.

« Salutations, Feuille de Lune, l'accueillit Écorce de Chêne de sa voix rauque. Qu'il est bon de te revoir. Je m'associe à ton chagrin. Il est bien triste que

Museau Cendré ait dû rejoindre les rangs du Clan des Étoiles si prématurément.

— Quoi ? s'écria Petit Orage. Museau Cendré est morte ? »

Feuille de Lune se doutait que le guérisseur du Clan de l'Ombre n'était pas au courant.

« Oui, confirma-t-elle. Des blaireaux ont attaqué le camp. Étoile Solitaire est venu avec son Clan pour nous aider, mais ils sont arrivés trop tard pour la sauver. »

Et moi aussi, se dit-elle.

Petit Orage baissa les yeux.

« C'était une guérisseuse hors pair, miaula-t-il. Je lui dois la vie. »

Feuille de Lune avait déjà entendu cette histoire : bien des lunes plus tôt, Museau Cendré avait désobéi aux ordres pour aider Petit Orage et l'un de ses camarades lorsque la maladie avait frappé le Clan de l'Ombre. Petit Orage avait toujours affirmé que cet événement l'avait décidé à devenir guérisseur.

Elle hésita à leur dire la vérité : que Museau Cendré n'était plus parce que, elle, Feuille de Lune, avait trahi les siens et son devoir de guérisseuse. Lui reprocheraient-ils sa mort comme elle se le reprochait elle-même ?

« Elle doit terriblement te manquer, murmura Écorce de Chêne. Mais tu seras son digne successeur.

— Je l'espère, répondit-elle, la gorge serrée. Je ne l'oublierai jamais, pas plus que je n'oublierai ses enseignements. »

Ils poursuivirent leur chemin dans les collines. Les deux guérisseurs l'encadraient comme pour partager sa peine et lui transmettre leurs forces.

Feuille de Lune aurait aimé demander des nouvelles de Plume de Jais à Écorce de Chêne, mais elle se mordit la langue. *Tu dois arrêter de penser à lui !*

La nuit était tombée. La jeune chatte tigrée marqua une halte sur un monticule et regarda par-dessus son épaule le croissant de lune qui se reflétait au loin sur le lac. Aucun signe de Papillon, ni même de son odeur.

« Avez-vous croisé Papillon en cours de route ? » demanda-t-elle aux autres.

Écorce de Chêne fit non de la tête.

« Je ne l'ai pas vue non plus, mais elle ne passe jamais par le territoire du Clan de l'Ombre, miaula Petit Orage. Ne t'inquiète pas. Ce n'est pas la première fois qu'elle est en retard. »

C'était vrai, mais elle se demanda tout de même si Papillon avait été retenue auprès de l'ancien atteint du mal vert. La maladie s'était peut-être propagée, alors qu'elle n'avait pas d'herbe à chat pour les soigner…

Lorsque Feuille de Lune et les autres atteignirent le deuxième torrent, Papillon n'était toujours nulle part en vue. Feuille de Lune courut le long du cours d'eau où se reflétait la nuit étoilée et s'engouffra dans les buissons qui surplombaient la combe, espérant sans y croire que son amie les y attendait déjà.

L'eau argentée de la source se jetait avec une telle force dans le bassin qu'elle y provoquait des remous. Nulle silhouette dorée ne se leva pour accueillir Feuille de Lune. Nul parfum familier ne vint lui chatouiller les narines. La combe était déserte.

Écorce de Chêne descendit en premier le sentier sinueux menant au point d'eau. Feuille de Lune le suivit et Petit Orage fermait la marche. À chaque pas, elle avait l'impression de poser ses pattes sur les empreintes laissées par des générations de félins depuis longtemps disparus. Étrangement, l'atmosphère de ce lieu sacré ne parvint pas à l'apaiser. Elle s'inquiétait bien trop pour Papillon et le Clan de la Rivière, et elle redoutait que Patte de Pierre ne vienne hanter ses rêves pour lui reprocher de ne pas avoir transmis son message.

Comme elle ne pouvait en parler aux autres, elle s'étendit sans un mot près d'eux au bord de la source et lapa l'eau glaciale. Transie jusqu'aux os, elle eut l'impression de se pétrifier. Les yeux rivés à la surface agitée, elle regarda l'eau s'immobiliser peu à peu puis distingua alors le reflet d'innombrables félins rassemblés dans la combe.

Elle leva la tête. Écorce de Chêne et Petit Orage ne bougeaient plus, absorbés dans leurs propres visions. Autour du bassin, des rangées de guerriers-étoiles se succédaient jusqu'à la barrière végétale.

Une chatte au pelage gris-bleu se leva. Du haut d'un surplomb, elle dominait le bassin. Feuille de Lune reconnut aussitôt Étoile Bleue.

« Bienvenue à toi, l'accueillit l'ancien chef du Clan du Tonnerre. Le Clan des Étoiles te reconnaît officiellement comme la nouvelle guérisseuse du Clan du Tonnerre. »

Des murmures enthousiastes s'élevèrent des rangs. Feuille de Lune aperçut Jolie Plume, assise près d'une chatte au beau pelage argenté. Il devait s'agir de sa mère, Rivière d'Argent. Plus près de l'eau, elle distingua Nuage de Musaraigne, Petit Sapin et Petit Laurier, les chatons de Fleur de Bruyère morts pendant la famine. Étoile Filante, l'ancien chef du Clan du Vent, se tenait non loin. Leurs regards étincelants redonnèrent des forces à la jeune chatte tigrée.

« Merci, répondit-elle. Je promets de faire de mon mieux pour servir mon Clan. »

Sur la rive opposée, un groupe d'anciens guérisseurs avait pris place : Petite Feuille, sa chère guide, ainsi que Croc Jaune et Patte de Pierre. Une ombre semblait planer sur eux, alors que la lune brillait dans un ciel dégagé. Patte de Pierre fixait ses pattes. Le cœur de Feuille de Lune se serra : évitait-il délibérément son regard ?

Elle scruta la combe, à la recherche de Museau Cendré. Malgré les paroles de Petite Feuille, Feuille de Lune craignait toujours que son ancien mentor ne lui en veuille après sa désertion.

« Pitié, Museau Cendré… souffla-t-elle, avant de se tourner vers Étoile Bleue. Étoile Bleue, où… ? »

Mais les guerriers du Clan des Étoiles disparaissaient déjà. L'éclat de leur fourrure diminua tant que Feuille de Lune put voir à travers eux. Ils brillèrent un instant encore, à la façon du givre sur des rochers, puis ils s'évanouirent. Feuille de Lune s'éveilla au bord du bassin.

Elle s'étira pour soulager ses membres froids et courbatus. Près d'elle, Petit Orage se redressa et entreprit de se laver le museau du bout de la patte, tandis qu'Écorce de Chêne lissait sa fourrure. Aucun d'entre eux n'évoqua sa vision.

« Hier, j'ai découvert un gros plant de menthe aquatique, juste au-dessus du gué, déclara Écorce de Chêne à Feuille de Lune lorsqu'ils s'engagèrent sur le sentier. Tu peux aller en ramasser, si tu le souhaites ; il y en a assez pour nous deux.

— Merci. Il n'y a rien de tel contre les maux de ventre.

— L'autre jour, j'ai vu une chatte au pelage roux et blanc qui cueillait des feuilles de souci, ajouta le vieux guérisseur en descendant le long du torrent. Cœur Blanc, c'est ça ? Elle semblait occupée… si occupée qu'elle ne m'a même pas remarqué.

— Oui, elle m'a beaucoup aidée, admit Feuille de Lune. Cette plante nous a été très utile pour soigner les blessures après l'attaque des blaireaux. Il nous en fallait beaucoup.

— Que le Clan des Étoiles soit loué, nous n'avons pas vu ces prédateurs sur le territoire du Clan de l'Ombre, intervint Petit Orage. Le Clan du Tonnerre se remet comme il faut ? Avez-vous besoin d'aide ? »

Feuille de Lune se demanda si Étoile de Jais, le chef du Clan de l'Ombre, approuverait une telle proposition. Heureusement, elle pouvait refuser son aide la conscience tranquille.

« Non, merci. Nous nous portons bien. Nos blessures cicatrisent peu à peu. »

Il faisait toujours nuit au-dessus des collines. L'aube était encore loin. Feuille de Lune se dit qu'elle avait là une occasion de porter le message de Patte de Pierre à Papillon. Mais si elle tardait à rentrer au camp, qu'en concluraient ses camarades ? Sans parler de Petit Sureau. Le plus tôt elle rentrerait pour l'examiner, le mieux cela vaudrait.

Elle suivit le torrent jusqu'au territoire du Clan du Tonnerre et se refusa à jeter ne serait-ce qu'un regard vers la lande du Clan du Vent. Cet épisode de sa vie était terminé. Elle ne voulait même plus y penser. Elle était guérisseuse, et possédait le pouvoir de communier avec le Clan des Étoiles. Il y avait une bonne raison pour que les guérisseurs n'aient pas le droit de prendre un compagnon : ils suivaient un sentier différent, qui ne rejoindrait jamais celui des autres chats. Si elle parvenait à se concentrer sur ses devoirs, ses sentiments s'estomperaient d'eux-mêmes, et Plume de Jais ne compterait pas plus à ses yeux que n'importe quel autre guerrier.

CHAPITRE 10

Lorsque Griffe de Ronce s'éloigna de la réserve de gibier, il repéra Pelage de Granit, qui sortait en boitant de l'antre de Feuille de Lune. Sa blessure à la patte était enveloppée de toiles d'araignées fraîches. Tandis qu'il se dirigeait vers le gîte des guerriers, Nuage de Frêne vint à sa rencontre en bondissant.

« Bonjour, Pelage de Granit ! lança joyeusement le novice. Poil de Fougère emmène Nuage Ailé à l'entraînement. On peut les accompagner ?

— Non, répondit le mentor avec humeur. Je suis tombé d'un rocher et ma blessure s'est rouverte. Feuille de Lune ne veut pas que je quitte le camp aujourd'hui. »

Déçu, Nuage de Frêne regarda Poil de Fougère et son apprentie disparaître dans le tunnel épineux.

Griffe de Ronce asséna un coup de queue taquin sur l'épaule du novice.

« Ne fais pas cette tête, lui dit-il, avant d'ajouter à l'attention de Pelage de Granit : J'allais partir en patrouille. Je peux l'emmener, si tu veux. »

La queue de Nuage de Frêne retrouva son panache et ses moustaches frémirent d'excitation.

« S'il te plaît, Pelage de Granit ! » implora-t-il.

Griffe de Ronce était certain que ce dernier allait refuser mais, au moment où le guerrier gris ouvrit la gueule pour répondre, une voix retentit dans la clairière.

« Bonne idée. Nuage de Frêne a raté beaucoup d'entraînements après sa blessure. Il doit se remettre au travail. »

Étoile de Feu venait de dévaler l'éboulis menant à sa tanière.

« Je pensais aller inspecter la frontière du Clan de l'Ombre, annonça Griffe de Ronce. Pour renouveler le marquage et m'assurer qu'il n'y a pas de nouveaux collets. »

Étoile de Feu acquiesça. De son côté, Pelage de Granit foudroyait le guerrier tacheté du regard. Sans dire un mot, il regagna la tanière des guerriers.

« Vas-y, lança Étoile de Feu à Nuage de Frêne. Obéis à Griffe de Ronce et méfie-toi des pièges. Il ne faudrait pas que tu perdes ta queue, comme Petit Sureau.

— Je ferai attention », promit l'apprenti.

Griffe de Ronce glissa sa tête entre les branchages du repaire des guerriers pour appeler Tempête de Sable et Cœur d'Épines. Pelage de Granit, qui s'était installé dans la litière de mousse, l'ignora.

Le ciel était couvert. Une brise humide annonçait une averse. Les odeurs de gibier étaient discrètes, comme si les proies se terraient dans leurs trous. Seul le bruissement des branches troublait le silence.

Nuage de Frêne tremblait toujours d'impatience. Griffe de Ronce devinait qu'il se retenait de courir.

« Et si tu partais en éclaireur ? suggéra-t-il au jeune félin. Essaie de repérer le marquage du Clan de l'Ombre et viens nous faire ton rapport.

— D'accord, Griffe de Ronce ! » répondit l'apprenti, l'œil brillant.

Il s'élança dans les broussailles, la queue bien haute.

Griffe de Ronce réprima un frisson en voyant l'arrière-train couvert de duvet du novice. Sa fourrure commençait tout juste à repousser. Il avait eu de la chance de survivre à ses blessures.

« Attention aux collets ! lui lança-t-il.

— Il était temps qu'il reprenne l'entraînement, déclara Tempête de Sable. Ses pattes le démangeaient. Entre ses blessures et celles de Pelage de Granit, il est à peine sorti du camp depuis l'attaque.

— Étoile de Feu te laissera peut-être s'occuper de son entraînement le temps que son mentor se remette, suggéra Cœur d'Épines.

— Peut-être », répéta Griffe de Ronce.

Il tenta de dissimuler à quel point cette idée lui plaisait. Cette sortie avec Nuage de Frêne lui donnait un avant-goût de son avenir de mentor, et il avait hâte d'avoir son propre apprenti.

Griffe de Ronce bondit par-dessus les racines noueuses d'un chêne et aperçut Nuage de Frêne à quelques longueurs de queue, dans une clairière, près d'un roncier. Le jeune mâle avait entrouvert les mâchoires pour mieux humer l'air.

« J'ai trouvé le marquage, annonça le novice.

— Quoi ? C'est impossible. » Pelage de Granit ne lui avait-il donc rien appris ? « Nous sommes encore loin de la frontière du Clan de l'Ombre.

— Mais j'en suis certain... », insista Nuage de Frêne, blessé.

Tempête de Sable alla rejoindre le jeune félin et flaira le sol. Elle revint un instant plus tard, les yeux brûlants de colère.

« Nuage de Frêne a raison, feula-t-elle. Le Clan de l'Ombre a établi son marquage juste derrière ces ronces.

— Mais c'est notre territoire ! » s'indigna Cœur d'Épines.

Fou de rage, Griffe de Ronce traversa la clairière ventre à terre et contourna les ronces. Les remugles du Clan de l'Ombre envahirent aussitôt ses narines.

« Ces traces sont toutes fraîches, feula-t-il. Si nous les suivons, nous devrions rattraper la patrouille. Ils vont devoir s'expliquer. » Il fit volte-face. « Nuage de Frêne, file jusqu'au camp pour prévenir Étoile de Feu et ramène des renforts. »

Le novice ne se fit pas prier.

Griffe de Ronce inspecta le marquage pour déterminer de quel côté était partie la patrouille ennemie, puis s'élança à sa poursuite, suivi de Tempête de Sable et de Cœur d'Épines. L'odeur du Clan rival s'intensifiait à chaque pas. Arrivé au sommet d'une faible pente, Griffe de Ronce aperçut les intrus qui marquaient leur territoire dans une combe un peu plus loin.

Le poil hérissé, il prit le temps de jauger l'ennemi. Ils étaient quatre : Plume Rousse, Bois de Chêne et Cœur de Cèdre – ceux-là mêmes qui avaient contemplé sans rien faire Petit Sureau se débattre dans le collet – ainsi que Pelage Fauve. Les guerriers du Clan du Tonnerre avaient beau être en infériorité numérique, ils n'avaient pas le temps d'attendre les renforts.

« Plume Rousse ! lança-t-il à l'intention du lieutenant du Clan de l'Ombre. Que faites-vous là ? »

Les quatre chasseurs se retournèrent d'un seul mouvement.

« À ton avis ? répliqua Plume Rousse avec insolence.

— Vous essaiez de nous voler notre territoire ! cracha Cœur d'Épines.

— Les frontières entre les Clans ont été établies depuis longtemps, leur rappela Griffe de Ronce. Tout le monde le sait.

— C'est du passé, rétorqua Cœur de Cèdre.

— Le Clan de l'Ombre a besoin de plus de place, déclara Plume Rousse, les yeux plissés. Et depuis l'attaque des blaireaux, le Clan du Tonnerre est trop faible pour se défendre, de toute façon.

— Que savez-vous de cette attaque ? la pressa Tempête de Sable, en avançant d'un pas.

— Suffisamment, répondit la chatte roux sombre, dont le bout de la queue s'agitait. Nous savons que vous êtes tous trop blessés pour nous affronter aujourd'hui. Et vous êtes trop occupés à réparer votre camp pour surveiller vos frontières. Sans oublier que vous avez perdu votre guérisseuse. »

Griffe de Ronce en resta bouche bée. Comment le Clan de l'Ombre pouvait-il être au courant de l'attaque des blaireaux ? Puis il se rappela que, trois nuits plus tôt, Feuille de Lune avait retrouvé les autres guérisseurs. Elle avait dû révéler à Petit Orage les faiblesses du Clan du Tonnerre.

Il planta ses griffes dans le sol. Ce n'était pas le moment d'y réfléchir.

« Déguerpissez de notre territoire, feula-t-il. Ou vous connaîtrez le même sort que ces sales blaireaux !

— Permets-moi d'en douter », rétorqua Plume Rousse, les babines retroussées.

Dans un cri guerrier, Griffe de Ronce se précipita dans la descente. Il se jeta d'abord sur Plume Rousse, dont il lacéra l'épaule. Elle tenta de le mordre à la gorge, mais il la repoussa d'un coup de patte au poitrail et la cloua au sol. Elle se tortilla sous son poids ; ses yeux lançaient des éclairs.

Du coin de l'œil, Griffe de Ronce vit Tempête de Sable aux prises avec Bois de Chêne. Elle martela le ventre du guerrier rival de ses pattes arrière, tandis que Pelage Fauve et Cœur de Cèdre avaient immobilisés Cœur d'Épines. Griffe de Ronce asséna un dernier coup à Plume Rousse avant de bondir au secours de son camarade de Clan. Mais dès qu'il eut le dos tourné, le lieutenant du Clan de l'Ombre lui griffa l'arrière-train.

Nuage de Frêne, dépêche-toi !

Il sauta sur les épaules de Cœur de Cèdre et saisit la nuque du guerrier gris sombre entre ses mâchoires. Lorsque Plume Rousse vint lui mordre la queue, il battit furieusement des pattes arrière pour la repousser. Il roula au sol dans une mêlée de fourrures et d'odeurs, incapables de différencier ses amis de ses ennemis.

Puis il entendit au loin un cri de guerre qui se rapprocha rapidement. Plume Rousse, qui tendait le cou pour le mordre à la gorge, cracha : « Crotte de souris ! » avant de s'éloigner d'un bond. Cœur de Cèdre se tortilla pour échapper à Griffe de Ronce. Ce dernier se remit sur ses pattes et vit Étoile de Feu arriver à la tête d'une nouvelle patrouille de guerriers du Clan du Tonnerre.

Le meneur sauta aussitôt sur Plume Rousse et lui entailla la gorge. Le lieutenant du Clan de l'Ombre griffa l'épaule du rouquin, sans toutefois parvenir à se libérer. Poil d'Écureuil fonça droit sur Cœur de Cèdre. Elle le renversa et l'immobilisa au sol. Derrière elle, Pelage de Poussière bondissait sur Pelage Fauve. Bois de Chêne poussa un cri de terreur en voyait Patte d'Araignée et Perle de Pluie se ruer vers lui. Tempête de Sable lui asséna un dernier coup sur l'arrière-train tandis qu'il rampait à travers les racines et les ronces pour rejoindre la frontière du Clan de l'Ombre.

« Repli ! » ordonna Plume Rousse, qui parvint à se relever.

Elle avait laissé quelques touffes de poils entre les dents et les griffes d'Étoile de Feu, qui l'avait aussi blessée à la gorge.

D'un battement de la queue, Étoile de Feu ordonna à ses guerriers de laisser l'ennemi s'échapper. Poil d'Écureuil mordit de toutes ses forces l'oreille de Cœur de Cèdre avant de le relâcher. Pelage de Poussière roula au sol pour s'éloigner de Pelage Fauve et se releva, les crocs découverts. Les deux guerriers du Clan de l'Ombre s'enfuirent vers la frontière, mais Plume Rousse s'attarda un instant encore.

« Ne crois pas que tu as gagné, Étoile de Feu, feula-t-elle, haletante. Que tu le veuilles ou non, le Clan de l'Ombre établira une nouvelle frontière.

— Pas sur mon territoire, feula-t-il. Maintenant, déguerpissez. »

Elle le foudroya du regard et cracha furieusement avant de rejoindre ses camarades. Patte d'Araignée et Perle de Pluie la talonnèrent en poussant des cris féroces.

« Merci, souffla Griffe de Ronce à l'intention d'Étoile de Feu, qui s'ébroua avant de s'approcher. Et merci à toi aussi, Nuage de Frêne. » Le jeune apprenti se tenait à côté de son chef, l'œil brillant. « Tu as été rapide comme l'éclair. Tu as ramené de l'aide juste à temps. »

En quelques mots, il expliqua à Étoile de Feu que quatre guerriers du Clan de l'Ombre avaient tenté de leur voler une partie de leur territoire.

« Ils pensaient que nous serions trop faibles pour les arrêter, après l'attaque des blaireaux, conclut-il.

— Vous êtes tous blessés ? » s'inquiéta Poil d'Écureuil en s'approchant de lui.

Griffe de Ronce prit le temps d'évaluer les dégâts. À son grand soulagement, son épaule n'avait pas reçu de nouveaux coups. Il avait perdu quelques touffes de poils sur son flanc et sa queue le lançait comme si Plume Rousse avait tenté de la lui couper à coups de dents. Tempête de Sable souffrait d'une morsure à l'épaule et Cœur d'Épines s'était fait griffer à la gorge.

« Vous feriez mieux de rentrer tous au camp. Feuille de Lune va vous examiner, déclara Étoile de Feu.

— Je vais bien, insista Griffe de Ronce. Nous devons absolument renouveler notre propre marquage le long de la vraie frontière, au cas où le Clan de l'Ombre oserait revenir.

— Moi aussi, je vais bien, ajouta Tempête de Sable. Mais Cœur d'Épines, je pense que tu devrais rentrer. Cette plaie à la gorge n'est pas belle à voir. »

Le guerrier brun doré acquiesça, trop fourbu pour protester.

« Alors je vous accompagne », annonça Poil d'Écureuil à Griffe de Ronce. Elle sortit les griffes avant d'ajouter : « Et si un autre guerrier du Clan de l'Ombre ose passer une moustache de notre côté de la frontière, je lui ferai regretter d'être né ! »

Lorsque Griffe de Ronce ramena sa patrouille au camp, ses oreilles se dressèrent. Des cris outragés lui parvenaient de la combe rocheuse. Il se faufila dans le tunnel épineux et découvrit Étoile de Feu perché sur la Corniche. Le reste du Clan était rassemblé à ses pieds.

« On devrait attaquer leur camp ! » hurla Poil de Souris.

D'un mouvement de la queue, Étoile de Feu leur intima le silence.

« Nous ne les attaquerons pas, répondit-il. Tu sais aussi bien que moi que nous sommes encore vulnérables. Si nous provoquions un combat, et que nous le perdions, ce serait un désastre. »

Il a raison, se dit Griffe de Ronce. Trop de guerriers du Clan du Tonnerre portaient encore les cicatrices de l'attaque.

« Mais dorénavant, poursuivit le meneur, toutes les patrouilles devront guetter le moindre signe d'incursion du Clan de l'Ombre dans notre territoire. »

Devinant que son chef s'apprêtait à clore l'assemblée, Griffe de Ronce s'avança.

« Étoile de Feu, je voudrais dire un mot. »

D'un signe de tête, le rouquin l'autorisa à prendre la parole.

Griffe de Ronce parcourut la foule du regard : il repéra bientôt Feuille de Lune, assise non loin de l'entrée de sa tanière.

« Feuille de Lune, as-tu parlé à Petit Orage de l'attaque des blaireaux ? lui demanda-t-il.

— Oui, lorsque nous nous sommes vus à la Source de Lune, répondit-elle, confuse.

— Il ne t'est pas venu à l'esprit qu'il le rapporterait à Étoile de Jais ? Tout cela ne serait pas arrivé si tu t'étais tue. »

La guérisseuse bondit sur ses pattes, hors d'elle.

« Je devais bien lui expliquer comment Museau Cendré avait trouvé la mort ! » se défendit-elle.

Griffe de Ronce savait qu'il s'était montré trop dur. Mais le combat contre le Clan de l'Ombre l'avait ébranlé. Feuille de Lune devait se rendre compte lorsqu'elle mettait son Clan en danger.

« As-tu donc tout raconté aux autres guérisseurs ?

— Écorce de Chêne était déjà au courant. Et Papillon n'est pas venue. Griffe de Ronce, ajouta-t-elle, toujours furieuse, ce que je révèle aux autres guérisseurs ne concerne que moi.

— Au contraire, cela concerne tout le monde si ta loyauté envers ton Clan est en jeu. Tu as beau être guérisseuse, tu es avant tout un membre du Clan du Tonnerre. »

La jeune chatte tigrée voulut répondre, puis se ravisa, visiblement bouleversée. Griffe de Ronce comprit trop tard qu'il n'aurait pas dû l'accuser en public.

« Comment peux-tu dire une chose pareille ? feula Poil d'Écureuil en lui décochant un regard féroce. Feuille de Lune a bien le droit d'annoncer des nouvelles importantes aux autres guérisseurs. Son mentor est mort, bon sang ! Cela regarde tous les guérisseurs, et pas seulement le Clan du Tonnerre.

— Je sais... commença Griffe de Ronce.

— Ce n'est ni la faute de Feuille de Lune, ni celle de Petit Orage, si Étoile de Jais et ses guerriers ont été assez stupides pour penser qu'ils pouvaient envahir notre territoire. De plus, nous leur avons montré à quel point ils se trompaient. »

Griffe de Ronce ne put soutenir le regard embrasé de Poil d'Écureuil.

« Je suis désolé, marmonna-t-il. Feuille de Lune, je te présente mes excuses.

— Poil d'Écureuil a raison, renchérit Étoile de Feu depuis la Corniche. Étoile de Jais est le seul coupable. Il a permis à ses guerriers de violer notre accord. Tu peux être certain que je lui demanderai des comptes à la prochaine Assemblée. » Son regard s'assombrit. Les crocs découverts, il ajouta : « S'il provoque une guerre entre nos Clans, il verra que le Clan du Tonnerre est prêt à se battre. »

CHAPITRE 11

La pleine lune brillait haut dans le ciel lorsque Griffe de Ronce sauta de l'arbre-pont sur le rivage de l'île. Les odeurs mêlées d'une cohorte de chats l'accueillirent. Le Clan du Tonnerre était le dernier à arriver à l'Assemblée. Étoile de Feu, qui s'éloignait déjà de la rive, signalait à ses guerriers de le suivre.

Griffe de Ronce bondit à sa suite, tout comme Poil d'Écureuil, Pelage de Poussière et les autres. Ventre à terre, il se faufila dans l'épaisse muraille de buissons et déboucha dans la clairière où les rayons de la lune filtraient entre les branches du Grand Chêne.

L'arbre avait retrouvé son plein feuillage. Entre les branches, Griffe de Ronce discernait à peine la silhouette blanche d'Étoile de Jais et le regard brillant d'Étoile du Léopard. Étoile de Feu s'avança jusqu'aux racines et salua Étoile Solitaire, puis ils grimpèrent tous deux sur le tronc pour rejoindre leurs places.

Dès qu'il avait mis la patte dans la clairière, Griffe de Ronce avait été frappé par l'atmosphère anormalement tendue. Des guerriers des Clans rivaux observaient le Clan du Tonnerre comme s'ils le voyaient sous un jour nouveau. Griffe de Ronce surprit quelques murmures commentant les blessures toujours visibles sur leurs pelages.

Le guerrier tacheté chercha Pelage d'Orage et Source du regard. Il aperçut Patte de Brume, le lieutenant du Clan de la Rivière, et contourna un groupe d'apprentis excités pour s'asseoir près d'elle.

« Bonsoir, miaula-t-il. La chasse est bonne, pour le Clan de la Rivière ?

— Très bonne, déclara la chatte. J'ai entendu dire que vous aviez eu des problèmes avec des blaireaux ? »

Griffe de Ronce répondit par un hochement de tête. Il n'était pas venu parler de ça.

« Comment vont Pelage d'Orage et Source ? Sont-ils là, ce soir ? »

Patte de Brume fit non de la tête.

« Étoile du Léopard ne les a pas choisis pour l'accompagner, mais ils vont bien. Je suis contente de revoir Pelage d'Orage », ajouta-t-elle, les yeux lumineux. Griffe de Ronce savait que son frère, Pelage de Silex, avait été le mentor de Pelage d'Orage, tandis qu'elle s'était occupée de la formation de Jolie Plume. « Dommage qu'il reste si peu de temps. »

Griffe de Ronce fut dérouté. Pelage d'Orage et Source lui avaient pourtant annoncé qu'ils comptaient rester là pour de bon. Ils avaient manifestement tenu un discours différent au Clan de la Rivière. Peut-être que l'accueil de ses anciens camarades n'avait pas été aussi chaleureux que l'espérait Pelage d'Orage. Le fait qu'ils n'aient pas été choisis pour venir à l'Assemblée semblait le confirmer.

« Ils comptent partir bientôt ?

— Je ne sais pas quand, exactement. Mais j'imagine que la Tribu doit leur manquer. »

Elle s'éloigna ensuite pour aller prendre place sur les racines près de Plume Rousse et Patte Cendrée, les lieutenants des Clans de l'Ombre et du Vent. Le ventre de Griffe de Ronce se noua lorsqu'il contempla la place vacante revenant au lieutenant du Clan du Tonnerre.

« Bonsoir. »

Griffe de Ronce sursauta. Comme il fixait avec envie les trois lieutenants, il n'avait pas remarqué que Pelage d'Or, sa sœur, était venue s'asseoir près de lui.

« Bonsoir. Comment vas-tu ?

— Très bien… Et toi ? s'enquit-elle, pleine de sollicitude. J'ai été désolée d'apprendre que des blaireaux vous avaient attaqués.

— Je vais très bien, et le reste du Clan aussi », rétorqua-t-il. Pelage d'Or avait beau être sa sœur, elle était aussi une combattante du Clan de l'Ombre et il voulait lui faire comprendre que le Clan du Tonnerre n'était en rien affaibli. « Et nous nous porterions encore mieux si Feuille de Lune n'avait pas expliqué à ses copains guérisseurs à quel point nous étions affectés.

— Feuille de Lune ? répéta Pelage d'Or.

— Elle a tout raconté à Petit Orage lors de leur réunion à la Source de Lune.

— Mais ce n'est pas Petit Orage qui a informé le Clan de l'Ombre. Il n'en a même jamais parlé.

— Comment l'avez-vous appris, alors ?

— C'est Plume de Faucon, qui l'a dit à Plume Rousse et Cœur de Cèdre lorsque leurs patrouilles se sont croisées sur la frontière. »

Stupéfait, Griffe de Ronce la dévisagea un instant. Comment Plume de Faucon pouvait-il être au courant, alors que Papillon ne s'était pas rendue à la Source de Lune ? Des griffes glacées lui étreignirent soudain le cœur : c'était lui, Griffe de Ronce, qui l'avait dit à son frère, dans la forêt d'Étoile du Tigre. Il crut mourir de honte. Pire, il ne pourrait s'excuser auprès de Feuille de Lune sans révéler son secret.

« Apparemment, Plume de Faucon s'inquiétait pour vous. Il voulait savoir si nos guerriers avaient croisé une patrouille du Clan du Tonnerre et si vous étiez gravement blessés. Il redoutait que les blaireaux aient causé de graves dégâts. »

Griffe de Ronce hocha vaguement la tête. Il devait réfléchir. Les questions de Plume de Faucon étaient-elles vraiment motivées par de l'inquiétude ? Avait-il eu une autre raison d'informer le Clan de l'Ombre de la situation du Clan du Tonnerre ? Il devait se douter de la réaction d'Étoile de Jais. Le matou tacheté aperçut Plume de Faucon assis parmi ses camarades du Clan de la Rivière mais, avant qu'il ait le temps de le rejoindre, Étoile de Feu feula du haut de l'arbre pour annoncer le début de l'Assemblée.

Le silence se fit dans la clairière. Tous se tournèrent vers le Grand Chêne.

« Étoile du Léopard, veux-tu parler en premier ? » proposa Étoile de Feu.

Le chef du Clan de la Rivière se leva, son pelage tacheté à moitié dissimulé dans les feuilles.

« Le Clan de la Rivière a connu un cas de mal vert. Notre ancien, Gros Ventre, est mort. Mais, le Clan des

Étoiles soit loué, aucun autre membre du Clan n'a été infecté. »

Une vague de murmures compatissants parcourut l'assemblée. Griffe de Ronce fut frappé par l'expression de Feuille de Lune, qui était assise près de Poil d'Écureuil. Pourquoi la jeune guérisseuse semblait-elle si bouleversée ? Quelle raison avait-elle de pleurer la mort d'un ancien du Clan de la Rivière ?

« J'apporte aussi quelques nouvelles plus joyeuses, poursuivit-elle. Notre guérisseuse, Papillon, a choisi une apprentie : il s'agit de Nuage de Saule. »

La chatte au pelage doré était assise près des racines. Griffe de Ronce devina que la petite chatte grise à côté d'elle devait être son apprentie. Les yeux de Nuage de Saule brillaient de plaisir. Elle inclina timidement la tête lorsque son Clan l'acclama :

« Nuage de Saule ! Nuage de Saule ! »

Étoile du Léopard recula d'un pas et, d'un mouvement de la queue, encouragea Étoile de Feu à prendre la parole. Soudain, Plume de Faucon se leva au pied de l'arbre.

« Un instant, miaula-t-il. Papillon a d'importantes révélations à vous faire. »

Étoile du Léopard plissa les yeux. Griffe de Ronce devinait son étonnement. La meneuse hocha la tête.

« Très bien. Oui, Papillon ? »

La guérisseuse du Clan de la Rivière se mit lentement sur ses pattes. Elle semblait prise de court, comme si elle n'avait pas prévu de parler. Que manigançait Plume de Faucon ?

« Papillon ? la pressa Étoile du Léopard, devant le silence de la jeune chatte.

— C'est à propos du signe, lui rappela Plume de Faucon, qui remuait le bout de la queue.

— Ah oui… le signe. » Papillon paraissait perdue. « Je… j'ai fait un rêve.

— Qu'est-ce qui lui arrive ? murmura Pelage d'Or à l'oreille de Griffe de Ronce. Elle est guérisseuse, pas vrai ? Ce n'est sans doute pas la première fois qu'elle a une vision.

— Alors raconte-nous ce rêve, répondit Étoile du Léopard, d'un ton glacial. Et explique-moi pourquoi tu as décidé de l'annoncer à l'Assemblée au lieu de venir voir ton chef.

— Ce n'était pas mon idée, marmonna Papillon, qui ressemblait davantage à une apprentie prise en faute qu'à une guérisseuse. Mais celle de Plume de Faucon.

— Je pense que tu comprendras en entendant son rêve, intervint Plume de Faucon. Continue, Papillon.

— Je… je ne suis pas certaine que ce soit bien le moment, bredouilla-t-elle. J'ai pu me tromper.

— Te tromper sur un message du Clan des Étoiles ? s'indigna Plume de Faucon. Mais tu es guérisseuse ! Toi seule peux interpréter les signes que nos ancêtres nous adressent.

— Il a raison, vas-y, l'encouragea Étoile du Léopard, soudain intéressée. Répète-nous ce que le Clan des Étoiles t'a dit. »

Papillon décocha un regard plein de mépris à son frère avant de parler. Griffe de Ronce ne comprenait pas sa réserve. Du coin de l'œil, il remarqua l'air stupéfait de Feuille de Lune. Savait-elle ce que Papillon allait annoncer ?

« J'ai fait un rêve », répéta Papillon d'une voix si ténue que quelqu'un brailla : « Parle plus fort ! »

Elle leva la tête et reprit avec plus d'assurance. Malgré tout, Griffe de Ronce sentait qu'elle parlait à contrecœur.

« J'ai rêvé que je pêchais dans le ruisseau, et j'ai vu deux galets qui n'avaient pas leur place au fond de l'eau. Deux galets de formes et de couleurs différentes des autres. À cause d'eux, le cours d'eau clapotait, ils gênaient le flot. Puis le courant a gagné en force et… et a fini par emporter les deux galets au loin. Alors, le ruisseau a retrouvé son allure paisible… »

Elle finit sa phrase dans un murmure, tête basse.

Dans la clairière, les félins échangeaient des chuchotements. Feuille de Lune semblait franchement choquée. Griffe de Ronce ne comprenait pas pourquoi. Il ne voyait pas ce que le rêve de Papillon avait de si terrible.

« Eh bien ? fit Étoile du Léopard pour briser le silence. Que signifie cette vision ? Quel est le message du Clan des Étoiles ? »

Sans laisser à sa sœur le temps de répondre, Plume de Faucon s'avança d'un pas.

« Pour moi, la signification est claire. À l'évidence, il y a deux intrus dans le Clan de la Rivière. Comme ces galets, ils doivent partir au loin pour que le ruisseau coule sans entrave. »

De nouveau, des murmures pressants s'élevèrent de la foule, surtout chez les membres du Clan de la Rivière. Ils semblaient tous inquiets. Poil de Campagnol, un jeune guerrier, parla plus fort que les autres.

« Ce sont Pelage d'Orage et Source ? Ce sont eux, les deux galets dont nous devons nous débarrasser ? »

Griffe de Ronce frissonna. Le Clan des Étoiles pensait-il vraiment que ses deux amis n'avaient pas leur place au sein du Clan de la Rivière ?

Près de lui, Pelage d'Or planta ses griffes dans la terre. Elle aussi avait accompli le périple jusqu'à la caverne de Minuit, et Pelage d'Orage était son ami.

« Si quelqu'un lève la patte sur lui, je... lança-t-elle.

— Reste en dehors de ça, feula Plume de Faucon. Cela ne concerne que le Clan de la Rivière. À l'évidence, le Clan des Étoiles serait furieux que nous laissions Pelage d'Orage et Source rester parmi nous.

— C'est parfaitement ridicule ! feula Patte de Brume en bondissant. Pelage d'Orage est un guerrier du Clan de la Rivière !

— Arrêtez ! supplia Papillon. Plume de Faucon, je t'ai dit que je ne savais pas vraiment ce que signifiait mon rêve. S'il te plaît... » Sa voix vacilla. « S'il te plaît, ne tire pas de conclusions hâtives. Je préfère attendre une autre vision du Clan des Étoiles... la prochaine sera peut-être plus claire. »

Plume de Faucon la foudroya du regard. Sur son perchoir entre les branches, Étoile du Léopard semblait à la fois gênée et furieuse. Griffe de Ronce aurait parié toute une saison de patrouilles de l'aube qu'elle allait réprimander Papillon pour s'être montrée si peu sûre d'elle devant toute l'Assemblée.

« Exactement, miaula le chef du Clan de la Rivière, sévère. Nous ne ferons rien avant d'en savoir plus. Et la prochaine fois, Papillon, tu viendras me voir d'abord. »

Papillon se rassit, tête basse. Sans rien ajouter, Étoile du Léopard fit signe à Étoile Solitaire de prendre la suite.

Le meneur du Clan du Vent se leva à son tour.

« Mon Clan n'a pas grand-chose à raconter, annonça-t-il. La lande est paisible, et le gibier abondant. »

Il se recoucha en invitant Étoile de Feu à prendre la parole.

L'estomac de Griffe de Ronce se noua lorsque son chef se leva à son tour. Allait-il révéler la tentative d'invasion du Clan de l'Ombre ? Et comment Étoile de Jais justifierait-il les actes de ses guerriers ?

Étoile de Feu commença par résumer l'attaque des blaireaux et par remercier Étoile Solitaire d'avoir amené le Clan du Vent à la rescousse.

« Sans vous, bien d'autres de nos guerriers auraient trouvé la mort.

— Nous vous devions bien ça, répondit le meneur du Clan du Vent.

— Malheureusement, Pelage de Suie, ainsi que notre guérisseuse, Museau Cendré, ont péri durant le combat. Leur Clan leur rend hommage. »

La plupart des félins semblaient déjà au courant de la mort de Museau Cendré ; une vague de tristesse parcourut l'assistance. Tous la regrettaient, car tous l'admiraient et la respectaient.

« Feuille de Lune est la nouvelle guérisseuse du Clan du Tonnerre, poursuivit Étoile de Feu. Elle a été formidable après la bataille. Elle est parvenue à soigner tous les blessés, qui se remettent peu à peu. Nous avons reconstruit nos tanières et la barrière épineuse à l'entrée de notre camp. Les blaireaux ne nous ont en rien affaiblis. »

Il marqua une pause pour laisser à ses paroles le temps de faire effet, puis il se tourna vers Étoile de Jais. Son ton se durcit.

« Peu après l'attaque des blaireaux, mes guerriers ont surpris une patrouille du Clan de l'Ombre en train de nous voler du territoire. Comment expliques-tu cela, Étoile de Jais ? »

Malgré lui, Griffe de Ronce jeta un coup d'œil vers sa sœur.

« Je n'y suis pour rien, murmura-t-elle, sur la défensive. J'ai dit à Plume Rousse que c'était une idée digne d'une cervelle de souris, mais elle n'a rien voulu savoir. »

Étoile de Jais se redressa sur l'étroite branche. Ses larges pattes noires lui permettaient de garder sans mal l'équilibre. L'accusation d'Étoile de Feu ne semblait pas le perturber.

« Depuis que le temps est au beau fixe, déclara le meneur du Clan de l'Ombre, les Bipèdes ont amené leurs bateaux et leurs monstres aquatiques sur le lac, au bord de notre territoire. Leurs petits jouent dans nos bois et terrifient le gibier. Leurs monstres empruntent le petit Chemin du Tonnerre et laissent des nuages puants dans leur sillage.

— C'est vrai, confirma Étoile du Léopard. Ils sont aussi venus sur le territoire du Clan de la Rivière et balancent leurs ordures partout. Je les ai même surpris ici, sur cette île.

— Ils ont allumé un feu », ajouta Patte de Brume.

Le poil de Griffe de Ronce se hérissa. Dans un frisson, il se remémora le terrible incendie qui avait ravagé l'ancien camp du Clan du Tonnerre, lorsqu'il était chaton. Il imaginait trop bien ces mêmes flammes écarlates dévorant toute l'île, réduisant en cendres le Grand Chêne. Et si les Bipèdes allumaient des feux le long du lac ? Pour l'instant, le Clan du Tonnerre était à l'abri, mais pour combien de temps encore ?

« Quel rapport avec votre invasion ? lança Poil d'Écureuil.

— Lorsque nous avons établi les frontières, pendant la mauvaise saison, nous ne savions pas que les Bipèdes viendraient aux beaux jours, et en si grand nombre. Le Clan de l'Ombre a déjà du mal à trouver suffisamment de gibier…

— Et le Clan de la Rivière aussi, glissa Étoile du Léopard.

— La seule solution est donc de revoir les frontières. Les Clans du Tonnerre et du Vent devraient céder une part de leurs terres aux Clans de l'Ombre et de la Rivière. »

Tandis que les guerriers visés poussaient des cris outragés, Étoile Solitaire bondit sur ses pattes, les poils dressés sur son échine.

« Jamais ! »

D'un mouvement de la queue, Étoile de Feu appela au calme, mais le silence ne revint qu'un moment plus tard. Flocon de Neige s'était levé pour cracher sur Étoile de Jais, tandis que Pelage de Poussière battait furieusement de la queue et que Poil d'Écureuil poussait un miaulement furibond. Plume de Jais, du Clan du Vent, avait planté ses griffes dans le sol. Près de lui, Plume Noire feulait de rage. Bouillonnant de colère, Griffe de Ronce se força à garder le silence pour laisser son chef s'exprimer.

« Nous ne pouvons accepter une chose pareille, Étoile de Jais, répondit Étoile de Feu dès qu'il put se faire entendre. Nous avons choisi des territoires appropriés pour chaque Clan. Tu ne vas pas me faire croire que des chasseurs du Clan de la Rivière peuvent traquer le gibier de la lande comme le Clan du Vent.

— Nous pouvons apprendre, rétorqua Plume de Faucon. Tant de choses ont changé depuis que nous sommes arrivés ici... Nous pouvons bien acquérir de nouvelles techniques de chasse, non ?

— J'aimerais t'y voir, feula Plume de Jais. C'est plus dur que tu ne penses. Je sais que le Clan du Vent aurait du mal à chasser dans les bois denses du Clan du Tonnerre.

— Et tu sais de quoi tu parles, railla Plume Noire.

— Assez », siffla Étoile Solitaire en foudroyant ce dernier du regard.

Plume Noire toisa Plume de Jais avec mépris, comme si c'était la faute du guerrier gris sombre s'il s'était fait reprendre par son chef devant tout le monde. Griffe de Ronce comprit que les camarades de Plume de Jais ne lui avaient pas tous pardonné sa désertion.

« Personne ne veut semer la discorde entre les Clans, intervint Plume de Faucon, la tête levée vers les quatre chefs. Mais les Clans du Tonnerre et de la Rivière doivent se montrer raisonnables. Et si c'étaient vos deux territoires que les Bipèdes avaient envahis ? »

Pendant son intervention, Pelage d'Or souffla à l'oreille de Griffe de Ronce :

« J'ai croisé Plume de Faucon une fois, alors que je patrouillais sur la frontière avec Étoile de Jais et Bois de Chêne. Il s'inquiétait tellement à propos des Bipèdes qu'il a déploré le fait qu'on ne pouvait pas changer les frontières. Je parie que c'est lui qui a mis cette idée dans la tête d'Étoile de Jais. »

Griffe de Ronce la dévisagea, sceptique. Plume de Faucon ne pousserait jamais le Clan de l'Ombre à attaquer le Clan du Tonnerre, pas vrai ? De plus, Étoile de Jais n'avait guère besoin d'encouragements pour attaquer un autre Clan.

« Plume de Faucon n'est pas comme ça, protesta-t-il.

— Ah oui ? fit sa sœur, amusée. Et tu vas aussi me dire que les oiseaux ne nichent pas dans les arbres. »

Perturbé, Griffe de Ronce se détourna. Il n'avait pas entendu la réponse d'Étoile de Feu. Plume de Faucon avait repris la parole et semblait mettre le chef du Clan du Tonnerre au défi.

« Étoile de Feu, es-tu certain de ne pas te montrer trop entêté, avec les frontières ? Je t'ai souvent entendu dire que le Clan des Étoiles avait décrété qu'il y aurait toujours quatre Clans dans la forêt. Comment est-ce possible, si deux d'entre eux meurent de faim ? »

Il jeta un coup d'œil vers Griffe de Ronce comme s'il attendait que son demi-frère le soutienne. Les arguments de Plume de Faucon lui semblaient persuasifs, mais le matou tacheté ne pouvait pas croire que les Clans de l'Ombre et de la Rivière mouraient de faim, pas en pleine saison des feuilles vertes, quand le gibier était abondant. Avant d'envisager de changer les frontières, il leur faudrait attendre au moins une saison pour juger des conséquences réelles de l'arrivée des Bipèdes.

« Tu ne m'as pas l'air de mourir de faim, Plume de Faucon, rétorqua Étoile de Feu.

— Le Clan de la Rivière a besoin de davantage de territoire ! insista le guerrier aux yeux bleu glacé. Si vous ne nous en donnez pas, nous le prendrons nous-mêmes.

— Plume de Faucon, tu n'es pas en position de t'exprimer au nom du Clan de la Rivière ! » le tança Patte de Brume.

Au même moment, Oreille Balafrée bondit :

« Essaie un peu, si tu veux te faire écorcher vif ! »

Plume de Faucon virevolta autour de lui, toutes griffes dehors. Griffe Noire, son camarade de Clan, se fraya un passage dans la foule pour le rejoindre. Sa fourrure était hérissée sur sa nuque et sa queue gonflée avait doublé de volume. Trois ou quatre guerriers du Clan du Vent, dont Plume de Jais, s'élancèrent pour soutenir Oreille Balafrée.

« Arrêtez ! ordonna Patte de Brume en sautant de sa racine. Nous sommes en pleine Assemblée ! Vous l'avez donc oublié ? »

Quelques-uns l'écoutèrent, mais la plupart ignorèrent le commandement du lieutenant du Clan de la Rivière. Cœur de Cèdre et Pelage Fauve, du Clan de l'Ombre, étaient eux aussi sur leurs pattes, face à Pelage de Poussière et Cœur d'Épines, qui leur crachaient dessus. Sous les yeux horrifiés de Griffe de Ronce, les combattants du Clan de l'Ombre se jetèrent sur ses camarades. Ils roulèrent tous les quatre au sol dans une mêlée de fourrures et de griffes.

« Non ! hurla Griffe de Ronce. Ne brisez pas la trêve ! »

Il essaya tant bien que mal de se frayer un passage dans la cohue. Tout autour de lui, des guerriers se jetaient les uns sur les autres. Il planta ses crocs dans l'épaule de Cœur de Cèdre pour l'arracher à Pelage de Poussière, mais un autre adversaire lui atterrit sur le dos et le fit tomber au sol. Tandis qu'il sombrait dans une marée de guerriers enragés, il entendit le feulement furieux d'Étoile de Feu :

« Arrêtez ! Ce n'est pas la volonté du Clan des Étoiles ! »

CHAPITRE 12

Tandis que des combats éclataient partout dans la clairière, Feuille de Lune se plaqua au sol, horrifiée. Comment osaient-ils briser la trêve du Clan des Étoiles ? Sa vision du lac ensanglanté lui revint soudain en mémoire. C'était donc vrai ! Il n'y aurait pas de paix possible tant que le sang n'aurait pas fait couler le sang.

La clairière regorgeait de félins crachant et griffant. La guérisseuse, qui craignait que Plume de Jais se fasse grièvement blesser, tenta en vain de le repérer. Elle entendit l'appel de son père, mais ses paroles autoritaires se perdirent dans les cris des Clans rivaux.

« Clan des Étoiles, aidez-nous ! » pria-t-elle.

Comme si les esprits de ses ancêtres avaient entendu sa supplique, une ombre glissa sur l'île et le clair de lune argenté disparut : un nuage venait de masquer l'astre de la nuit. Les cris de la bataille devinrent des hurlements de terreur. Certains félins cessèrent le combat, d'autres se tapirent au sol, immobiles, la tête levée vers le ciel menaçant.

« Regardez ! » À défaut de voir qui avait parlé, Feuille de Lune reconnut la voix d'Écorce de Chêne, le guérisseur du Clan du Vent. « Le Clan des Étoiles est furieux ! C'est un signe : les frontières doivent rester telles quelles. »

Malgré le ton impérieux du vieux guérisseur, certains protestèrent. Le rugissement d'Étoile de Feu les fit tous taire. À la lueur des étoiles, Feuille de Lune le discernait à peine sur sa branche.

« Écorce de Chêne a raison ! lança-t-il. Le Clan des Étoiles s'est montré très clair. Les frontières ne bougeront pas. L'Assemblée est terminée !

— Le prochain de mes guerriers à lever la patte aura affaire à moi, ajouta Étoile du Léopard, du haut de sa propre branche. Tout le monde rentre au camp. Immédiatement.

— Cela vaut aussi pour le Clan du Vent, miaula Étoile Solitaire, qui scrutait la clairière d'un œil mauvais.

— Ce n'est pas encore fini, feula Étoile de Jais.

— En effet ! » approuva un autre félin.

En plissant les yeux, Feuille de Lune distingua avec peine la large silhouette tachetée de Plume de Faucon. « Nous en reparlerons à la prochaine Assemblée », conclut-il.

Ce n'est pas à toi d'en décider, songea Feuille de Lune. Plume de Faucon se comportait déjà comme s'il était le chef de son Clan alors qu'il n'était même pas lieutenant. Elle se méfiait de lui comme du mal noir. Quelle influence avait-il sur son demi-frère, Griffe de Ronce ?

À son grand soulagement, elle constata que les combats avaient pris fin. Les guerriers se séparaient en se foudroyant du regard, puis léchaient leurs blessures. Les chefs descendirent du Grand Chêne avant de rassembler leurs Clans.

Feuille de Lune se fraya un passage dans la masse de félins. Elle ne pouvait pas partir avant d'avoir parlé à Papillon.

Gros Ventre avait péri ! Lorsque Feuille de Lune avait décidé de ne pas quitter son Clan pour transmettre le message de Patte de Pierre à Papillon, elle s'était rassurée en se disant que son amie trouverait le remède par elle-même, ou que l'ancien se remettrait sans cela. *Il est mort par ma faute !*

Et le rêve de Papillon ? Qu'est-ce que c'était que cette histoire de galets ? Si elle s'était vraiment mise à croire au Clan des Étoiles, si elle recevait vraiment leurs signes, alors Patte de Pierre n'aurait pas eu besoin d'elle pour transmettre son message. Papillon avait donc menti devant toute l'Assemblée !

Pour quelle raison aurait-elle fait une chose pareille ? Pourquoi vouloir chasser Pelage d'Orage et Source du Clan de la Rivière ? Elle repensa alors à la tension visible entre la guérisseuse du Clan de la Rivière et son frère. Plume de Faucon avait insisté pour que sa sœur prenne la parole. Était-ce donc son idée à lui ? Et si Plume de Faucon avait forcé Papillon à mentir, pourquoi lui avait-elle obéi ? C'était une guérisseuse loyale qui détestait le mensonge : pour ne pas déformer la vérité, elle avait préféré taire les rêves de Feuille de Lune à Étoile du Léopard plutôt que de les faire passer pour siens.

D'un pas déterminé, elle se faufila entre deux guerriers du Clan du Vent et s'approcha de Papillon. Celle-ci s'était tapie à l'abri d'une racine du Grand Chêne en compagnie de Nuage de Saule, comme pour protéger son apprentie de la bataille. Mais avant que Feuille de Lune puisse les approcher, Plume de Faucon apparut, la fourrure hirsute. Même s'il avait été au cœur des combats, il était indemne.

Il se rua vers sa sœur, le regard assassin.

« Espèce de cervelle de souris ! cracha-t-il. Tu as failli tout gâcher. »

Papillon baissa la tête vers son apprentie.

« Va voir Patte de Brume, lui murmura-t-elle. Dis-lui que j'arrive dans un instant. »

La jeune chatte détala aussitôt. En chemin, elle jeta un coup d'œil inquiet vers Plume de Faucon. Feuille de Lune recula dans l'ombre. Il ne lui plaisait guère d'épier son amie, mais elle devait savoir ce qui se passait.

« Tu m'as trahi, gronda le guerrier. Tu m'as promis que tu raconterais ce rêve à l'Assemblée. On aurait pu se débarrasser sans attendre de ces intrus galeux. Maintenant, plus personne ne te croira !

— Et pourquoi me croirait-on ? riposta-t-elle. Le Clan des Étoiles ne m'a jamais envoyé la moindre vision ! »

Plume de Faucon renifla de mépris.

« Mais personne ne le sait, pas vrai ? C'est notre petit secret. Ils t'auraient écoutée si tu n'avais pas chouiné comme un chaton… “J'ai besoin d'un signe plus clair !” gémit-il en imitant avec méchanceté le ton de sa sœur. Et puis quoi encore ? Je pourrais t'arracher la fourrure pour ça.

— Je m'en fiche ! s'emporta-t-elle. Tu m'as forcée à mentir devant tout le monde. C'est pire encore que de se faire écorcher ! »

Feuille de Lune se prépara à bondir au secours de son amie. Mais Plume de Faucon parvint à se contrôler. Sa fourrure retomba en place sur son échine et il reprit d'une voix plus contenue :

« Ce n'était pas vraiment un mensonge. Tu sais comme moi que Pelage d'Orage doit partir. Je mérite de devenir lieutenant. S'il reste, Patte de Brume s'arrangera pour qu'il lui succède.

— C'est un valeureux guerrier...

— Tu parles ! Il a déjà abandonné son Clan une fois, qu'est-ce qui nous prouve qu'il ne recommencera pas ? J'ai toujours été loyal envers le Clan de la Rivière, et je mérite de devenir lieutenant ! Tu le sais, tout comme le Clan des Étoiles, alors pourquoi ne pas faire en sorte que le Clan tout entier le sache aussi ?

— Parce que je suis au service de mon Clan, pas du tien. »

Plume de Faucon montra les crocs.

« Ce n'est pas ce que nous avions prévu ! feula-t-il. Je ne t'ai pas aidée à devenir guérisseuse pour rien. À ton avis, comment réagiraient tes chers camarades de Clan s'ils découvraient la vérité à ton sujet ? »

Cette fois-ci, Papillon grimaça. Elle recula d'un pas et tourna la tête. Le sang de Feuille de Lune se figea dans ses veines. Comment Plume de Faucon avait-il pu aider Papillon à devenir guérisseuse ? Patte de

Pierre l'avait choisie, guidé par le Clan des Étoiles. Quelle était donc cette « vérité » qui la contraignait à mentir pour son frère ?

Papillon planta soudain ses yeux dans ceux du guerrier.

« Fais ce que tu veux, Plume de Faucon. J'ai toujours essayé d'être une bonne guérisseuse et de servir mon Clan de mon mieux. Je ne peux pas continuer à mentir. Tu as déjà été nommé lieutenant une fois, lorsque les Bipèdes avaient emprisonné Patte de Brume, et tu le seras de nouveau – si tu ne fais rien de stupide. » Elle s'interrompit un instant avant de poursuivre d'un ton plus sec : « Si tu leur dis la vérité, tu en pâtiras aussi, non ? »

Plume de Faucon leva la patte. Feuille de Lune allait se jeter au secours de son amie lorsque le guerrier pivota soudain pour s'éloigner. Il ressemblait trait pour trait à son père, Étoile du Tigre, tel qu'elle l'avait vu en rêve.

Papillon s'affala au pied de l'arbre, comme à bout de forces. Feuille de Lune s'approcha à pas menus. Du bout de la queue, elle caressa doucement l'épaule de son amie. Elle ne savait pas quoi dire.

« Papillon, c'est moi, chuchota-t-elle, hésitante. Je suis désolée, pour Gros Ventre. »

Papillon leva la tête, les yeux pleins de regrets.

« J'ai cherché partout de l'herbe à chat, mais je n'en ai trouvé nulle part », se lamenta-t-elle.

La gorgé nouée, Feuille de Lune ne savait comment réconforter son amie.

« Feuille de Lune ? miaula Papillon. Qu'est-ce qu'il y a ?

— C'est ma faute ! lâcha la guérisseuse du Clan du Tonnerre. Patte de Pierre est venu me dire dans un de mes rêves où tu pourrais trouver de l'herbe à chat. Mais je veillais un chaton malade. Je n'ai pas eu le temps de venir. Tu en trouveras…

— Papillon ! » La voix d'Étoile du Léopard leur parvint depuis l'orée de la clairière. « Tu comptes bavarder là toute la nuit ?

— J'arrive ! lança-t-elle avant de se mettre sur ses pattes. Je dois y aller. Étoile du Léopard est déjà furieuse contre moi.

— Suis le Chemin du Tonnerre ! » lança-t-elle à son amie, comme celle-ci se dirigeait vers son chef.

Mais Papillon disparut dans les ténèbres sans que Feuille de Lune soit certaine qu'elle l'avait entendue.

Dans un soupir, elle se faufila entre les buissons, jusqu'au rivage. Des guerriers avaient déjà commencé leur traversée, si pressés de quitter cette Assemblée désastreuse qu'ils dérapaient sur le tronc et menaçaient de tomber à l'eau. Les autres, rassemblés au pied des racines arrachées, attendaient leur tour.

Feuille de Lune se dirigea vers eux sans cesser de s'inquiéter pour Papillon. Elle n'avait pas eu le temps d'interroger son amie à propos de son prétendu rêve et de son altercation avec son frère. Elle était pourtant curieuse de savoir en quoi Plume de Faucon l'avait aidée à devenir guérisseuse. C'était peut-être aussi bien, se dit-elle. Papillon aurait sans doute refusé de répondre.

Feuille de Lune chercha du regard ses camarades de Clan. Un banc de nuages voilait toujours la lune. Un félin approcha, qu'elle ne reconnut pas tout de suite. Puis une odeur familière la fit chavirer : Plume de Jais !

Elle aurait voulu s'enfuir, mais le guerrier du Clan du Vent l'avait déjà repérée. Il s'avança, son corps souple saupoudré de lumière d'étoile. Avec son pelage sombre, il se fondait aisément dans l'ombre.

« Bonsoir, Plume de Jais, le salua-t-elle, gênée. Tout va bien avec le Clan du Vent ?

— Oui, très bien. »

Sa voix était sèche. Sa réponse ne convainquit pas Feuille de Lune. Pendant l'Assemblée, elle avait remarqué que certains de ses camarades de Clan lui reprochaient toujours d'être parti avec elle.

« Je suis désolée, si tu as des problèmes...

— Des problèmes ? répéta-t-il. Je te l'ai dit, tout va bien. »

À le sentir si proche, le cœur de la jeune chatte battait la chamade.

« Je ne voulais pas te faire de peine, murmura-t-elle.

— Nous avons choisi de rester loyaux envers nos Clans. » Si le ton du matou restait neutre, Feuille de Lune devinait sa peine dans le moindre de ses mots. « Il vaut mieux que nous ne nous voyions plus. »

Elle avait beau savoir qu'il avait raison, son cœur se fendit. Ne pouvaient-ils donc rester amis ?

Plume de Jais soutint son regard un instant encore, puis il s'éloigna le long de la côte pour rejoindre ceux qui attendaient encore de grimper sur l'arbre-pont.

« Au revoir », souffla-t-elle, mais il ne jeta pas même un coup d'œil en arrière.

« Regarde-moi ta pauvre queue ! » se lamenta Chipie.

Petit Sureau tournait en rond dans son nid devant la tanière de Feuille de Lune. Il essayait vainement d'apercevoir le moignon de sa queue. Il ne semblait pas le moins du monde perturbé.

« J'ai l'air d'un vrai guerrier, maintenant ! fanfa-ronna-t-il. Tous les guerriers ont des cicatrices. Elles prouvent leur courage.

— Tu ne peux vraiment rien pour lui ? » supplia Chipie, tournée vers Feuille de Lune.

La guérisseuse se retint de soupirer.

« Le Clan des Étoiles lui-même ne peut faire repous-ser une queue, miaula-t-elle.

— Oh, je le sais bien. Et je te remercie du fond du cœur pour l'avoir soigné. J'étais certaine qu'il allait mourir. J'aimerais juste que quelqu'un lui explique qu'il a commis une grosse bêtise et qu'il ne doit jamais, au grand jamais, recommencer.

— Ça, tu le sais déjà, pas vrai, Petit Sureau ? » s'enquit Feuille de Lune.

Le chaton arrêta sa course folle et s'assit dans les fougères, l'œil vif. La guérisseuse avait du mal à croire qu'il s'agissait du même chaton qui, quelques jours plus tôt, poussait encore des cris de douleur enfiévrés.

« En fait… miaula-t-il, je savais que c'était pas bien, mais on s'embête dans le camp ! Moi, je veux aller voir le lac.

— Mais tu risques de te noyer ! s'écria sa mère, terrifiée.

— Tu dois attendre d'être apprenti, lui expliqua Feuille de Lune. Alors, ton mentor te fera découvrir tout le territoire. »

Petit Sureau se tortilla sur place, tout excité.

« Je peux être apprenti tout de suite, alors ? Et Griffe de Ronce peut être mon mentor ? »

Feuille de Lune émit un ronron amusé. Elle se réjouissait que le terrible accident du chaton n'ait pas réussi à éteindre le feu qui brûlait en lui.

« Non, tu es trop jeune, lui expliqua-t-elle. Et c'est Étoile de Feu qui choisira ton mentor. »

Petit Sureau sembla déçu, mais il se ressaisit aussitôt.

« Est-ce que je peux au moins retourner à la pouponnière ? Je parie que Petite Noisette et Petit Mulot s'embêtent quand je suis pas là.

— Le pire, c'est que c'est vrai, Feuille de Lune, soupira la chatte couleur crème. C'était calme, dans la pouponnière, tu ne peux pas t'imaginer !

— Demain ou après-demain, peut-être, promit la guérisseuse. Tu dois attendre d'avoir repris un peu de forces. Repose-toi au lieu de gigoter tout le temps. »

Petit Sureau se roula aussitôt en boule sur sa litière. Il parvint même à poser son moignon de queue sur sa truffe. Les yeux brillants, il observait sa mère et Feuille de Lune.

« Merci du fond du cœur, Feuille de Lune, miaula Chipie avant de se relever. Le Clan du Tonnerre a bien de la chance de t'avoir comme guérisseuse. »

Elle salua Feuille de Lune et son fils puis se faufila derrière le rideau de ronces. En chemin, elle croisa Cœur Blanc, qui revenait la gueule pleine d'herbe à chat.

« Voilà, s'exclama-t-elle en déposant le bouquet à l'entrée de la réserve. Quelle odeur délicieuse, tu ne trouves pas ? »

Feuille de Lune hocha la tête, même si ce parfum lui retournait à présent l'estomac. Il lui rappellerait toujours que Gros Ventre était mort par sa faute.

« Feuille de Lune, est-ce que je peux reprendre mes tâches de guerrière, à présent ? Seul Pelage de Granit a besoin d'être examiné tous les jours. Il n'y a plus grand-chose à faire. »

La jeune chatte tigrée la dévisagea, surprise. Elle s'était habituée à sa présence, à son aide quotidienne. Mais Cœur Blanc avait vu juste, il n'y avait plus de raison de la retenir.

« Bien sûr, répondit-elle. Je te remercie infiniment pour ton aide. »

La guerrière borgne s'inclina, un peu gênée.

« Tout le plaisir était pour moi. J'ai beaucoup appris... De toi comme de Museau Cendré. Je reviendrai t'aider dès que tu auras besoin de moi.

— Merci, Cœur Blanc. »

Feuille de Lune regarda son amie disparaître derrière les ronces puis alla porter les herbes dans son antre. Comme ses réserves de plantes et de baies étaient un peu en désordre, elle entreprit de les ranger.

Elle remarqua quelques baies de genièvre rabougries et commença à les trier. Son cœur se serra alors : elle se rappelait Museau Cendré accomplissant les mêmes gestes, lorsqu'elle lui montrait quels fruits étaient trop vieux et devaient être jetés. Maintenant, elle ne discernait plus du tout le parfum de Museau Cendré dans sa tanière ; les fragrances des herbes, de la mousse et de la pierre étaient trop fortes. À croire que son mentor n'avait jamais été là, que les guérisseurs, en tant qu'individus, n'étaient guère importants. Seules comptaient leurs connaissances, transmises de génération en génération.

Si tel est le cas, alors mes sentiments n'ont eux non plus aucune importance, se dit-elle, avec fermeté. *Je servirai mon Clan de mon mieux.*

Le temps était peut-être venu de former son successeur. L'un des petits de Poil de Châtaigne deviendrait sans doute son apprenti. Elle espérait trouver un novice aussi doué que Nuage de Saule, du Clan de la Rivière. La petite chatte s'était montrée d'une aide précieuse lorsque plusieurs membres du Clan de la Rivière s'étaient fait empoisonner par les Bipèdes. *Le Clan des Étoiles approuve-t-il l'apprentie que s'est choisie Papillon ?* se demanda-t-elle. Sûrement. Mais comment Papillon pourrait-elle enseigner à Nuage de Saule les devoirs d'une guérisseuse alors qu'elle ne croyait pas au Clan des Étoiles ? Comment lui apprendrait-elle à interpréter les signes et les rêves envoyés par leurs ancêtres, alors qu'elle n'en avait jamais reçu ?

Tout à coup, un couinement excité retentit derrière elle. Dehors, Petite Noisette et Petit Mulot batifolaient devant son antre. La guérisseuse allait leur dire de ne pas déranger Petit Sureau, qui dormait enfin, lorsqu'un papillon voleta dans sa tanière, juste au-dessus de sa tête. Les deux chatons lui coururent après et renversèrent le tas de baies de genièvre qu'elle venait patiemment de remettre en ordre. Dressés sur leurs pattes arrière, ils tentaient de l'attraper et miaulaient joyeusement chaque fois qu'il volait hors de leur portée.

« Hé ! s'écria Feuille de Lune. Regardez où vous mettez les pattes ! »

Sans lui prêter la moindre attention, les petits ressortirent à la suite du papillon. Feuille de Lune soupira avant de les suivre pour s'assurer qu'ils n'avaient pas réveillé leur frère. Puis elle passa la tête derrière le rideau de ronce afin de les surveiller. À cet âge, on faisait souvent des bêtises. Elle les vit justement disparaître dans un buisson d'aubépine, au pied de la muraille, toujours occupés à pourchasser leur proie.

« Ah, les chatons ! » marmonna-t-elle.

Ils allaient sans doute rester coincés à l'intérieur, s'ils n'essayaient pas d'escalader la paroi. Elle se dirigea vers eux et, au moment où elle contournait les branches, elle entendit un cri triomphal.

Au milieu du buisson, les deux chatons contemplaient sur le sol le corps inerte du papillon, qui avait perdu une de ses ailes aux couleurs vives et tachetées.

Petite Noisette leva la tête.

« C'est moi qui l'ai eu, se vanta-t-elle. Je serai le meilleur chasseur de tout le Clan ! »

Devant l'aile déchirée, Feuille de Lune sentit des picotements sous sa fourrure. Ce spectacle lui semblait étrangement familier, même si elle ne se rappelait pas avoir déjà contemplé de si près un papillon mort.

Petit Mulot interrompit le fil de ses pensées :

« C'est la chatte écaille qui nous l'a montré. Elle a dit qu'on pouvait le chasser.

— Vous parlez de Poil de Châtaigne? » demanda Feuille de Lune, perplexe.

Son amie était la seule chatte écaille du Clan, et elle n'avait pas quitté la pouponnière.

« Mais non, une autre, répondit Petite Noisette, un peu agacée, comme si Feuille de Lune disait n'importe quoi. Elle nous a fait sortir de la pouponnière. Je ne l'avais jamais vue, mais elle portait l'odeur du Clan du Tonnerre.

— Et elle connaissait nos noms », ajouta Petit Mulot.

Les picotements reprirent de plus belle.

« Où est-elle, à présent ?

— 'Sais pas. Partie, sans doute », répondit Petit Mulot dans un haussement d'épaules.

Leur chasse terminée, les deux chatons gambadèrent dans la clairière. Feuille de Lune s'attarda un instant, les yeux rivés sur l'aile colorée. Il n'y avait qu'une seule chatte écaille capable d'apparaître un instant devant les chatons sans que personne d'autre ne la voie. Elle avait dû les envoyer à la poursuite de l'insecte pour une bonne raison, mais laquelle ? *Petite Feuille, qu'essaies-tu de me dire ?* La guérisseuse tapota du bout de la patte les restes de la bête et planta une griffe dans l'aile arrachée. Un papillon mort... Une aile de papillon...

Le signe reçu par Patte de Pierre !

Figée sur place, elle regarda une scène se dérouler devant ses yeux. Une aile de papillon plantée sur une griffe, Plume de Faucon avançait dans l'ombre au milieu de l'ancien camp du Clan de la Rivière. Il la déposa devant la tanière de Patte de Pierre. Feuille de Lune frissonna. Le Clan de la Rivière avait accepté que Papillon devienne leur nouvelle apprentie guérisseuse à cause de ce signe. Plume de Faucon l'avait-il déposée là exprès ?

Papillon avait dû découvrir bien plus tard la supercherie, Feuille de Lune n'en doutait pas. Elle revoyait les yeux illuminés de son amie lorsque celle-ci lui avait raconté la découverte de l'aile. Elle avait dû être dévastée en apprenant la vérité, mais son dévouement vis-à-vis de son Clan l'avait sans doute poussée à garder le secret.

Feuille de Lune secoua la patte afin de faire tomber l'aile. Elle aurait voulu croire qu'elle se trompait, que personne n'oserait accomplir un acte aussi abominable, pas même Plume de Faucon. Mais elle ne pouvait ignorer ce que Petite Feuille semblait vouloir lui dire. Ainsi, elle comprenait mieux certaines choses.

À l'Assemblée, Plume de Faucon avait menacé Papillon de révéler à tous un secret, et il avait affirmé qu'il l'avait aidée à devenir la guérisseuse de leur Clan. Il lui faisait du chantage pour la forcer à inventer des messages du Clan des Étoiles qui l'aideraient, lui, à prendre la tête du Clan de la Rivière.

Feuille de Lune s'était toujours méfiée de Plume de Faucon. Ses doutes étaient à présent confortés. Elle planta ses griffes dans le sol, à défaut de les enfoncer dans la fourrure du guerrier. Pouvait-elle le dénoncer lors d'une Assemblée ? Non. Elle n'avait aucune preuve. Et l'accuser reviendrait à trahir Papillon. Si le Clan de la Rivière apprenait que le signe de l'aile de papillon était un coup monté, que deviendrait son amie ?

Petite Feuille, montre-moi ce que je dois faire. Tu devais avoir une raison de m'envoyer cette vision.

Puis elle se souvint de Nuage de Saule. La jeune apprentie devait croire au Clan des Étoiles, comme tous les chats nés au sein des Clans. Elle pourrait peut-être s'acquitter de la partie spirituelle du travail de son mentor. Si Papillon l'apprenait, elle aurait peut-être le courage de s'opposer à son frère. Nuage de Saule ne résoudrait sans doute pas le problème à elle toute seule, mais elle y contribuerait.

Je pourrais peut-être lui montrer la voie… Mais comment ? se demanda-t-elle. *C'est l'apprentie de Papillon, non la mienne. Comment la novice peut-elle découvrir le pouvoir du Clan des Étoiles si son propre mentor n'y croit pas ?*

CHAPITRE 13

Les fougères frôlaient le pelage de Griffe de Ronce tandis qu'il filait dans la forêt vers Étoile du Tigre. Maintenant que son épaule était guérie, il se sentait plus fort que jamais. Il lui tardait de montrer à son père et à Plume de Faucon son habileté au combat.

Il s'arrêta net à l'orée de la clairière, à l'ombre d'un buisson d'aubépine. Assis sur son rocher habituel, son père se penchait pour parler à une guerrière écaille au corps mince.

Pelage d'Or ? Mais que fait-elle ici ?

Poussé par la curiosité, il s'approcha du rocher en rampant, dissimulé par les hautes herbes. Les oreilles dressées, il distinguait à peine les voix des deux autres félins.

« Je te l'ai déjà dit, Étoile du Tigre, feulait Pelage d'Or. Tes desseins ne m'intéressent pas. J'ai mes propres projets. »

Griffe de Ronce se crispa. Personne ne parlait à Étoile du Tigre sur ce ton !

Mais l'ancien chef du Clan de l'Ombre ne semblait pas contrarié. Il répondit, l'air satisfait :

« Tu as hérité de ma fougue, Pelage d'Or, et tu es une guerrière valeureuse. Mais parfois, la fougue confine à la bêtise. Ne rejette pas ce que je peux t'offrir. Je peux faire de toi le chef de ton Clan.

— Crotte de Renard ! s'emporta-t-elle. Je suis un membre loyal du Clan de l'Ombre. Si je deviens un jour lieutenant ou chef, c'est que je l'aurai mérité… aux yeux de mon Clan et du Clan des Étoiles. Tu n'as pas changé, tu manipules le code du guerrier pour parvenir à tes fins. »

Un grognement résonna dans la gorge du grand mâle. Des crocs scintillèrent dans la pénombre. Griffe de Ronce eut soudain très peur pour sa sœur.

Mais Pelage d'Or gardait la tête haute.

« Tu ne m'impressionnes pas, miaula-t-elle avec calme. Et je ne veux rien avoir à faire avec toi. »

Elle se retourna et traversa la clairière droit vers les buissons où son frère s'était caché.

Elle poussa un sifflement de surprise en le découvrant là :

« Qu'est-ce que tu fiches ici ?

— Je pourrais te retourner la question », rétorqua-t-il.

D'un coup d'œil entre les herbes, il s'assura qu'Étoile du Tigre ne l'avait pas repéré. À son grand soulagement, il vit que son père s'était détourné.

Pelage d'Or dévisagea son frère d'un œil froid.

« Tu es déjà venu ici, pas vrai ? lâcha-t-elle. Tu crois qu'il peut t'octroyer le pouvoir… C'est quoi ton problème ? T'as des chardons dans la tête ? Tu sais très bien quels crimes il a commis de son vivant.

— C'est du passé. » Griffe de Ronce remua la queue, embarrassé. « Il essaie juste de nous aider à devenir de bons guerriers, Plume de Faucon et moi. Nous nous entraînons ensemble. Étoile du Tigre nous apprend quelques trucs.

— C'est ça ! Griffe de Ronce, réfléchis un peu, par pitié ! Tu es déjà un guerrier hors pair, tu es courageux, loyal et redoutable au combat. En quoi as-tu besoin de lui ?! » Sans lui laisser le temps de répondre, elle continua : « Il nous a fallu des saisons pour nous libérer de l'héritage de notre père. Lorsque nous étions encore chatons, la plupart des guerriers du Clan du Tonnerre ne nous faisaient pas confiance. Même notre chef se méfiait de nous ! C'est pourquoi j'ai rejoint le Clan de l'Ombre. Étoile du Tigre m'a accueillie avec joie, mais j'ai très vite compris de quoi il était capable, et, crois-moi, j'étais bien contente le jour où Fléau l'a éventré ! Je donnerais n'importe quoi pour que son sang ne coule pas dans mes veines. Jusque-là, je me suis très bien débrouillée sans lui, et toi aussi.

— Peut-être, miaula-t-il, sur la défensive. Mais il est mort avant que j'aie le temps de le connaître. Ici, j'en ai l'occasion.

— Tu ne vas pas me faire croire à des retrouvailles familiales ! feula-t-elle, les yeux plissés. Et tu sais très bien que ça n'a rien à voir. » Elle soupira, tout aussi lasse qu'exaspérée. « Griffe de Ronce, je pense que tu ferais un chef de Clan formidable. Mais seulement si tu restes dans le droit chemin. » En guise d'adieu, elle pressa sa truffe contre l'oreille de son frère. Elle ajouta d'une voix plus amicale : « Penses-y, cervelle de souris. »

Griffe de Ronce la regarda s'éloigner. Il se demanda si Étoile du Tigre avait aussi convoqué Papillon, son autre fille. Il en doutait. Papillon était guérisseuse. Elle devait partager tous ses rêves avec le Clan des Étoiles. De plus, les guérisseurs ne pouvaient devenir chefs de Clan. Leurs pattes les menaient sur un autre sentier.

D'un côté, Griffe de Ronce aurait voulu écouter sa sœur. Il savait que Poil d'Écureuil dirait la même chose, si elle découvrait ces réunions. Mais il n'y avait rien de mal à accepter l'aide de son père, se dit-il. Chaque guerrier rêvait de devenir un jour chef de Clan. Et si le Clan des Étoiles approuvait sa relation avec Poil d'Écureuil, c'est qu'il approuvait également son ambition, non ? Il fit taire la voix de sa conscience et pénétra dans la clairière pour saluer Étoile du Tigre.

Un cri perçant tira Griffe de Ronce de son sommeil. Il bondit, le poil hirsute.

« Pas de panique, miaula Patte d'Araignée depuis son nid de mousse. Ce n'est que Fleur de Bruyère. Elle vient de passer… elle cherchait la chatte de la grange.

— Chipie ? Elle a disparu ?

— Fleur de Bruyère affirme qu'elle n'est pas dans la pouponnière, expliqua Patte d'Araignée. Mais elle ne doit pas être très loin. Ce serait bien la dernière à s'aventurer hors du camp. Elle n'est pratiquement jamais sortie de la combe depuis l'attaque. »

C'était parfaitement vrai, ce qui rendait Griffe de Ronce plus perplexe encore. Il se glissa entre les branches épineuses du repaire des guerriers. Fleur de Bruyère se tenait au milieu de la clairière, flanquée de Flocon de Neige.

Du bout de la queue, le guerrier blanc lui caressait gauchement l'épaule afin de la calmer.

« Elle n'a pas dû partir bien loin, la rassura-t-il. Rappelle-toi comme elle avait peur pendant la fugue de Petit Sureau.

— Mais ses chatons ont disparu, eux aussi, lui fit remarquer la guerrière. Elle a dû les prendre avec elle. »

Comme Griffe de Ronce s'approchait d'eux, un autre cri retentit derrière lui. Poil de Châtaigne jaillit de la tanière des apprentis.

« Nuage Ailé et Nuage de Frêne ne les ont pas vus non plus, haleta-t-elle. Je ne crois pas qu'ils soient encore dans le camp.

— Que s'est-il passé ? s'enquit Griffe de Ronce.

— Je suis entrée dans la pouponnière avec des pièces de viande pour Chipie et Poil de Châtaigne, expliqua Fleur de Bruyère, paniquée. Son nid était encore chaud, mais Chipie et ses petits n'y étaient plus.

— Nous avons fouillé tout le camp, ajouta Poil de Châtaigne, la queue battante. Nous devons envoyer des patrouilles à leur recherche.

— Tu ne pourras pas venir, lui rappela Fleur de Bruyère. Tu dois rester avec ta portée.

— Poil de Fougère est avec nos petits, rétorqua la jeune reine écaille. Je veux participer aux recherches.

— Oui, mais... »

Fleur de Bruyère s'interrompit lorsqu'un éclair de fourrure rousse annonça l'apparition d'Étoile de Feu sur la Corniche. Le chef du Clan dévala l'éboulis pour les rejoindre.

« Que se passe-t-il ? »

Fleur de Bruyère expliqua la situation. Avant qu'elle ait fini, Pelage de Poussière sortit du tunnel épineux, en tête de la patrouille de l'aube. Poil d'Écureuil, Tempête de Sable et Cœur Blanc suivaient.

Griffe de Ronce leur fit signe de s'approcher.

« L'un d'entre vous a-t-il vu Chipie, ce matin ?

— Oui, elle est sortie du camp juste après nous, répondit Pelage de Poussière, perplexe. Pourquoi ? Il y a un problème ?

— Elle est partie ! s'écria Fleur de Bruyère en se frayant un passage jusqu'à lui. Pourquoi ne l'avez-vous pas arrêtée ?

— Pour l'amour de nos ancêtres ! siffla le guerrier brun. Je pensais qu'elle allait faire ses besoins !

— Est-ce que ses petits l'accompagnaient ? interrogea Flocon de Neige.

— Je ne les ai pas vus, répondit Pelage de Poussière.

— Moi, oui, coupa Tempête de Sable. Ils l'ont suivie hors du camp.

— Petit Sureau n'arrêtait pas de râler, ajouta Poil d'Écureuil. Mais nous ne nous sommes pas arrêtés pour l'écouter.

— La situation est claire », annonça Étoile de Feu, préoccupé. Tous se tournèrent alors vers lui. « Chipie parlait depuis longtemps de remmener ses petits à la grange. La blessure de Petit Sureau a dû la décider. Elle a attendu qu'il soit en état de voyager pour partir.

— Non ! s'emporta Flocon de Neige, outré. Après

l'attaque des blaireaux, je lui avais promis que le Clan veillerait sur elle.

— Oui, mais son fils a perdu la moitié de sa queue dans le collet, lui rappela Étoile de Feu. Je suis désolé, Flocon de Neige. Je sais que tu as fait ton possible. Je pensais vraiment qu'ils allaient rester. Ses petits s'étaient parfaitement adaptés. Je ferais mieux d'avertir le reste du Clan. »

L'appel d'Étoile de Feu retentit avant que Griffe de Ronce puisse répondre.

« Que tous ceux qui sont en âge de chasser s'approchent de la Corniche pour une assemblée du Clan. »

Peu à peu, les membres du Clan se rassemblèrent dans la clairière. Feuille de Lune apparut derrière le rideau de ronces. Cœur Blanc fila à sa rencontre, sans doute pour la mettre au courant. Poil de Souris et Bouton-d'Or sortirent du noisetier en guidant Longue Plume. Les trois anciens vinrent s'asseoir près de l'éboulis. Les yeux de Poil de Souris brillaient de curiosité.

Poil de Fougère pointa le museau hors de la pouponnière, puis bondit vers Poil de Châtaigne.

« Qu'est-ce que tu fabriques ? miaula-t-il avant de la couvrir de coups de langue inquiets. Regarde-toi, tu trembles, tu es à bout de forces ! Tu ne devrais pas te fatiguer autant. »

Poil de Châtaigne s'appuya contre son épaule. Griffe de Ronce vit alors lui aussi qu'elle frissonnait.

« Je pensais pouvoir la retrouver, murmura-t-elle. Mais elle a dû retourner à la grange.

— Alors tu ne peux rien y faire. Viens dans la pouponnière. Les petits hurlent à tue-tête. Ils meurent de faim et moi, je ne peux pas les nourrir !

— Pourquoi ne l'as-tu pas dit plus tôt ? »

Aussitôt, la reine fonça vers la pouponnière, la queue bien haute comme si elle avait oublié sa fatigue.

Poil d'Écureuil se glissa entre Tempête de Sable et Pelage de Poussière pour rejoindre Griffe de Ronce.

« Si seulement je lui avais parlé ce matin, je l'aurais peut-être convaincue de rester, se lamenta-t-elle.

— Ce n'est pas ta faute », murmura Griffe de Ronce, ravalant sa propre déception.

Il n'avait jamais vraiment cru que Chipie pourrait s'adapter à la vie des Clans, mais la perte de ses petits était un vrai désastre. *Et mon apprenti ?* Il devinait, d'après ce que lui avait rapporté Poil d'Écureuil, que Petit Sureau rechignait à partir. À cause de Chipie, le Clan venait de perdre un futur guerrier d'exception.

« Chipie a décidé que sa place, et celle de ses petits, était dans la grange du territoire des chevaux, expliquait Étoile de Feu. Ils vont nous manquer, mais nous devons respecter sa volonté.

— N'importe quoi ! » pesta Flocon de Neige.

Étoile de Feu le toisa en agitant le bout de la queue. Flocon de Neige ne semblait en rien gêné de se montrer irrespectueux envers son meneur.

« Chipie ne sera pas plus en sécurité là-bas qu'ici, protesta-t-il. Elle nous avait justement rejoints de crainte que les Bipèdes lui prennent ses petits. De plus, nous n'avons pas flairé la moindre trace de blaireau depuis l'attaque. À mon avis, nous devrions aller les chercher.

— Regarde Cœur Blanc, souffla Poil d'Écureuil à l'oreille de Griffe de Ronce. Je parie que, elle, elle n'a aucune envie que Chipie revienne. »

Griffe de Ronce jeta un coup d'œil vers la guerrière au pelage blanc et roux. L'expression de la chatte était un mélange de colère et de détresse.

« Flocon de Neige, nous ne pouvons pas forcer Chipie à revenir, répondit Étoile de Feu. Elle...

— Nous pouvons quand même aller lui parler, le coupa le guerrier blanc. Au moins pour nous assurer qu'elle a regagné la grange sans encombre.

— Je suis d'accord », intervint Griffe de Ronce en venant se placer près de Flocon de Neige. Il savait que, s'il ne tentait pas de récupérer Petit Sureau, il le regretterait toute sa vie. « Si tu es d'accord, Étoile de Feu, j'accompagnerai Flocon de Neige. »

Surprise, Poil d'Écureuil remua les moustaches.

« Tiens, il me semblait que quelqu'un avait proféré des remarques désobligeantes sur les chats domestiques du Clan... »

Griffe de Ronce aurait voulu disparaître sous terre.

« Oui, je sais. Je suis désolé, miaula-t-il. Le Clan du Tonnerre a besoin de sang neuf, et les petits de Chipie auraient fait de valeureux guerriers.

— Très bien, soupira Étoile de Feu. Vous pouvez y aller. Mais si Chipie préfère rester dans la grange, laissez-la tranquille et revenez immédiatement. Mieux vaut attendre le coucher du soleil, ajouta-t-il. Les Bipèdes seront moins nombreux dans les environs.

— Super ! » s'écria Flocon de Neige, la queue dressée bien haut.

Au moment où Griffe de Ronce glissait de nouveau un coup d'œil vers Cœur Blanc, il la vit disparaître derrière le rideau de ronces dissimulant l'antre de Feuille de Lune.

Le soleil couchant empourprait les eaux du lac lorsque Griffe de Ronce et Flocon de Neige gagnèrent le rivage. La pinède du Clan de l'Ombre se découpait en noir sur le ciel rouge sang. Griffe de Ronce préféra ne pas y voir un mauvais présage.

Ils traversèrent en vitesse le territoire du Clan du Vent, sans s'éloigner de plus de deux longueurs de queue du bord de l'eau, comme le voulait l'arrangement entre les Clans.

La nuit tombait lorsqu'ils atteignirent le territoire des chevaux. Un banc de nuages avait envahi le ciel et masqué la lune. Flocon de Neige marqua une pause pour humer l'air, tandis que Griffe de Ronce scrutait l'endroit à travers la clôture. Au fond du champ trônait le nid de Bipèdes, masse noire où se découpait un carré de lumière jaune. Griffe de Ronce espérait qu'ils n'auraient pas à s'en approcher.

Il repéra un autre bâtiment bien plus près, sans lumière. Le matou tacheté se souvint être passé devant en plein jour. Il ressemblait un peu à la ferme où vivaient Gerboise et Nuage de Jais.

« Par là, peut-être ? suggéra-t-il à son camarade, la queue tendue.

— Oui, Chipie nous a dit qu'ils vivaient dans une grange. Allons-y. »

Il se plaqua au sol pour se faufiler sous la clôture. Griffe de Ronce l'imita. Sa fourrure le picota lorsqu'il pénétra sur ce territoire de Bipèdes inconnu. Dans la pénombre, le pelage de son ami n'était plus qu'une tache blanche floue devant lui. Soudain, il se figea sur place. Le hennissement aigu d'un cheval venait de retentir. Un instant plus tard, le sol trembla sous le martèlement des sabots.

Pris de panique, Griffe de Ronce tournait la tête dans tous les sens pour tenter de localiser les animaux. Puis deux chevaux surgirent hors de la nuit, presque sur lui, dans un tourbillon de pelage soyeux et de sabots brillants. Sans doute épouvantés par un bruit, ils s'étaient lancés au galop, les yeux révulsés.

Flocon de Neige détala dans un cri de terreur. Griffe de Ronce se lança à sa poursuite.

« Non ! Par là ! Restons groupés ! » lança-t-il à son ami.

Il n'était même plus certain de savoir de quel côté se trouvait la grange. Les chevaux avaient disparu, mais il entendait toujours le tonnerre de leurs sabots.

Puis il distingua une forme claire qui filait à travers champ. C'était Pacha, le père des petits de Chipie.

« Suivez-moi ! haleta-t-il avant de faire aussitôt demi-tour. Vite ! »

Les deux guerriers du Clan du Tonnerre ne se firent pas prier. Griffe de Ronce aperçut de nouveau les chevaux, qui cavalèrent tout près d'eux, crinières au vent. Puis ils disparurent et Pacha ralentit devant le mur de la grange.

« Par là », miaula-t-il.

C'était un bâtiment de pierre avec une porte en bois. L'écart entre le bas de la porte et le sol était suffisant pour permettre à Pacha de se faufiler à l'intérieur.

Flocon de Neige et Griffe de Ronce l'imitèrent, même si ce dernier eut bien du mal à faire passer ses épaules dans la petite ouverture. Il se redressa de l'autre côté, à bout de souffle.

À l'intérieur de la grange, il faisait presque noir. Si ce nid était plus petit que celui de Nuage de Jais, Griffe de Ronce reconnut les mêmes bottes de foin et de paille. Leur parfum se mêlait à celui des souris et des félins. Le guerrier tacheté fut soulagé en reconnaissant les odeurs de Chipie et de ses trois chatons. Au moins, ils étaient arrivés là sains et saufs.

« Jamais je n'aurais cru vous voir ici, déclara Pacha.

— Que voulez-vous ? demanda une chatte au pelage gris et blanc qui observait les chats sauvages avec curiosité.

— Je vous présente Câline, annonça Pacha.

— Je m'appelle Flocon de Neige, et lui, Griffe de Ronce. Nous sommes venus voir Chipie. »

Il s'interrompit lorsque des pas lourds résonnèrent devant la porte. Le cœur de Griffe de Ronce reprit sa course folle quand le battant s'ouvrit. *Des Bipèdes !* Flocon de Neige et lui échangèrent un regard avant de plonger dans la paille.

Tandis que Griffe de Ronce rentrait le bout de sa queue dans un espace à peine suffisant pour le contenir, il entendit le ronronnement amusé de Pacha.

« Inutile de se cacher. Ce ne sont que des Sans-Fourrure. »

Le matou tacheté parvint à se retourner pour jeter un coup d'œil entre les brins de paille. Au début, il ne vit rien, aveuglé qu'il était par une lumière jaune et vive braquée sur lui. Puis le rayon bougea et le matou comprit que le Bipède tenait la lumière dans une patte. Dans l'autre, il brandissait un bol semblable à ceux qu'il avait vus dans un nid de Bipèdes lors de leur périple jusqu'à la caverne de Minuit. Le Bipède agita la patte et le contenu du bol fit un bruit sec. Il entendit Câline murmurer :

« Le dîner ! C'est pas trop tôt. »

La créature posa le bol devant les deux félins puis ressortit en emportant sa lumière vive.

Une fois la porte refermée, Griffe de Ronce s'extirpa de sa cachette, un peu gêné. Pacha se tourna vers lui, tandis que sa compagne plongeait le museau dans la nourriture.

« Vous êtes venus pour Chipie ? répéta-t-il, surpris. Je ne pensais pas que vous voudriez la revoir, après son départ.

— Nous l'aimons beaucoup, protesta Flocon de Neige.

— Oui, nous voulions juste nous assurer qu'elle et ses petits se portent bien », précisa Griffe de Ronce.

Il n'avait pas fini sa phrase lorsque des cris de joie retentirent de l'autre côté de la grange. Tout excités, les trois chatons se ruèrent vers Griffe de Ronce et Flocon de Neige.

« Vous êtes venus ! Vous êtes venus ! s'écria Petit Sureau. Je l'avais bien dit. » Il s'accroupit devant le matou tacheté, la fourrure ébouriffée et les crocs découverts. « J'ai chassé une souris en chemin, se vanta-t-il.

— Tu l'as attrapée ?

— Non, admit-il, dépité.

— Pas grave. Tu l'auras la prochaine fois. »

Le jeune minet se ressaisit et agita le moignon de sa queue.

« Je vais attraper toutes les souris de la grange ! annonça-t-il.

— Laisse-nous-en un peu ! » protesta Petite Noisette. Fonçant sur Flocon de Neige, elle le fit tomber au sol et lui grimpa sur le flanc. « Nous aussi, on veut attraper des souris. On veut devenir des apprentis comme Nuage de Frêne et Nuage Ailé.

— Ça y est ? Ce sont des guerriers ? demanda Petit Mulot.

— Des guerriers ? répéta Flocon de Neige avant de pousser un miaulement amusé. Allons ! Vous n'êtes partis qu'une seule journée.

— Ah bon ? On croirait que des lunes ont passé... gémit Petit Sureau. On s'embête, ici.

— Peut-être, mais au moins, nous sommes en sécurité. »

C'était la voix de Chipie, qui s'approchait d'eux. Du bout de la queue, elle donna une pichenette sur l'épaule de Petite Noisette.

« Descends tout de suite ! Est-ce ainsi que l'on témoigne du respect à un guerrier ? »

La petite chatte sauta au sol. Flocon de Neige se releva et s'ébroua pour chasser la paille de sa fourrure.

« Bonsoir, Chipie », miaula-t-il.

La jolie chatte s'arrêta à quelques longueurs de queue et soutint son regard sans fléchir.

« Je sais pourquoi tu es là. S'il te plaît, ne me demande pas de revenir. Ma décision est prise.

— Mais tout le monde te regrette déjà, toi et tes petits, insista le guerrier blanc. Le Clan du Tonnerre a besoin de nouveaux membres. Je ferais n'importe quoi pour que tu te sentes chez toi parmi nous, tu le sais.

— Nous, nous voulons y retourner », ajouta Petit Sureau en poussant sa mère du bout du museau.

Petit Mulot et Petite Noisette piaillèrent à leur tour.

Chipie secoua la tête, inflexible.

« Mais non, vous ne voulez pas y retourner. Vous êtes trop jeunes pour comprendre.

— Je n'en suis pas si certain, coupa Griffe de Ronce. Lorsque tu les as emmenés dans la forêt, ils étaient si jeunes qu'ils ne se rappellent sans doute pas leur vie dans la grange. Le Clan du Tonnerre, voilà leur vrai foyer. Ils ne sont guère différents des autres guerriers, nés au sein des Clans. Il est normal pour eux de vouloir rentrer chez eux.

— Cela ne peut pas marcher, soupira la chatte. J'ai toujours vécu près des Sans-Fourrure. Je suis habituée à manger à heure fixe et à dormir avec un toit au-dessus de ma tête. Vos guerriers méprisent ce mode de vie.

— Peut-être, mais nous ne te méprisons pas, toi, promit Flocon de Neige.

— Mais tout est si étrange dans la forêt ! se défendit-elle encore. Je ne comprends pas la moitié des commandements de votre code du guerrier. Je crois que je ne me sentirai jamais à ma place parmi vous. »

Ses yeux, qui ne quittaient pas Flocon de Neige un seul instant, reflétaient sa détresse. Une idée frappa soudain Griffe de Ronce tel un éclair : elle était amoureuse de son camarade de Clan ! Et elle devait se douter qu'il n'abandonnerait jamais Cœur Blanc. Malgré lui, il émit un ronron compatissant. Elle avait peut-être eu raison de partir. Elle devait souffrir de voir Flocon de Neige chaque jour tout en sachant qu'il ne serait jamais plus qu'un ami pour elle.

Flocon de Neige semblait ignorer la force des sentiments de Chipie.

« Je crois tout de même que tu devrais revenir. Tu auras toujours ta place parmi nous. Et tu nous manques à tous.

— Ah bon ? Mais je ne suis qu'un fardeau inutile, miaula-t-elle. J'ai l'impression que tous les membres du Clan en ont assez de devoir s'occuper de moi.

— C'est faux, répondit Griffe de Ronce afin de la rassurer. Tu as aidé Poil de Châtaigne avec ses petits, pas vrai ?

— Ne t'inquiète pas, maman, lança Petit Sureau. Moi, je veillerai sur toi. Je te protégerai des blaireaux. Et je t'apprendrai le code du guerrier. Quand je serai apprenti, je te répéterai tout ce que mon mentor me dira.

— Et nous aussi, renchérit Petite Noisette. S'il te plaît, ramène-nous là-bas ! Nous voulons devenir des guerriers et chasser notre propre gibier. Nous n'aimons pas cette nourriture de Bipèdes ! C'est trop berk !

— Et nous voulons apprendre à nous battre », ajouta Petit Mulot, toutes griffes dehors.

Pacha, qui avait écouté la discussion sans mot dire, vint frotter son museau à celui de Chipie.

« Tu devrais peut-être y retourner », miaula-t-il.

Elle se tourna vers lui, à la fois étonnée et un peu blessée.

« Je pensais que je te manquais

— C'est vrai. Vous me manquiez tous les quatre. Mais nos petits ne seront jamais heureux, ici, c'est évident. Depuis qu'ils ont mis les pattes dans la grange, ils n'ont eu qu'un mot à la bouche : la forêt. »

Le matou gris et blanc la couva d'un regard affectueux. « Toi, tu pourras toujours revenir un peu plus tard, lorsqu'ils seront adultes.

— Ou bien tu pourrais venir vivre dans la forêt, toi aussi, suggéra Flocon de Neige à Pacha, ce qui fit bondir Griffe de Ronce.

— Moi ? répéta le matou, les yeux ronds. Vivre dehors, sous la pluie, et devoir attraper la moindre bouchée de nourriture ? Non merci ! De plus, ajouta-t-il, vous êtes bien trop nombreux. Je ne me rappellerais jamais de tous vos noms. » Il jeta un coup d'œil derrière lui, vers l'autre chatte, qui avait fini de manger et se lavait le museau d'une patte. « Sans parler de Câline. Je ne peux quand même pas la laisser là toute seule. »

Petit Sureau donna de nouveau un coup de museau à sa mère.

« On peut y retourner ? Dis ?

— Vous voulez vraiment vivre dans le froid et l'humidité, sans nourriture digne de ce nom, dans une forêt pleine de blaireaux et de pièges ?

— Oui ! » Les trois chatons bondissaient dans tous les sens, les yeux illuminés. « Oui, oui, oui !

— Bon, j'imagine que… »

Petit Sureau poussa un cri de triomphe suraigu. Les trois chatons se poursuivirent en cercle, la queue bien haute.

« On retourne dans la forêt ! On retourne dans la forêt !

— Formidable ! s'exclama Flocon de Neige, presque aussi content que les chatons. Le Clan a besoin de ces trois-là. Ils feront de valeureux guerriers, un jour. »

Griffe de Ronce surprit le regard peiné de Chipie. Flocon de Neige paraissait se réjouir plus du retour des chatons que de celui de leur mère.

Le guerrier tacheté posa sa queue sur l'épaule de la chatte.

« Fleur de Bruyère et Poil de Châtaigne seront ravies de ton retour. Elles étaient toutes les deux bouleversées par ton départ. »

Chipie cligna les yeux. Les paroles du guerrier semblaient lui avoir mis du baume au cœur.

« Ce sont de bonne amies, murmura-t-elle.

— On y va ? la pressa Petit Sureau, qui venait de s'arrêter devant sa mère. Tout de suite ?

— Non, pas tout de suite, répondit Flocon de Neige sans laisser le temps à Chipie de répondre. Dehors, il fait noir. Nous repartirons demain matin.

— Si vous voulez passer la nuit ici, vous êtes les bienvenus, proposa Pacha, avant de tendre la queue vers le bol de nourriture. Servez-vous.

— D'accord. Merci », miaula Flocon de Neige avant de plonger le museau dans le bol.

Griffe de Ronce se rappelait des histoires qui couraient sur Flocon de Neige : quand il était petit, il partait en douce pour aller manger de la nourriture de chat domestique. Un jour, les Bipèdes qui le nourrissaient l'avaient enfermé à l'intérieur de leur nid et

Étoile de Feu l'avait aidé à s'échapper. Manifestement, le guerrier en avait gardé un certain penchant pour les croquettes.

« Non, merci, répondit Griffe de Ronce à Pacha. Je préfère chasser.

— Montre-nous comment faire, l'implora Petit Sureau.

— On peut regarder ? demanda Petit Mulot au même instant.

— Vous n'apprendrez pas à chasser avant d'être apprentis, leur rappela-t-il. Mais vous pouvez regarder, si cela vous amuse. »

Les trois chatons se couchèrent côte à côte et l'observèrent tandis que le guerrier tacheté levait la truffe pour flairer les proies. Comme ils s'étaient tus, la grange bourdonnait des couinements et des grattements des souris. Griffe de Ronce repéra bientôt un rongeur dodu, qui grignotait une graine au pied des bottes de paille. Il avança avec prudence, prenant garde à ce que ses griffes ne raclent pas le sol de pierre de la grange. *Celle-là, je ne peux pas me permettre de la rater*, se dit-il avant de bondir et de mordre sa proie à la nuque.

Les trois chatons piaillèrent à l'unisson lorsqu'il se tourna vers eux, sa prise dans la gueule. Petit Sureau adopta la posture du chasseur et roula des hanches comme il avait vu Griffe de Ronce le faire. Son imitation était presque parfaite. *Il fera un chasseur d'exception*, se dit Griffe de Ronce.

« Tenez, miaula-t-il en déposant la souris devant les trois boules de poils. Vous pouvez partager, si votre mère l'accepte. Je vais en attraper une autre. »

Chipie donna sa permission et secoua légèrement la tête en voyant ses petits dévorer le gibier. Puis elle se détourna pour aller rejoindre Flocon de Neige près du bol.

Griffe de Ronce ne tarda pas à attraper une autre proie. À la fin du repas, Chipie rassembla ses chatons et disparut avec eux dans la paille. À grands coups de griffe, Flocon de Neige arracha des tiges dures à une botte de paille pour se faire un nid.

« Vivement qu'on rentre au camp, marmonna-t-il. Ce truc est loin d'être aussi confortable que la mousse. »

En s'installant à son tour pour la nuit, Griffe de Ronce fit le même constat. Les brins de paille lui rentraient dans la peau et ne le protégeaient pas du froid qui montait du sol de pierre. Il se roula en boule, la truffe sous la queue. Il pensa avec nostalgie au repaire des guerriers, que le souffle de ses camarades réchauffait chaque nuit. Il regretta plus que tout la présence de Poil d'Écureuil, son parfum si familier, sa douce fourrure… Le sommeil fut long à venir mais, là, dans la grange du territoire des chevaux, loin de son Clan, nul rêve ne vint le troubler.

CHAPITRE 14

Lovée dans son nid de mousse, Feuille de Lune s'agita longtemps avant de s'endormir. Elle avait l'impression que des fourmis grouillaient dans sa fourrure. Comment rentrer en contact avec Nuage de Saule pour l'initier aux mystères du Clan des Étoiles ?

Lorsqu'elle sombra enfin dans l'inconscience, elle se retrouva au sommet d'une butte qui dominait le paysage, non loin de l'endroit où Griffe de Ronce s'était installé pour contempler le lac. Dans son rêve, le guerrier tacheté n'était nulle part en vue. Elle avança dans l'herbe haute teintée d'argent et repéra un autre félin, qui l'attendait au bord de l'eau. Sa fourrure scintillait d'un éclat glacial : c'était un guerrier du Clan des Étoiles.

Petite Feuille ? Feuille de Lune allongea sa foulée, fonçant à travers les taillis qui bordaient le lac. Une fois arrivée au rivage, elle reconnut Jolie Plume, la sœur de Pelage d'Orage.

La jolie chatte au pelage gris tigré l'accueillit avec un ronron de bienvenue.

« Je t'attendais, Feuille de Lune, murmura-t-elle. Ce soir, nous avons une mission à accomplir, toi et moi.

— De quoi s'agit-il ? s'enquit la guérisseuse, impatiente.

— Le Clan des Étoiles veut que je t'aide à entrer dans les rêves de Nuage de Saule. »

Feuille de Lune dévisagea la guerrière sans comprendre. Les guérisseurs rencontraient le Clan des Étoiles dans leurs propres rêves – ils n'entraient jamais dans les rêves des autres.

« C'est possible ? demanda-t-elle.

— Oui, en cas d'absolue nécessité. Suis-moi. »

Elle frôla le museau de Feuille de Lune du bout de sa truffe, puis se mit à galoper le long du rivage. La jeune chatte s'élança à sa suite. Sous le clair de lune qui baignait la rive, elle filait, comme portée par la brise. Elle franchit le torrent qui marquait la frontière du Clan du Vent sans même sentir l'eau sur ses pattes. *Est-ce là ce que l'on ressent, lorsqu'on est un guerrier du Clan des Étoiles ?* se demanda-t-elle, avec l'impression de pouvoir courir éternellement, bondir dans le ciel et toucher la lune.

Leur trajet hors du temps aurait pu durer plusieurs saisons, ou un instant à peine. Le territoire des chevaux apparut brièvement sur le côté, puis Jolie Plume ralentit aux abords du camp du Clan de la Rivière. Les deux chattes traversèrent le ruisseau avant de le longer sans bruit. Feuille de Lune avait beau savoir qu'il s'agissait d'un rêve, elle posait ses coussinets sur le sol aussi doucement que si elle traquait une souris.

Papillon avait établi son antre dans une cavité creusée par le ruisseau à l'autre bout du camp. Feuille de

Lune reconnut la petite silhouette grise de Nuage de Saule, blottie dans un nid de mousse devant la tanière de son mentor.

Du bout de la queue, Jolie Plume caressa l'oreille de la novice.

« Nuage de Saule, souffla-t-elle. Nuage de Saule, nous devons te parler. »

Les oreilles de la jeune chatte remuèrent, puis elle se ramassa un peu plus sur elle-même. Jolie Plume la poussa alors doucement d'une patte, sans cesser de répéter son nom. Cette fois-ci, Nuage de Saule cligna des yeux et leva la tête.

« Ça va pas, non ! pesta-t-elle. J'allais attraper une énorme souris… » Elle s'interrompit. Son regard papillonna entre Feuille de Lune et Jolie Plume. « Je rêve encore, c'est ça ? demanda-t-elle, les yeux écarquillés. Tu es Feuille de Lune, du Clan du Tonnerre, et toi, tu dois être une guerrière du Clan des Étoiles. » Honteuse, elle plaqua le bout de sa queue sur son museau. « Oh, je suis désolée de vous avoir si mal parlé.

— Ne t'inquiète pas, chère petite, la rassura Jolie Plume, une lueur amusée dans le regard. Tu t'habitueras bientôt à ces visites nocturnes, maintenant que tu es apprentie guérisseuse. »

Nuage de Saule se leva tant bien que mal.

« Bienvenue à vous dans le Clan de la Rivière, miaula-t-elle solennellement, avant de renifler Jolie Plume d'un air étonné. Tu portes l'odeur de mon Clan, mais je ne te connais pas.

— Je m'appelle Jolie Plume. Tu n'étais pas née lorsque je suis partie en quête de l'endroit où sombre le soleil.

— Et tu n'es jamais revenue, répondit la novice, impressionnée. Tu t'es sacrifiée pour sauver tes amis et la Tribu de la montagne. J'ai entendu cette histoire. Le Clan de la Rivière ne t'oubliera jamais. »

Jolie Plume la couva d'un regard affectueux, puis lui posa la queue sur l'épaule.

« N'en parlons plus, miaula-t-elle. Nous sommes venues ce soir pour te montrer une chose.

— À moi ? Vous êtes sûres ? Vous voulez que j'aille chercher Papillon ? »

Feuille de Lune et Jolie Plume échangèrent un regard. Que savait la novice, exactement ? S'était-elle rendu compte que son mentor ne communiait jamais avec le Clan des Étoiles ?

« Non, ce signe est pour toi, lui assura Jolie Plume. Tu pourras en parler à Papillon à son réveil. Maintenant, tu dois nous suivre. »

L'apprentie se leva, si excitée qu'elle ne tenait déjà plus en place.

« Nous allons loin ? Aussi loin que la caverne de Minuit ?

— Pas cette fois-ci, lui répondit Feuille de Lune. Juste au bord de ton territoire. »

La chatte tigrée prit la tête du groupe et se dirigea vers le petit Chemin du Tonnerre où, selon Patte de Pierre, poussait de l'herbe à chat. En approchant de la route, des relents de monstres lui piquèrent la truffe. Mêlés aux odeurs des Bipèdes venus faire du bateau sur le lac, ils masquaient presque le marquage des Clans de la Rivière et de l'Ombre. Même en rêve, elle demeura sur ses gardes lorsqu'elle sortit à découvert.

L'endroit était noir et silencieux. Les Bipèdes avaient dû rejoindre leurs nids à la tombée de la nuit.

Feuille de Lune remonta le Chemin du Tonnerre, le dos tourné au lac. Nuage de Saule la suivait de près et Jolie Plume fermait la marche. Lorsqu'elles franchirent le marquage tout au bout du territoire, Feuille de Lune n'avait toujours pas repéré les nids de Bipèdes évoqués par Patte de Pierre. Au détour d'une large courbe, elle aperçut soudain une lumière : un halo rougeâtre qui ne venait ni de la lune, ni des étoiles.

Son sang se figea dans ses veines. *Un feu ?* Non, il ne faisait pas plus chaud par là et elle n'entendait aucun crépitement. En humant l'air, elle ne repéra aucune odeur de fumée, mais bien une trace d'herbe à chat.

« Là-bas », murmura-t-elle.

Elle reprit sa route d'un pas plus mesuré et comprit un instant plus tard que la lumière venait d'un trou dans l'un des nids de Bipèdes. Elle brillait derrière un pelage coloré qui lui donnait sa teinte rouge. Une clôture se dressait devant elle. Elle prit son élan et bondit au sommet. Nuage de Saule grimpa à ses côtés en s'aidant de ses griffes, tandis que Jolie Plume restait en bas.

Le parfum du remède était plus fort, à présent. La novice l'avait flairé, elle aussi. Une lueur triomphale brilla dans ses yeux.

« De l'herbe à chat !

— Exact. Très utile pour les guérisseurs, mais très rare. Ce sont les Bipèdes qui la font pousser pour nous.

— Oui, elle soigne le mal vert. Si seulement on en avait eu lorsque Gros Ventre était malade… Papillon et toutes les patrouilles ont quadrillé le territoire pour en trouver.

— Demain, elle pourra venir en chercher là, répondit Feuille de Lune en réprimant un nouvel accès de culpabilité. Mais dis-lui bien qu'elle doit attendre le soir, lorsque les Bipèdes sont moins nombreux. »

Toujours assise en équilibre au sommet de la clôture, elle huma l'air de nouveau, guettant le moindre signe de danger.

« Il n'y a pas de chats domestiques dans les environs. Ni de chiens, d'ailleurs, miaula-t-elle, soulagée. Nuage de Saule, connais-tu l'odeur des chiens ?

— Oui, répondit l'apprentie en frissonnant. Certains Bipèdes amènent leurs molosses jusqu'au lac. Une véritable infection !

— Bien, nous ferions mieux de rentrer, à présent. »

Elles rejoignirent Jolie Plume et regagnèrent le camp.

« Rendors-toi, lui murmura Jolie Plume lorsque la petite chatte retourna dans son nid. Peut-être que cette souris dodue t'attend quelque part.

— Je suis vraiment contente que vous soyez venues, miaula Nuage de Saule. Être guérisseuse, c'est vraiment extraordinaire. J'ai hâte de raconter ça à Papillon ! »

Feuille de Lune et Jolie Plume prirent la direction du territoire du Clan du Tonnerre. Cette fois-ci, elles cheminèrent lentement.

« Merci, Feuille de Lune, miaula Jolie Plume. Tu as fait du bon travail, ce soir. » Elle s'arrêta soudain au bord du ruisseau qui servait de frontière au Clan du Vent. Elle plongea ses yeux dans ceux de la guérisseuse. « Petite Feuille est venue me parler, reprit-elle. Elle m'a mise au courant, pour le signe de l'aile du papillon. »

Un frisson courut sous l'échine de la guérisseuse.

« Tu comprends la situation, n'est-ce pas ? poursuivit la guerrière du Clan des Étoiles. Tu sais ce que cela signifie pour Papillon ?

— Oui, c'est Plume de Faucon qui a déposé l'aile devant la tanière de Patte de Pierre, répondit Feuille de Lune, la gorge serrée. Comment vais-je faire pour la regarder en face, maintenant ? Que pourrais-je lui dire ?

— Ne dis rien. » La voix de Jolie Plume était douce, mais ferme. « Papillon doit apprendre à vivre avec.

— Alors... alors elle ne pourra plus être guérisseuse ? bafouilla la jeune chatte tigrée. Elle tient tellement à...

— Je sais, la coupa Jolie Plume dans un ronron apaisant. Et tout le Clan des Étoiles le sait aussi. Papillon a prouvé sa valeur et sa loyauté à maintes reprises. Le Clan des Étoiles souhaite qu'elle poursuive son travail, et qu'elle transmette son savoir à Nuage de Saule.

— Mais Papillon ignore tout du Clan des Étoiles, protesta Feuille de Lune. Comment son apprentie pourra-t-elle déchiffrer vos signes sans l'aide de son mentor ?

— Ce sera à toi de le lui enseigner. Tu n'as pas encore d'apprenti – et tu n'en as nul besoin pour le moment puisque tu serviras ton Clan pour des saisons et des saisons encore. Acceptes-tu de rendre visite à Nuage de Saule de temps en temps, dans le Clan de la Rivière, pour lui parler de la Source de Lune ? Tu pourras lui enseigner directement tout ce qu'elle a besoin de savoir, sans passer par ses rêves.

— Oui, bien sûr. »

Feuille de Lune poussa un soupir de soulagement. Le Clan des Étoiles souhaitait que Papillon reste la guérisseuse du Clan de la Rivière. Le chantage de son frère était donc inutile. Toute la formation de Nuage de Saule serait ainsi assurée : Papillon lui transmettraît son savoir médicinal, tandis que Feuille de Lune lui enseignerait les mystères du Clan des Étoiles.

« Et Plume de Faucon ? s'enquit-elle.

— Son destin est entre les pattes du Clan des Étoiles, répondit Jolie Plume. Petite Feuille a incité les chatons à poursuivre le papillon car elle estimait que tu avais le droit de connaître la vérité. Elle ne doutait pas que tu accepterais de prendre une partie de l'apprentissage de Nuage de Saule sous ta responsabilité.

— Je ferai de mon mieux », miaula la guérisseuse, tête basse.

Jolie Plume l'entraîna à travers la forêt, vers la combe rocheuse. La lune, toujours haute dans le ciel, nimbait chaque feuille de fougère, chaque brin d'herbe d'un halo argenté. Les arbres frémissaient doucement dans la brise et projetaient un jeu d'ombres et de lumières autour des pattes de Feuille de Lune. Elle avait perdu toute notion du temps mais devinait que, dans le monde réel, le ciel pâlissait avec l'arrivée de l'aube.

Jolie Plume s'arrêta devant le tunnel épineux.

« Je dois te laisser, annonça-t-elle, avant de presser sa truffe contre celle de Feuille de Lune. Chère amie, de grands bouleversements nous attendent, mais tu peux me faire confiance, je serai toujours à tes côtés.

— De grands bouleversements ? répéta Feuille de Lune, stupéfaite. Comment ça ? »

La guerrière-étoile était déjà partie. Sa fourrure scintilla un instant encore dans l'ombre, puis elle disparut pour de bon.

De nouveau mal à l'aise, Feuille de Lune leva la tête vers la lumière glacée de la Toison Argentée, comme si ses lointains ancêtres pouvaient lui répondre depuis le firmament. Entre les arbres, elle vit briller les trois étoiles qu'elle avait repérées dans son rêve précédent. Elles avaient beau être minuscules, leur éclat surpassait tous les autres astres de la Toison Argentée. Une lumière blanche et pure émanait d'elles. Feuille de Lune ne comprenait toujours pas leur signification, mais elle savait qu'elles veillaient sur elle et elle se sentit de nouveau en sécurité, certaine, quoi qu'il arrive, que le Clan des Étoiles l'accompagnerait.

Feuille de Lune se réveilla en sursaut, piétinée par de petites pattes. Elle ouvrit les yeux et croisa le regard brillant de Petit Sureau, à moins d'une longueur de souris.

« On est de retour ! annonça-t-il gaiement. Flocon de Neige et Griffe de Ronce sont venus nous chercher. »

La guérisseuse se redressa sur sa litière de fougère. Elle avait fait une grasse matinée : le soleil était presque à son zénith. Ses chauds rayons jaunes inondaient la combe et réchauffaient sa fourrure.

« Je suis vraiment contente de vous revoir, dit-elle.

Tout s'est bien passé pendant le voyage ? Votre mère va bien ?

— Oui, lui assura Petit Sureau. Petite Noisette et Petit Mulot et moi, on a veillé sur elle tout le temps pour pas qu'elle ait peur.

— Elle doit quand même être fatiguée, rétorqua Feuille de Lune. Après avoir fait deux fois le trajet en deux jours. » Ses petits aussi devaient être épuisés, même si Petit Sureau bouillonnait d'énergie. « Je vais lui apporter un remède énergisant. »

Elle se glissa dans son antre et planta deux baies de genièvre sur ses griffes. Petit Sureau courait déjà dans la clairière. De l'autre côte de la combe, Chipie et ses deux autres petits se faufilaient à l'intérieur de la pouponnière. Petit Sureau se précipita pour les rejoindre tandis que Feuille de Lune avançait d'un pas plus mesuré.

Elle avait presque atteint l'entrée de la pouponnière lorsqu'elle entendit le cri de Cœur Blanc :

« Non ! Petite Cendre, reviens ici ! »

Un instant plus tard, le chaton au long pelage gris émergea dehors. Il cligna les yeux, ébloui par le soleil. Cœur Blanc apparut aussitôt à sa suite et le saisit délicatement par la peau du cou. Elle ramena la petite aventureuse à l'intérieur sans même remarquer Feuille de Lune.

La guérisseuse soupira. Pas de chance, Cœur Blanc avait choisi de rendre visite à Poil de Châtaigne au moment même où Chipie revenait. Il serait pénible pour la chatte rousse et blanche de croiser celle qu'elle considérait comme sa rivale, alors même qu'elle s'en croyait débarrassée.

Feuille de Lune s'attarda un instant. Ne ferait-elle pas mieux de revenir plus tard ? Elle entendit alors la voix de Chipie, qui résonnait à l'intérieur du roncier.

« Cœur Blanc, je suis contente que tu sois là. Je voulais te dire quelque chose.

— Et quoi donc ? répondit la guerrière d'un ton méfiant.

— Tu sais, si je suis partie, ce n'est pas seulement par peur du danger. C'est vrai, je m'inquiète pour mes petits depuis l'attaque des blaireaux, mais je suis leur mère : je me ferais du souci pour eux de toute façon, où que nous vivions. En fait, si je suis retournée dans la grange, c'est avant tout parce que, ici, je me sens seule… je n'ai personne. Je vous envie, Flocon de Neige et toi. »

Un court silence s'ensuivit. Feuille de Lune recula d'un pas. Lorsque Cœur Blanc répondit enfin, la guérisseuse ne put entendre ses paroles.

« Non, répondit Chipie plus distinctement. Flocon de Neige se montre très gentil avec moi, comme il le ferait avec n'importe quel chat en détresse. C'est un valeureux guerrier, et il t'aime plus que tout. »

De nouveau, un silence. Puis Cœur Blanc murmura :

« Je sais. » La voix tremblante, elle ajouta : « Merci, Chipie. Je suis vraiment heureuse que tu sois revenue. Le Clan du Tonnerre a besoin de sang neuf, et tes trois chatons feront d'excellents guerriers. »

Chipie murmura quelques mots puis, un instant plus tard, Cœur Blanc sortit de la pouponnière et salua Feuille de Lune d'un hochement de tête. La guérisseuse ne put manquer l'étincelle joyeuse dans l'œil valide de la guerrière. Elle pria alors le Clan des Étoiles pour que Flocon de Neige et elle redeviennent aussi proches qu'avant, et que Chipie soit leur amie à tous deux.

Lorsque Feuille de Lune ressortit de la pouponnière après avoir donné à Chipie les baies de genièvre, elle trouva Cœur Blanc tapie près de la réserve de gibier, en train de grignoter un campagnol. Flocon de Neige, au milieu de la clairière, appelait Cœur d'Épines et Perle de Pluie pour une partie de chasse. D'un mouvement de la queue, Feuille de Lune invita le guerrier blanc à s'approcher.

« Tu pourrais demander à Cœur Blanc de vous accompagner, suggéra-t-elle. Vous n'avez pas chassé ensemble depuis longtemps. »

Flocon de Neige semblait abasourdi.

Quelle cervelle de souris ! se dit-elle.

« Cœur Blanc ? répéta-t-elle. Tu te rappelles ? Ta compagne ? La mère de Nuage Ailé ? »

Le chasseur sembla enfin comprendre.

« Oh, je vois ce que tu veux dire, miaula-t-il. Bonne idée, Feuille de Lune. »

Il bondit aussitôt vers la chatte au pelage blanc et roux. Ils échangèrent quelques paroles, puis la guerrière se leva et leurs queues s'enroulèrent. Fourrure contre fourrure, ils se dirigèrent vers le tunnel épineux. Cœur d'Épines et Perle de Pluie durent leur courir après.

« Qui c'est qui se mêle des affaires des autres ? » miaula une voix amusée derrière elle.

Feuille de Lune se tourna brusquement. Sa sœur l'observait.

« Poil d'Écureuil, tu m'as fait mourir de peur ! Qu'est-ce que tu veux dire ?

— Rien, je te taquinais. Il était temps que quelqu'un lui rappelle que Cœur Blanc aussi a besoin de lui. »

La rouquine balaya la clairière du regard. Certains guerriers se prélassaient au soleil pendant que d'autres apportaient les dernières touches aux nouveaux repaires.

« On est bien, miaula-t-elle encore, l'air satisfait. On va peut-être enfin pouvoir vivre en paix. »

À cet instant, on avait réellement l'impression que les troubles du Clan du Tonnerre étaient finis. Feuille de Lune repensa alors aux trois étoiles minuscules, et au sentiment de sécurité qu'elle avait ressenti en les observant. Elle allait ouvrir la bouche pour répondre à sa sœur lorsqu'une étrange brume sombre lui troubla la vue. Des relents de sang lui envahirent les narines et elle sentit des vagues poisseuses, écarlates, humecter le bout de ses pattes. Une voix inconnue, rauque et sinistre, souffla une nouvelle fois la prophétie à son oreille :

Avant que la paix vienne, le sang fera couler le sang, et les eaux du lac deviendront pourpres…

CHAPITRE 15

Le lendemain, lorsque Griffe de Ronce sortit du repaire des guerriers, il découvrit Petit Sureau en train de jouer à la bagarre avec son frère et sa sœur devant la pouponnière. Il s'approcha à petits pas pour mieux les observer. D'un coup de patte porté à la nuque, Petit Sureau envoya Petit Mulot rouler dans la poussière.

« Bien joué, miaula Griffe de Ronce, impressionné. Mais si Petit Mulot était ton ennemi, resterais-tu planté devant lui ? Petit Mulot, que dois-tu faire ?

— L'attaquer ! répondit le chaton, qui joignit le geste à la parole.

— Esquive ! indiqua Griffe de Ronce à Petit Sureau. Et fais lui un croche-patte au passage. »

Petit Sureau lança la patte, mais Petit Mulot fit un écart et parvint à le frapper à l'oreille. Petit Sureau se ramassa sur lui-même et, les crocs découverts, sauta sur la queue de son frère.

« Bravo à tous les deux, les félicita le guerrier. Un jour, vous serez de redoutables combattants. »

Il laissa les chatons à leur jeu et se tourna vers le milieu de la clairière, où Étoile de Feu écoutait le rapport de la patrouille de l'aube. Ensuite, le meneur invita Griffe de Ronce à s'approcher.

« Pelage de Poussière a vu des Bipèdes sur la frontière, annonça-t-il.

— Rassure-moi, ils ne construisent pas un autre Chemin du Tonnerre ? s'inquiéta le guerrier, le poil dressé.

— Non, rien de tel. Pelage de Poussière m'a décrit d'étranges pelages verts tendus au sol par des bâtons, comme des petites tanières, dans la clairière qui nous sépare du Clan de l'Ombre. Les Bipèdes dorment à l'intérieur.

— Quelles cervelles de souris ! s'emporta le matou tacheté, les yeux ronds. Pourquoi les Bipèdes viendraient-ils dormir ici alors qu'ils ont leurs propres nids ailleurs ?

— Va savoir, répondit Étoile de Feu dans un haussement d'épaules. Ces drôles de pelages verts ne m'inquiètent pas trop. Ils n'ont pas l'air assez solides pour rester là très longtemps. Je redoute davantage la réaction du Clan de l'Ombre. Nous savons tous qu'Étoile de Jais cherche une excuse pour annexer une partie de notre territoire.

— Qu'il essaie, feula Griffe de Ronce, toutes griffes dehors.

— Je préférerais régler ça à l'amiable. Écoute, j'ai une mission pour toi : va inspecter la clairière, puis contourne le lac pour découvrir ce que les Bipèdes trafiquent sur la frontière entre les Clans de la Rivière et de l'Ombre. Je veux savoir si les Bipèdes les gênent vraiment. Ainsi, je saurai quoi répondre si Étoile de Jais et Étoile du Léopard exigent encore un territoire plus étendu lors de la prochaine Assemblée. »

Le raisonnement du meneur était logique. Plus il faisait chaud, plus les Bipèdes venaient en nombre. Ils traversaient le lac sur leurs monstres aquatiques rugissants ou bien se laissaient tirer par le vent sur leurs bateaux pourvus de pelages blancs. Un bourdonnement incessant résonnait dans la forêt et, lorsque le vent était favorable, les félins entendaient les cris et les hurlements des Bipèdes jusque dans la combe rocheuse.

« Penses-tu que les Bipèdes finiront par arriver jusqu'ici ? demanda-t-il à son chef.

— C'est possible. Mais j'ai l'impression que, sur notre territoire, la forêt pousse trop près de l'eau pour qu'ils puissent tirer à terre leurs monstres aquatiques. Cela les en dissuadera peut-être. Je veux justement que tu le découvres. Vas-y et, surtout, ne te fais pas prendre. Je ne veux pas que les Clans de l'Ombre et de la Rivière devinent que tu as posé une patte chez eux.

— Ils n'en sauront rien », promit-il, avant de partir aussitôt.

Le cœur gonflé de fierté, il s'engagea dans le tunnel. Étoile de Feu devait lui faire une confiance aveugle pour lui donner une mission si cruciale ! Étoile du Tigre avait raison : il irait loin s'il suivait le code du guerrier et restait loyal envers son Clan.

Il coupa à travers le territoire du Clan du Tonnerre pour atteindre la clairière. Une rivière la bordait d'un côté avant d'obliquer vers le cœur des terres de l'Ombre. Le matou tacheté se tapit au bord de l'eau, dissimulé derrière un bouquet de jacinthes.

Les pelages verts mentionnés par Étoile de Feu parsemaient la clairière. Comme, à cet endroit, la rivière marquait la frontière, ils se trouvaient de fait du côté du Clan de l'Ombre.

Pelage de Poussière avait vu juste : les Bipèdes dormaient sous ces peaux et devaient ramper pour en sortir. Leurs petits couraient entre elles en riant. Ils se jetaient un objet aux couleurs vives et hurlaient de joie lorsqu'ils parvenaient à l'attraper.

Griffe de Ronce frissonna en apercevant des flammes danser à l'autre bout de la clairière. Les Bipèdes étaient-ils assez stupides pour allumer un feu au milieu des arbres ? Puis il remarqua que le brasero était contenu dans une espèce de cage brillante qui l'empêchait de se répandre. Les odeurs âcres de la nourriture pour Bipèdes, mêlées à celles du bois brûlé, lui piquèrent la truffe.

Le guerrier tacheté s'attarda un instant, sans rien apprendre de plus. Il s'éloigna de la rive en prenant soin de se déplacer sans bruit et de rester hors de vue. Le temps était venu d'aborder la deuxième partie de sa mission, la plus dangereuse.

Une souris déboula à découvert, juste devant lui. Il la tua d'un coup de patte et la dévora en quelques bouchées. Une fois qu'il aurait quitté son territoire, il ne prendrait pas le risque de voler le gibier d'un Clan rival.

Il suivit la rivière jusqu'au lac, la truffe levée pour guetter une éventuelle patrouille du Clan de l'Ombre. Le marquage était frais, mais l'odeur des chats se dissipait : une patrouille avait dû passer par ici à l'aube.

Arrivé au rivage, il traversa la rivière d'un pas prudent. Sa fourrure le picotait. Étoile de Jais avait accepté à contrecœur de permettre aux membres des autres Clans de traverser son territoire. De plus, Étoile de Feu avait insisté sur le caractère secret de cette mission.

Même s'il ne s'écartait pas de plus de deux longueurs de queue de l'eau, il avait l'impression que le moindre pin sombre dissimulait le regard perçant d'un guerrier rival. Il s'attendait à tout instant à se faire sauter dessus. Il avançait en rampant, le ventre contre les galets. Il profitait de chaque rocher, de chaque cavité pour se dissimuler et faisait souvent halte pour humer l'air.

Un bateau fendait déjà les eaux du lac. Il voguait sans bruit, son grand pelage blanc déployé au-dessus de lui. À bord, deux Bipèdes laissaient tremper leurs pattes avant dans l'eau. Tandis que le matou s'approchait de la frontière du Clan de la Rivière, un autre bateau – qui ressemblait à s'y méprendre à un monstre – s'élança du demi-pont en laissant dans son sillage une cicatrice d'écume blanche. Griffe de Ronce dut sauter sur un bloc de pierre pour empêcher les vagues de lui mouiller les pattes.

La puanteur des monstres, plus forte, à cet endroit, masquait la moindre odeur de chat. Sur ses gardes, Griffe de Ronce scruta la pinède mais n'aperçut pas l'ombre d'un guerrier. Le Clan de l'Ombre s'était peut-être retiré plus loin dans la forêt pour s'éloigner des Bipèdes. À moins que des yeux invisibles ne l'observent à son insu…

Non loin de la frontière, il dut se réfugier parmi les arbres : une portée de petits de Bipèdes jouaient au bord de l'eau. Ils jetaient des cailloux dans le lac en hurlant. *Ils font tant de bruit que tous les chats du territoire doivent deviner leur présence.* À l'évidence, les Bipèdes n'étaient qu'une excuse pour Étoile de Jais. La pinède était giboyeuse, et les Bipèdes ne représentaient pas une menace sérieuse. Comment croire que le Clan de l'Ombre avait vraiment besoin d'un terrain de chasse plus grand ?

Il traversa le rivage en diagonale pour rejoindre l'étrange clairière près du demi-pont, où le sol ressemblait à un Chemin du Tonnerre. Tapis côte à côte, les monstres des Bipèdes occupaient tout l'espace. Griffe de Ronce les longea prudemment. Ses pattes se mirent à trembler sous la tension et l'effort de concentration permanent.

À deux ou trois longueurs de queue du petit Chemin du Tonnerre qui marquait la frontière entre les Clans de l'Ombre et de la Rivière, il s'abrita sous un grand machin de Bipèdes, fabriqué avec le même fil épais et brillant qui servait pour les collets, entrelacé à la façon d'une toile d'araignée. Il était plein d'ordures. Les moustaches de Griffe de Ronce frémirent de dégoût ; au moins, la pestilence dissimulerait sa propre odeur.

Il hasarda un œil dans la clairière. Plusieurs monstres se dressaient devant lui, silencieux. Endormis, sans doute. Un autre monstre apparut soudain au détour du Chemin du Tonnerre. Il s'arrêta brutalement de gronder et deux Bipèdes, suivis de leur portée, sortirent de son ventre. Les petits se ruèrent vers le demi-pont en poussant des cris de joie.

Griffe de Ronce se crispa lorsqu'un chien bondit à son tour du monstre en jappant. L'animal l'avait sans doute flairé. Heureusement, l'un des Bipèdes l'attrapa et accrocha une sorte de liane brillante à son collier.

On dirait un chat domestique, railla le guerrier. *Qu'un Bipède essaie de me mettre un collier, tiens !*

Tandis qu'il épiait le moindre geste des Bipèdes, Griffe de Ronce fut distrait par un mouvement de l'autre côté du Chemin du Tonnerre, du côté du Clan de la Rivière. Une haie de fougères remua follement, puis un écureuil apparut et traversa la route aussi sec. Une chatte tigrée au corps mince bondit à sa suite. Le souffle coupé, Griffe de Ronce reconnut Source.

Presque au même instant, Pelage d'Orage surgit à son tour et s'arrêta net au bord du Chemin du Tonnerre.

« Source ! Non ! hurla-t-il. Reviens ! »

Mais la femelle bondissait déjà sur l'écureuil, du mauvais côté de la frontière. Elle l'assomma d'un coup avant de lui mordre la nuque.

« Reviens tout de suite ! » l'implora le guerrier gris.

Source se tourna, l'écureuil dans la gueule. Alors qu'elle retraversait le Chemin du Tonnerre, un monstre surgit. Les griffes plantées dans le sol, Griffe de Ronce ferma les yeux et imagina la jeune chatte écrasée par les pattes noires et rondes de la créature.

« Non ! » s'époumona Pelage d'Orage.

Griffe de Ronce rouvrit les yeux à l'instant où le monstre braquait d'un côté dans un crissement assourdissant. Il ne passa qu'à une longueur de queue de Source, qui se précipita vers le territoire du Clan de la Rivière. Pelage d'Orage alla aussitôt presser son museau contre celui de la chasse-proie.

« Qu'est-ce que vous fabriquez ? » tonna une voix.

Plume de Faucon se frayait à son tour un passage entre les broussailles qui bordaient le Chemin du Tonnerre. Son regard bleu glacé lançait des éclairs. Il vint se planter devant les deux contrevenants.

« Source, tu as volé cette proie au Clan de l'Ombre ! » l'accusa-t-il.

La jeune chatte déposa l'écureuil au sol et se tourna vers son compagnon.

« De quoi parle-t-il ? demanda-t-elle.

— Elle ne l'a pas volé, tenta d'expliquer Pelage d'Orage. C'est un écureuil du Clan de la Rivière. Il a traversé le Chemin du Tonnerre, et Source a juste... »

Plume de Faucon poursuivit en l'ignorant :

« Tu ne connais même pas les règles les plus élémentaires du code du guerrier ? » Il se pencha si près d'elle que leurs museaux n'étaient qu'à une longueur de souris l'un de l'autre. « Il est interdit de voler du gibier.

— C'est ce que j'essaie de t'expliquer, insista Pelage d'Orage. Elle ne l'a pas volé. Il est à nous. »

Plume de Faucon se tourna brusquement vers lui, plus furieux que jamais.

« Elle n'aurait pas dû le suivre de l'autre côté de la frontière.

— Je suis désolée, miaula Source, toujours confuse. J'ai à peine posé une patte de l'autre côté... juste le temps d'attraper ma proie. »

Plume de Faucon renifla, exaspéré.

« À l'évidence, tu ne sais pas te tenir. Et si une patrouille du Clan de l'Ombre t'avait repérée ?

— Ce n'est pas le cas... coupa Pelage d'Orage, qui

essayait tant bien que mal de caresser son camarade dans le sens du poil.

— Encore heureux.

— Je suis désolée, répéta la chatte. Lorsque je vivais avec la Tribu, nous n'avions pas de frontière à respecter. Je m'en souviendrai, la prochaine fois.

— S'il y a une prochaine fois.

— Que veux-tu dire ? s'indigna Pelage d'Orage, la fourrure dressée sur l'échine. Pourquoi n'y aurait-il pas de prochaine fois ? Source travaille vraiment dur pour devenir une guerrière du Clan de la Rivière. »

Le guerrier tacheté massif montra les crocs.

« Elle ne sera jamais une guerrière du Clan de la Rivière ! » feula-t-il, plein de mépris.

Griffe de Ronce frémit. On aurait cru entendre Étoile du Tigre lui-même !

« Et qui es-tu pour en décider ? contesta Pelage d'Orage. Tu n'as aucun droit sur nous. »

Griffe de Ronce crut que son frère allait bondir sur le guerrier gris et lui lacérer le museau.

« Attendons de voir la réaction d'Étoile du Léopard, quand je l'aurai mise au courant, grogna-t-il, avant de tendre la queue vers le camp du Clan de la Rivière. Suivez-moi jusqu'au camp. Tout de suite. »

Pelage d'Orage et Source échangèrent un regard. Pelage d'Orage semblait hésiter. Il finit par hausser les épaules.

« Viens, soupira-t-il. Autant tirer ça au clair tout de suite. »

Plume de Faucon se dirigea à grands pas vers l'accotement. Pelage d'Orage le suivit de près. Source ramassa son écureuil et ferma la marche. Dès qu'ils eurent disparu dans les fougères, Griffe de Ronce traversa à son tour le petit Chemin du Tonnerre. Inquiet pour ses amis, il suivit leurs traces à bonne distance pour éviter de se faire repérer. Par chance, le vent soufflait de face : ils ne pourraient donc flairer son odeur. Les oreilles dressées, la gueule entrouverte, il guettait le moindre signe d'une patrouille rivale.

Plume de Faucon rentra directement au camp. Il enjamba le ruisseau, près d'une cavité où Papillon triait des plantes en compagnie de son apprentie, Nuage de Saule. Plume de Faucon interpella la guérisseuse :

« Ramène-toi, tu vas être utile », lui ordonna-t-il.

Griffe de Ronce agita les oreilles, surpris qu'il s'adresse ainsi à sa sœur. Dissimulé derrière des roseaux, Griffe de Ronce attendit que les trois félins disparaissent. Nuage de Saule était absorbée dans sa tâche. Que faire ? Il ne pouvait tout de même pas suivre les autres jusqu'au camp, mais il ne pouvait pas non plus laisser ses amis en difficulté.

Les guerriers du Clan de la Rivière avaient bâti leur camp sur une langue de terre où un ruisseau se jetait dans une rivière. L'antre de Papillon se trouvait sur le ruisseau, non loin du point de confluence. Griffe de Ronce longea la rive jusqu'à la barrière épineuse qui protégeait le camp.

Un cri soudain le décida. Il sauta sur un rocher au milieu du cours d'eau ; l'écume moutonnait autour de ses pattes. Un autre bond le porta sur la rive opposée, où il grimpa sur un hêtre dont les branches surplombaient le camp. Il se fraya un passage entre les feuilles, les griffes plantées dans l'écorce pour garder l'équilibre, et put voir ses amis.

Une muraille de roseaux et de buissons se dressait sur les rives des deux cours d'eau et protégeait ainsi la clairière au milieu du camp. Étoile du Léopard, le chef du Clan de la Rivière, s'y trouvait, flanquée de son lieutenant, Patte de Brume. D'autres guerriers s'étaient rassemblés autour d'elles. Ils dévisageaient Pelage d'Orage et Source, qui, côte à côte, se dandinaient d'une patte sur l'autre, mal à l'aise. Au début, Griffe de Ronce ne vit pas Papillon.

Dressé devant son chef, Plume de Faucon finissait son rapport.

« Alors cette cervelle de souris a poursuivi l'écureuil de l'autre côté de la frontière et l'a tué, expliqua-t-il dans un battement de queue vers Source. Elle a failli se faire écraser par un monstre en revenant. Dommage qu'il l'ait ratée ! »

Griffe de Ronce était trop loin pour entendre le feulement de Pelage d'Orage, mais il vit la fourrure du guerrier gris se dresser sur son échine.

« Inutile d'être cruel, répondit Étoile du Léopard avec calme. Source, Plume de Faucon a-t-il dit la vérité ?

— Oui, Étoile du Léopard, confirma la chasse-proie, tête basse. Mais je ne savais pas que c'était interdit. Cela ne se reproduira pas.

— Cela n'aurait jamais dû arriver. » C'était Griffe Noire, l'un des guerriers les plus agressifs du Clan de la Rivière, qui venait de prendre la parole. « Même un chaton sait qu'on ne doit pas franchir les frontières.

— Est-ce que le Clan de l'Ombre l'a repérée ? demanda la meneuse.

— Je ne pense pas, répondit Pelage d'Orage. Je n'ai vu personne, et les relents des Bipèdes et de leurs monstres masquent toutes les autres odeurs. Ils ne sauront jamais ce qui s'est passé. »

Étoile du Léopard hocha la tête mais Plume de Faucon intervint sans lui laisser le temps de répondre :

« Peu importe qu'ils le sachent. Cela reste une infraction au code du guerrier. Si un chat l'ignore, alors il n'a pas sa place ici. »

Les autres félins échangèrent des murmures. Griffe de Ronce enfonça un peu plus ses griffes dans l'écorce : la plupart semblaient d'accord avec Plume de Faucon.

« On devrait la renvoyer d'où elle vient », lâcha Griffe Noire.

Pelage d'Orage se tourna vers ce dernier.

« Si elle part, je pars aussi », déclara-t-il.

Griffe Noire lui répondit par un bâillement provocateur. Pelage d'Orage sortit les griffes, avant de s'immobiliser lorsque Patte de Brume le lui ordonna :

« Pelage d'Orage, non ! » Le lieutenant s'avança jusqu'à lui. Ses yeux bleus reflétaient ses regrets lorsqu'elle ajouta : « Réfléchis bien, Pelage d'Orage. Combien de temps pensiez-vous rester parmi nous ? Nous sommes tous heureux de vous avoir revus, mais il est peut-être temps que vous retrouviez votre Tribu.

— Oui, débarrassons-nous d'elle, miaula un matou au premier rang. Pelage d'Orage peut rester s'il le souhaite, mais elle, c'est vraiment un fardeau.

— Elle ne sait même pas se battre, renchérit Griffe Noire. Mon apprenti n'en ferait qu'une bouchée.

— Là d'où elle vient, ce sont les garde-cavernes qui se battent, leur rappela Pelage d'Orage, furibond. Les chasse-proies sont chargés de nourrir la Tribu. Source était une chasse-proie. Elle n'avait jamais eu besoin de combattre jusqu'à son arrivée ici.

— Je fais de mon mieux pour apprendre, ajouta Source.

— Tu te débrouilles très bien, la rassura Pelage d'Orage en lui caressa l'épaule du bout de la queue. Tu seras bientôt aussi redoutable que les autres.

— Inutile, miaula Griffe Noire. Tu ne comprends pas que le Clan ne veut pas d'elle ?

— C'est vrai ! Et rappelez-vous le rêve de Papillon ! lança quelqu'un d'autre. Le Clan des Étoiles nous a dit que deux chats n'avaient pas leur place ici.

— Papillon ? fit Plume de Faucon. Papillon, où es-tu ? »

La chatte au beau pelage doré et tigré se leva. Jusque-là, elle avait préféré rester derrière les autres. Traînant des pattes, elle vint se placer à côté de son frère.

« Le Clan des Étoiles t'a-t-il envoyé un signe plus clair ? » l'interrogea Plume de Faucon.

La guérisseuse hésita, tête basse.

« Alors, Papillon ? » la pressa Étoile du Léopard, impatiente.

La jeune chatte releva la tête, croisa le regard de son frère avant de répondre d'une voix ferme :

« Non. Le Clan des Étoiles est resté silencieux. J'avais prévenu lors de l'Assemblée qu'il ne fallait pas tirer des conclusions hâtives. Parfois, un rêve n'est qu'un rêve. »

Des cris de protestation s'élevèrent de l'assistance.

« Tu as donc oublié ce que je t'ai dit à l'Assemblée ? feula Plume de Faucon.

— Non, mais...

— Papillon, la coupa Étoile du Léopard. C'est toi la guérisseuse. Tu dois nous conseiller.

— Je ne sais pas. Je suis désolée, miaula la chatte dorée, les yeux baissés.

— Pour moi, la signification de ce rêve ne fait aucun doute, grogna Griffe Noire. Rien ne fonctionnera dans le Clan de la Rivière tant que nous ne nous serons pas débarrassés de ces deux-là. »

Une vague de murmures approbateurs parcourut la clairière. Étoile du Léopard jeta un coup d'œil à Patte de Brume, puis murmura à l'oreille de son lieutenant, trop bas pour que Griffe de Ronce entende. Entretemps, Plume de Faucon vint se placer face à Pelage d'Orage, si près que leurs truffes se touchaient presque.

« L'un comme l'autre, vous n'avez manifestement aucun respect pour le code du guerrier, cracha-t-il. Retournez à la Tribu, là où est votre place. »

Dans un cri de fureur, Pelage d'Orage se jeta sur son camarade. Il le renversa et lui bourra le ventre de coups de pattes puissants. Des touffes de poils volèrent. Plume de Faucon riposta en le mordant à l'épaule, puis en essayant de le saisir à la gorge.

« Non ! s'écria Source, qui tenta de s'immiscer entre eux. Pelage d'Orage, arrête ! »

Griffe de Ronce griffa l'écorce de l'arbre. Il lui fallut un énorme effort de volonté pour se retenir d'aller se battre au côté de Pelage d'Orage. Il devait rester caché.

Étoile de Feu serait hors de lui si l'un de ses guerriers lançait une attaque dans un camp rival.

Dans la clairière, Pelage d'Orage avait le dessus. Ignorant les suppliques de Source, il lacéra le flanc de Plume de Faucon. Immobilisé sous son poids, le guerrier tacheté agitait vainement les pattes. Il se contentait de se protéger le museau, ce qui étonna Griffe de Ronce. Plume de Faucon savait bien mieux se battre ! Leurs entraînements avec Étoile du Tigre l'avaient rendu plus fort et plus doué que n'importe qui, mis à part peut-être Griffe de Ronce. Pourtant, au lieu de se jeter dans la bataille, il tentait d'éviter les coups de Pelage d'Orage, et ses propres attaques manquaient de force et de précision.

Griffe de Ronce comprit aussitôt à quoi jouait son frère.

Plume de Faucon ne tenait pas à battre Pelage d'Orage. Il voulait juste le voir partir. Depuis le début, il avait dû monter ses camarades de Clan contre les deux visiteurs. À l'Assemblée, c'est lui qui avait insisté pour que Papillon raconte sa vision, lui qui l'avait interprétée à sa façon. Le faux pas de Source lui avait fourni l'excuse qu'il attendait. Il avait provoqué Pelage d'Orage pour que ce dernier l'attaque. Après cela, les autres ne pourraient que le chasser.

Quelque part, Griffe de Ronce admirait la ruse de son demi-frère et la force de son ambition. Étoile du Tigre serait fier de lui. Pourtant, Griffe de Ronce savait que, dans sa quête de pouvoir, jamais il n'aurait eu le courage de se débarrasser de façon si éhontée d'un adversaire. Le code du guerrier approuvait-il vraiment ce genre de comportement ?

« Assez ! feula Étoile du Léopard. Patte de Brume, Griffe Noire, séparez-les. »

Le lieutenant bondit sur les épaules de Plume de Faucon et le força à lâcher prise. Griffe Noire poussa Source d'un coup d'épaule et griffa la truffe de Pelage d'Orage. Le guerrier gris recula soudain. Les deux bagarreurs se relevèrent, haletants, sans se quitter des yeux. Plume de Faucon était blessé au ventre et sur le flanc. Pelage d'Orage était indemne, à l'exception des griffures de Griffe Noire.

« Pelage d'Orage ! Honte à toi ! Tu as attaqué l'un de tes camarades ! s'indigna la meneuse du Clan de la Rivière. Tu as manifestement oublié le code du guerrier. Ou alors il ne signifie plus rien pour toi. »

L'accusé ouvrit la gueule pour répondre, mais Étoile du Léopard poursuivit d'un ton laissant deviner ses regrets :

« Vous devez quitter le Clan de la Rivière. Vous n'avez rien à faire ici. Vos chemins rejoignent celui de la Tribu, à présent. »

Pelage d'Orage et Source échangèrent un regard horrifié. *Qu'y a-t-il de si terrible à retourner dans les montagnes ?* se demanda Griffe de Ronce.

Il crut que son ami allait protester. Puis le guerrier gris releva la tête avec fierté.

« Très bien, fit-il d'une voix froide. Nous partons. Et sans le moindre regret. Je ne reconnais plus ce Clan, auquel j'appartenais jadis. »

D'un mouvement de queue, il attira Source près de lui. Sans se retourner, les deux félins quittèrent la clairière et disparurent dans les broussailles.

Plume de Faucon les suivit des yeux. Une lueur triomphale éclairait ses prunelles bleu glacé.

Craignant de se faire découvrir, Griffe de Ronce se hâta de descendre de l'arbre. Il retraversa le cours d'eau et plongea à l'abri des végétaux en direction du lac. Il avait presque oublié la mission d'Étoile de Feu. Il n'avait plus qu'une idée en tête : parler avec Pelage d'Orage.

À mi-chemin, il prit le temps de humer l'air. Il repéra aussitôt les odeurs mêlées de son ami et de Source, si fortes et fraîches qu'ils devaient être tout près. Il gravit une petite butte et les repéra un peu plus bas. Ils allaient droit vers le lac, tête basse, queues enlacées.

Griffe de Ronce n'osa pas les interpeller si près du camp. Guettant le moindre bruit de poursuite, il les suivit de loin, filant de bouquet de fougères en noisetier. Il les rattrapa sur le rivage, près de l'arbre-pont menant à l'île de l'Assemblée.

« Pelage d'Orage ! siffla-t-il. Attends ! »

Source sursauta, et Pelage d'Orage fit volte-face, la fourrure dressée sur sa nuque et les griffes sorties.

« Griffe de Ronce ! s'exclama-t-il. Je t'ai pris pour ce sac à puces galeux de... »

Il s'interrompit lorsque, du bout de la queue, Source lui caressa l'épaule.

« Chut, murmura-t-elle. Ça ne sert à rien. »

Pelage d'Orage soupira et laissa ses poils retomber en place.

« Que fais-tu sur le territoire du Clan de la Rivière ? s'enquit-il alors.

— Peu importe. » Griffe de Ronce s'éloigna du rivage en faisant signe à ses deux amis de le suivre. Ils se cachèrent sous un buisson d'aubépine noueux où ils pouvaient discuter à l'abri des regards. « J'ai tout vu. Et je suis vraiment désolé pour vous. Vous ne méritiez pas ça.

— Plume de Faucon cherchait à me nuire depuis notre retour, feula Pelage d'Orage. Il avait peur que, une fois chef du Clan, Patte de Brume ne me choisisse comme lieutenant à sa place.

— Allez-vous retourner dans les montagnes ? demanda-t-il.

— C'est impossible, pour le moment. »

Pelage d'Orage semblait gêné. Il évitait de regarder Griffe de Ronce dans les yeux.

Ce dernier n'insista pas. Il s'était sans doute passé quelque chose de grave, dans la Tribu. Pelage d'Orage ne lui en parlerait que lorsqu'il serait prêt.

« Et si vous reveniez dans le Clan du Tonnerre ? suggéra-t-il. Vous n'avez qu'à me suivre. Étoile de Feu sera heureux de vous offrir un repas et un abri pour la nuit.

— Impossible, répondit Pelage d'Orage, les moustaches frémissantes. Cela vous attirerait les foudres du Clan de la Rivière.

— Étoile de Feu n'a pas besoin de l'approbation des autres Clans pour agir », lui rappela Griffe de Ronce.

Si Pelage d'Orage et Source ne pouvaient réintégrer la Tribu, alors ils étaient condamnés à devenir des solitaires, à vivre sans la protection d'un Clan. C'était une vie difficile, pour qui n'en avait pas l'habitude.

« Allez, insista-t-il. Il est trop tard, vous ne pourrez pas aller bien loin avant le crépuscule, d'autant plus que vous ne connaissez pas le territoire.

— Qu'en penses-tu, Source ? demanda Pelage d'Orage.

— À toi de décider, chuchota-t-elle en se frottant à lui. Je te suivrai où que tu ailles. »

Pelage d'Orage ferma les yeux un instant.

« Très bien, miaula-t-il en rouvrant les paupières. Nous rentrons avec toi. Viens, Source. »

Griffe de Ronce les entraîna jusqu'au rivage et prit la direction du territoire du Clan du Tonnerre. Cette fois-ci, il passa par les terres du Clan du Vent. Épuisé par la longueur du trajet, il avançait à pas lourds en repensant à la scène surprise plus tôt.

« Tu sais, dit-il à Pelage d'Orage tandis qu'ils passaient devant le territoire des chevaux, Plume de Faucon avait raison sur un point. Tu n'aurais jamais dû l'attaquer.

— Je sais, je sais, râla le guerrier gris, la queue battante. Il m'a poussé à bout, exprès. Il n'attendait que cela, tu le sais aussi bien que moi. »

Griffe de Ronce ne sut quoi répondre. En son for intérieur, il savait que son ami avait raison, mais il connaissait également les motivations de Plume de Faucon.

Sans lui laisser le temps de poursuivre, Pelage d'Orage s'arrêta devant lui.

« Griffe de Ronce, prends garde à toi, lui conseilla-t-il. Le chemin que tu as choisi ne t'apportera que des problèmes. »

Le matou tacheté le dévisagea, coupable. Pelage d'Orage ne pouvait pas savoir qu'il retrouvait Plume de Faucon en rêve ni qu'ils s'entraînaient avec Étoile du Tigre. Avait-il compris que Griffe de Ronce était plus proche de son demi-frère que ce que la plupart pensait ?

Le guerrier gris remua les oreilles comme pour chasser une mouche. Sans rien ajouter, il se détourna pour reprendre leur chemin.

Griffe de Ronce le suivit des yeux. Il avait pitié de son ami et de Source, qui s'étaient injustement vus chassés de leur Clan. Pourtant, il n'arrivait pas à croire que Plume de Faucon avait eu entièrement tort. Si c'était là la meilleure façon pour lui d'accéder au pouvoir, ses actions n'étaient-elles pas légitimes ? Du moins en partie ?

CHAPITRE 16

Le soleil s'était couché lorsque Griffe de Ronce invita Pelage d'Orage et Source à le suivre dans le tunnel épineux du camp du Clan du Tonnerre. La combe rocheuse était plongée dans l'ombre et seuls quelques guerriers s'attardaient près de la réserve de gibier. Perle de Pluie, de garde à l'entrée, sursauta en voyant les deux visiteurs. Comme Griffe de Ronce les accompagnait, il les salua d'un signe de tête.

« Allons voir Étoile de Feu », suggéra Griffe de Ronce en galopant vers l'éboulis.

Son chef s'était déjà lové dans son nid de mousse au fond de la faille. Il leva la tête à son arrivée.

« Ah, tu es rentré, très bien, miaula-t-il avant de se redresser et de s'ébrouer pour chasser les brins de mousse de sa fourrure. Qu'as-tu… » Il laissa sa question en suspens lorsqu'il vit que Griffe de Ronce n'était pas seul sur le seuil. « C'est Pelage d'Orage et Source ?

— Oui, confirma le guerrier, qui entra dans la caverne et salua son chef d'un signe de tête. Je suis désolé, Étoile de Feu, mais il y a eu un imprévu. »

Le rouquin fit signe aux deux visiteurs de s'approcher.

« Il y a un problème avec le Clan de la Rivière ?

— On peut dire ça comme ça, répondit Griffe de Ronce, qui résuma ce qui s'était passé.

— Tu as bien fait de les ramener, miaula alors Étoile de Feu. Tu ne pouvais pas les laisser dehors, sans abri pour la nuit. » Il se tourna vers Pelage d'Orage et ajouta : « Vous êtes tous les deux les bienvenus, aussi longtemps que vous le souhaitez.

— Nous pensions repartir demain... miaula le guerrier gris, les moustaches frémissantes.

— C'est à vous d'en décider. Mais prenez le temps de réfléchir à l'avenir. Le Clan du Tonnerre vous doit bien ça, et plus encore. Votre aide nous a été précieuse après l'attaque des blaireaux.

— Merci, répondit Pelage d'Orage.

— Tu ne sais pas à quel point tu nous tires d'embarras », ajouta Source.

Étoile de Feu semblait ravi à l'idée d'accueillir pour de bon les deux félins de la Tribu dans les rangs du Clan du Tonnerre. Mais qu'en penserait le reste du Clan ? Et comment réagirait le Clan de la Rivière ?

« Griffe de Ronce, emmène-les à la réserve de gibier, puis trouve-leur un endroit où dormir, lui indiqua Étoile de Feu. Nous en reparlerons demain matin. »

Le guerrier tacheté descendit en premier l'éboulis jusqu'au centre de la clairière. Il se rendit alors compte qu'il mourait de faim ; il n'avait rien mangé depuis le matin, lorsqu'il avait attrapé une souris près des pelages verts des Bipèdes. Il ne restait plus grand-chose dans la réserve – les patrouilles de chasse devraient partir dès l'aube – mais il se trouva tout de même une pie, tandis que Pelage d'Orage et Source partagèrent un lapin.

La Toison Argentée scintillait dans la voûte nocturne lorsqu'il guida ses amis vers la tanière des guerriers. Les branches du buisson d'aubépine avaient beau avoir repoussé, elles n'avaient pas encore retrouvé leur ampleur d'antan et les guerriers étaient toujours forcés de se blottir les uns contre les autres. La plupart dormaient déjà, ou faisaient leur toilette en bâillant. Personne ne remarqua les nouveaux venus.

« Tu es certain qu'il y a de la place pour nous ? s'enquit Pelage d'Orage en se faufilant entre les feuilles.

— Mais oui », le rassura Griffe de Ronce.

Il se dirigea vers la muraille, au fond de la tanière, où il restait un coin libre et marcha par mégarde sur la queue de Pelage de Poussière.

« Que se passe-t-il ? grommela celui-ci.

— Désolé, marmonna Griffe de Ronce. Ce n'est que moi, avec Pelage d'Orage et Source. Ils vont séjourner un peu chez nous.

— Étoile de Feu est au courant ?

— Bien sûr », répondit le matou tacheté

Comme s'il était capable de faire entrer des chats rivaux dans le camp sans l'accord de leur chef !

Les moustaches de Pelage de Poussière frétillèrent, puis il se roula de nouveau en boule et ramena ostensiblement sa queue contre lui. Griffe de Ronce parvint à conduire ses amis à leur litière sans déranger d'autres félins. Il soupira de soulagement en voyant que Poil d'Écureuil était tout près. Elle leva les yeux à son approche et miaula d'une voix amicale :

« Salut, Pelage d'Orage et Source. Que faites-vous là ?

— Je te dirai tout dans un instant, répondit Griffe de Ronce. Laisse-moi juste les installer pour la nuit.

— Bien sûr. »

Poil d'Écureuil s'écarta un peu. Du bout de la patte, elle poussa Flocon de Neige, endormi près d'elle.

« Hé, décale-toi ! Tu prends plus de place qu'un blaireau.

— Un blaireau ? Où ça ? s'alarma le guerrier blanc, les yeux écarquillés.

— Nulle part, cervelle de souris », feula la rouquine tandis que d'autres félins commençaient à remuer. Des têtes se levaient un peu partout dans la tanière? « Rendors-toi. »

Griffe de Ronce aida Pelage d'Orage et Source à se blottir dans la mousse et revint se coucher près de sa compagne. Il bâilla à s'en décrocher la mâchoire et eut bien du mal à rester éveillé pour raconter l'histoire une nouvelle fois.

« Je regrette de ne pas avoir été là, murmura Poil d'Écureuil lorsqu'il eut fini. Je lui aurais déchiqueté les oreilles, à ce Plume de Faucon !

— Non, toi non plus, tu n'aurais rien fait. Pas au beau milieu du camp du Clan de la Rivière. »

Poil d'Écureuil sortit les griffes.

« Il ferait mieux de rester hors de ma route, celui-là. Tu penses qu'ils vont rester ? » ajouta-t-elle, les oreilles inclinées vers leurs amis.

Lovés l'un contre l'autre dans la mousse et les fougères, Pelage d'Orage et Source dormaient déjà.

« Je l'espère, dit-il dans un nouveau bâillement. Le Clan du Tonnerre a besoin de bons guerriers.

— Oui. Tant pis pour le Clan de la Rivière et tant mieux pour nous ! »

De sa langue râpeuse, elle lécha les oreilles de son compagnon. Les petits lapements répétitifs le plongèrent aussitôt dans le sommeil.

La lumière grise de l'aube filtrait entre les branches lorsque Griffe de Ronce s'éveilla. Dehors, Tempête de Sable organisait déjà les patrouilles. Il bondit aussitôt sur ses pattes et se rua dans la clairière.

« Pourquoi n'emmènerais-tu pas Pelage d'Orage et Source ? suggéra-t-il à la guerrière. Comme ça, ils pourront se familiariser avec le territoire.

— Bonne idée, miaula-t-elle.

— Comment ça, “se familiariser” ? » Griffe de Ronce sursauta en entendant la voix de Pelage de Poussière derrière lui. Le matou brun semblait encore irritable après sa nuit interrompue. « Je pensais qu'ils repartaient ce matin.

— Rien n'a été décidé, pour le moment, répondit Griffe de Ronce », qui regrettait son manque de discrétion.

Pourquoi avait-il fallu que Pelage de Poussière l'entende ?

« Peu importe, intervint Tempête de Sable. Puisqu'ils sont là, autant qu'ils se rendent utiles. »

Elle glissa la tête dans le repaire pour les appeler. Ils sortirent aussitôt et les trois félins se dirigèrent vers le tunnel. Pelage de Poussière les suivit sans faire de commentaire, mais Griffe de Ronce remarqua que le bout de sa queue s'agitait lorsqu'il disparut dans le tunnel à la suite des autres.

Le matou tacheté se joignit à une autre patrouille de chasse, qui comptait aussi Poil d'Écureuil, Flocon de Neige et Cœur Blanc. Lorsqu'ils revinrent la gueule chargée de proies, nombre de guerriers s'étaient rassemblés dans la clairière, comme s'ils attendaient quelque chose. Griffe de Ronce frissonna.

« Que se passe-t-il ? s'enquit Poil d'Écureuil en déposant trois souris et un campagnol sur le tas de gibier. Hé ! Poil de Fougère ! lança-t-elle au guerrier doré qui passait devant eux à toute allure.

— Poil de Souris vient de convoquer une assemblée du Clan, expliqua-t-il.

— Poil de Souris ? répéta Griffe de Ronce. Elle a le droit de faire ça ?

— Je ne sais pas, mais en tout cas, elle l'a fait, répondit Poil de Fougère dans un haussement d'épaules.

— Oh, super, soupira Flocon de Neige. Encore des problèmes. On avait bien besoin de ça, tiens.

— Je vais voir Feuille de Lune, elle sait peut-être ce qui se passe », annonça Cœur Blanc avant de filer vers l'antre de la guérisseuse.

Dans un battement de queue dégoûté, Flocon de Neige la suivit.

Le mauvais pressentiment de Griffe de Ronce se renforça. L'ancienne au pelage brun foncé attendait de l'autre côté de la clairière, sous la Corniche. Pelage de Poussière était assis à côté d'elle et tous deux semblaient furieux.

« Tu as vu ça ? » demanda Griffe de Ronce en donnant un petit coup d'épaule à Poil d'Écureuil.

La rouquine acquiesça.

« Je crois que je devine le problème, chuchota-t-elle.

— Moi aussi. »

Griffe de Ronce parcourut la clairière du regard et repéra Pelage d'Orage et Source, blottis l'un contre l'autre près de la barrière épineuse. Hésitaient-ils à se joindre à l'assemblée d'un Clan qui n'était pas le leur ou bien voulaient-ils juste s'assurer de pouvoir s'échapper si les choses tournaient mal ?

Il s'approcha d'eux, accompagné de Poil d'Écureuil.

« Ça va, tous les deux ? demanda-t-il. Quelqu'un vous a fait des remarques ?

— Non, tout va bien, répondit Source, mais son regard trahissait son désarroi.

— La patrouille s'est très bien passée, ce matin, ajouta Pelage d'Orage. Tempête de Sable s'est montrée amicale. Quant à Pelage de Poussière... eh bien, il est un peu rude avec tout le monde, alors on ne fait plus attention. Mais lorsque nous sommes rentrés au camp, certains nous ont foudroyés du regard et les autres nous ont ignorés. Pelage de Poussière s'est rendu auprès des anciens, puis Poil de Souris a appelé au rassemblement. »

Il s'interrompit lorsque le cri de l'ancienne résonna dans la clairière :

« Étoile de Feu ! Étoile de Feu ! »

Un instant plus tard, le rouquin apparut sur la Corniche. Un rayon de soleil embrasa son pelage et nimba ses oreilles d'un halo doré.

« Que se passe-t-il ?

— Le Clan veut te parler », expliqua la vieille chatte.

Étoile de Feu bondit au sol. Griffe de Ronce se faufila jusqu'au premier rang pour ne rien perdre des échanges et pour pouvoir intervenir en cas de besoin. D'un mouvement de la queue, il invita ses amis à le suivre.

« Je t'écoute, Poil de Souris, miaula le meneur, ses yeux verts plantés dans ceux de la chatte. Qu'est-ce que tout cela signifie ? Il me semblait que seul le chef du Clan pouvait décréter une assemblée. »

Ce fut Pelage de Poussière qui répondit. Il parvint à contenir sa colère et parla d'un ton grave :

« Nous n'essayons pas de contester ton autorité, Étoile de Feu. Mais nous nous inquiétons pour l'avenir du Clan du Tonnerre… Nous sommes de plus en plus… métissés. D'abord, Chipie et ses petits. Maintenant, Pelage d'Orage et Source. Si cela continue, le Clan du Tonnerre ne sera bientôt plus qu'un ramassis de solitaires et de chats domestiques.

— Cervelle de souris ! glissa Poil d'Écureuil à l'oreille de Griffe de Ronce. A-t-il oublié d'où venait Étoile de Feu ? »

Le guerrier n'eut pas le temps de répondre car Poil de Souris poursuivait :

« Pelage de Poussière a raison, déclara-t-elle. Tu acceptes trop d'étrangers. Cela va à l'encontre du code du guerrier tel que l'on me l'a enseigné. » Elle ajouta d'un ton plus sec : « Tu peux me punir si tu le veux, Étoile de Feu. Je dis ce que je pense, point. »

Étoile de Feu lui effleura l'épaule du bout de la queue.

« Jamais je n'envisagerais de te punir, Poil de Souris. Tout le monde a le droit de s'exprimer sur la vie du Clan. Mais dans le cas présent, je pense que vous avez tort.

— Pourquoi ? s'irrita-t-elle, la fourrure soudain hérissée.

— Parce que le Clan du Tonnerre a besoin de nouveaux membres. Avant l'arrivée de Chipie, nous n'avions que deux apprentis, et aucun chaton. Maintenant, les petits sont nombreux, mais il nous faut davantage de guerriers pour défendre nos frontières et protéger le Clan. Tu n'as pas oublié ce qu'Étoile de Jais et Étoile du Léopard ont déclaré lors de la dernière Assemblée. Ils veulent étendre leurs territoires. Nous avons déjà dû affronter le Clan de l'Ombre lorsqu'il a tenté de déplacer la frontière.

— Sans parler des renards et des blaireaux de la forêt », renchérit Tempête de Sable.

D'un frétillement de l'oreille, Étoile de Feu la remercia pour son soutien avant de poursuivre :

« Pelage d'Orage et Source pourraient aussi nous aider à former des apprentis. Source connaît des techniques de chasse inconnues de tous.

— Qui seraient sans doute utiles si on habitait les montagnes, railla Pelage de Poussière.

— On ne sait jamais, rétorqua Étoile de Feu. Et nous aurons bientôt besoin de nouveaux mentors pour les petits qui sont encore dans la pouponnière – et plus encore, si d'autres reines mettent bas. »

Des murmures contestataires s'élevèrent ici et là. La voix de Perle de Pluie masqua toutes les autres :

« Mais certains guerriers du Clan du Tonnerre n'ont pas encore eu d'apprentis.

— Pelage d'Orage est un guerrier du Clan du Tonnerre, pour moitié au moins, lui rappela Griffe de Ronce. Il a le droit de vivre parmi nous.

— Il a raison, miaula Étoile de Feu en le remerciant d'un regard. Il a grandi au sein du Clan de la Rivière, mais tout le monde sait que son père venait de notre Clan.

— Et ça explique beaucoup de choses, marmonna une voix non loin de Griffe de Ronce. Étoile de Feu ferait n'importe quoi pour récupérer le fils de Plume Grise. »

Griffe de Ronce tourna la tête et croisa le regard aveugle de Longue Plume. Il se retint de se jeter sur l'ancien et se contenta de cracher furieusement. Étoile de Feu avait-il entendu sa remarque ? *Et est-ce vrai ?* se demanda-t-il. Pelage d'Orage ressemblait beaucoup à son père ; il avait hérité de son courage et de sa loyauté inébranlable envers son Clan et ses amis. Pas étonnant qu'Étoile de Feu veuille se rapprocher de lui, alors que son vieux camarade lui manquait tellement !

« Plume Grise et Étoile de Feu se connaissent depuis toujours, répondit Cœur d'Épines à l'aveugle. C'est normal qu'il se sente en partie responsable de son fils. »

Il avait parlé à voix basse, si bien que Griffe de Ronce ne sut s'il soutenait la décision d'Étoile de Feu ou non.

« Quant à Source, poursuivit Étoile de Feu, laissez-moi vous dire une chose : l'important n'est pas d'où l'on vient, ni qui sont nos parents. »

Qu'est-ce que tu vas répondre à ça, Pelage de Poussière ? se demanda Griffe de Ronce. *Notre chef est un ancien chat domestique, et il est l'un des meilleurs meneurs que la forêt ait jamais connus.*

« L'important, c'est la loyauté. Et elle se juge au présent, pas au passé. La loyauté se prouve chaque jour, dans chaque proie rapportée au Clan, dans chaque blessure infligée à l'ennemi, dans chaque patrouille, chaque entraînement accompli au service du Clan.

— Et si le Clan du Tonnerre doit un jour affronter le Clan de la Rivière ? demanda Pelage de Poussière. Que fera Pelage d'Orage ?

— Tu insinues qu'il nous trahirait ? » feula Griffe de Ronce.

Il jeta un coup d'œil à son ami, mais celui-ci contemplait ses pattes comme s'il n'était pas concerné par la discussion.

« Je dis juste qu'il serait déchiré entre deux Clans, rétorqua Pelage de Poussière. Souhaiterais-tu une telle épreuve à l'un de tes semblables ? »

Le guerrier brun n'avait pas tort. Pelage d'Orage avait déjà connu une telle épreuve, lorsqu'il avait décidé d'abandonner le Clan de la Rivière pour rester dans les montagnes avec Source. Mais quel autre choix avait-il ?

« Pelage d'Orage est notre ami, s'indigna à son tour Poil d'Écureuil. Il nous a accompagnés jusqu'à la caverne de Minuit. La Tribu de Source nous a tous accueillis lorsque nous avons traversé les montagnes. Et ils nous ont tous deux apporté leur aide après l'attaque des blaireaux. Combien d'entre vous auraient péri sans eux ? C'est comme ça que vous les remerciez ?

— C'était différent ! lança Perle de Pluie. Nous n'avions pas l'intention de rester pour toujours dans la Tribu.

— Ce n'est pas la question, coupa Poil de Souris. Nous devons avant tout penser à l'avenir de notre Clan.

— Assez ! pesta Étoile de Feu, la queue battante. J'ai pris le temps de vous écouter, mais je ne changerai pas d'avis. Si Pelage d'Orage et Source décident de partir, alors nous les aiderons. S'ils veulent rester, TOUT le Clan devra les accepter. Cette assemblée est terminée. »

Un silence choqué s'installa un instant dans la clairière. Étoile de Feu n'avait jamais donné un ordre sur ce ton. Il ne s'emportait jamais face à un guerrier qui le contestait. Griffe de Ronce devinait que cette histoire lui tenait doublement à cœur : d'une part, il était lui-même un ancien chat domestique, d'autre part, en accueillant le fils de Plume Grise, il rendait une dernière fois service à son ami disparu.

Tandis que le meneur filait dans son antre, le reste du Clan, séparé en petits groupes, échangeait des murmures. Certains décochaient des regards noirs à Pelage d'Orage et Source. Visiblement, Perle de Pluie et Poil de Souris n'étaient pas les seuls mécontents.

Griffe de Ronce et Poil d'Écureuil rejoignirent leurs amis. Pelage d'Orage leva la tête à leur approche, la mine triste.

« Nous allons partir, annonça-t-il. Nous ne voulons pas semer la discorde dans votre Clan.

— Vous n'irez nulle part, riposta Griffe de Ronce. Je ne laisserai pas quelques grincheux chasser mes amis. » *Au contraire du Clan de la Rivière,* se dit-il. « J'irai parler à Étoile de Feu. Nous trouverons une solution. »

Sans attendre de réponse, il gagna la Corniche. Il entendit Poil d'Écureuil lancer au guerrier gris :

« Et si on allait chasser ? J'ai trouvé un super coin l'autre, jour. Ça grouille de souris, là-bas. »

Griffe de Ronce passa la tête à l'intérieur de l'antre de son chef. Assis sur sa litière, Étoile de Feu fixait la paroi rocheuse. Il sursauta à son arrivée.

« Oh, c'est toi, miaula-t-il. Entre. » Le regard toujours distant, il ajouta : « Je repensais au jour de la naissance de Pelage d'Orage et de Jolie Plume. Plume Grise les avait confiés tous les deux au Clan de la Rivière, car il croyait qu'ils y seraient les bienvenus. »

Griffe de Ronce émit un ronronnement de sympathie. Il n'avait aucun souvenir de cette époque : il vivait encore dans la pouponnière, avec Pelage d'Or, sa sœur. Elle aussi, elle était partie, pour devenir une guerrière du Clan de l'Ombre. La solitude lui noua un instant la gorge et il ressentit la douleur d'Étoile de Feu comme si c'était la sienne.

« Étoile de Feu, il faut que je te parle, annonça--t-il, à contrecœur.

— Qu'y a-t-il ? » La flamme se raviva un peu dans le regard du meneur. « Tu voulais que Pelage d'Orage et Source restent, non ?

— En effet. Tu as raison, le Clan a besoin de nouveaux guerriers. Mais… » Ses griffes crissèrent sur le sol pierreux de la tanière. « Je ne suis pas sûr que tu prennes le problème comme il faut. »

Il s'attendait presque à recevoir un coup de patte derrière les oreilles pour son insolence, mais Étoile de Feu se contenta de le transpercer du regard.

« Continue.

— Tous les guerriers du Clan du Tonnerre sont loyaux. Ils défendraient leurs camarades au péril de leur vie. Mais Pelage de Poussière et Poil de Souris ont l'impression – comme tout le monde – que l'intégrité du Clan est en danger. Ils craignent que nous ne semblions affaiblis aux yeux des autres.

— Et que suggères-tu ? feula Étoile de Feu. Céder ? Chasser deux valeureux guerriers parce qu'ils ne sont pas nés chez nous ?

— Non. Mais tu dois leur montrer que le Clan du Tonnerre est fermement dirigé. Qu'ils n'ont pas à s'inquiéter, que nous sommes forts, et que, quoi qu'il arrive, le Clan restera soudé.

— Et comment y parvenir ? » le pressa le rouquin, les yeux plissés.

Griffe de Ronce inspira un bon coup. Il savait ce qu'il devait dire, mais les mots restaient coincés dans sa gorge comme un bout de gibier récalcitrant. Quelque part, dans le coin de l'esprit où naissent les rêves, il crut entendre les hurlements furibonds d'Étoile du Tigre. Peu importait. Sa loyauté envers son Clan primait sur tout le reste.

« Tu dois désigner un nouveau lieutenant. »

Étoile de Feu le dévisagea.

« Et pourquoi ? se contenta-t-il de répondre.

— Parce que l'image d'une autorité unie – deux chats loyaux responsables du Clan – convaincrait nos camarades que nous avons retrouvé notre force malgré l'attaque des blaireaux. Savais-tu que des guerriers tels qu'Étoile de Jais nous méprisent ? Ils nous croient tous faibles. »

Les poils se dressèrent sur la nuque et les épaules du rouquin.

« Faibles ? gronda Étoile de Feu. J'aimerais bien qu'Étoile de Jais ose me le dire en face.

— Oui, faibles, martela Griffe de Ronce. Sans lieutenant, le Clan est vulnérable. Si les autres Clans y voient un signe de faiblesse, ils risquent de nous attaquer. Le Clan de l'Ombre a déjà tenté de déplacer la frontière sur notre territoire. Laisser les choses en l'état serait dangereux. Étoile de Feu, tout le monde sait combien tu souffres depuis la disparition de Plume Grise. Mais tu *dois* nommer un nouveau lieutenant. »

Le regard vert d'Étoile de Feu ne quittait pas la paroi, comme s'il voyait par-delà la pierre une scène que Griffe de Ronce ne pouvait même pas s'imaginer.

« Te rappelles-tu l'époque où j'ai dû quitter le Clan un moment, peu après ton baptême de guerrier ? miaula-t-il enfin, à voix basse. Plume Grise m'avait promis de veiller sur le Clan en mon absence. « Je t'attendrai, m'avait-il dit. Je t'attendrai tant qu'il le faudra. » Ne penses-tu pas que je lui dois la même chose ?

— Si, Étoile de Feu, répondit-il, peiné par la douleur qui transpirait dans la voix de son chef. Mais si tu avais trouvé la mort au cours de ta quête, même Plume Grise aurait dû l'accepter, un jour ou l'autre.

— Plume Grise n'est pas mort ! feula le rouquin dans un battement de queue. Je garderai espoir tant que le Clan des Étoiles ne m'aura pas envoyé de signe clair.

— Le Clan des Étoiles lui-même ne peut voir partout. »

Étoile de Feu se figea en entendant cette nouvelle voix. Griffe de Ronce jeta un coup d'œil en arrière. Tempête de Sable se tenait sur le seuil de la tanière. Elle avait raison. Dans les montagnes, c'était la Tribu de la Chasse Éternelle qui hantait les cieux. Sans parler de la forêt d'Étoile du Tigre. Ces sentiers demeuraient inconnus des guerriers de jadis. Si Plume Grise était encore vivant, peut-être que lui aussi marchait sous d'autres cieux. Peut-être que le Clan des Étoiles ignorait son sort.

Tempête de Sable se glissa à l'intérieur et vint frotter son museau contre celui de son compagnon.

« Je sais à quel point c'est difficile, miaula-t-elle. Plume Grise était aussi mon ami. Mais le temps est peut-être venu d'accepter le fait qu'il ne reviendra pas. »

Étoile de Feu la considéra un instant, avant de se tourner vers Griffe de Ronce. Son regard reflétait une douleur infinie et un sentiment de trahison.

« Comment pouvez-vous douter de moi, tous les deux ? Et si c'était moi, seriez-vous si pressés de me croire mort ? »

Tempête de Sable s'assit près de lui. D'un signe de la queue, elle fit comprendre à Griffe de Ronce qu'il devait partir. Le guerrier tacheté s'inclina et s'effaça. Il s'en remettait à la sagesse de Tempête de Sable, espérant qu'elle parviendrait à convaincre celui qui était à la fois son compagnon et son chef. Cependant, l'aveuglement d'Étoile de Feu le mettait en rogne. Tout le monde se rendait compte que le Clan du Tonnerre avait besoin d'un lieutenant. Si Étoile de Feu se bornait à le nier, il risquait de voir son autorité bien plus malmenée encore que lors de cette assemblée impromptue.

CHAPITRE 17

À la fin de l'assemblée du Clan, Feuille de Lune se réfugia dans son antre. Elle se mit à concocter un cataplasme de mille-feuille pour Bouton-d'Or qui se plaignait de ses coussinets crevassés. Un étrange malaise l'envahit. L'autorité d'Étoile de Feu n'avait jamais été contestée aussi ouvertement. Qu'était-il arrivé aux membres du Clan du Tonnerre ? Ne faisaient-ils donc plus confiance à leur chef, alors qu'ils l'avaient suivi aveuglément jusqu'à leur nouveau territoire ? Avaient-ils donc oublié tout ce qu'il avait fait pour eux ?

Ce n'était pas son seul sujet d'inquiétude. Une question la troublait plus encore : la mise en garde de Jolie Plume et l'avertissement d'Étoile Bleue. Sa vie prendrait un tour inattendu ; le sentier qu'elle emprunterait disparaissait dans l'ombre. *C'est impossible*, se dit-elle. *Que vais-je faire ?*

La guérisseuse chassa dans un coin de son esprit ses sombres pensées et poussa le cataplasme sur une feuille pour l'emporter jusqu'à la tanière des anciens.

Soudain, des bruits de pas résonnèrent derrière le rideau de ronces. Elle pointa la tête hors de sa tanière, s'attendant à découvrir un guerrier blessé ou malade, et se retrouva nez à nez avec son père.

« Étoile de Feu ! s'exclama-t-elle. Ça ne va pas ? »

Il semblait souffrant, avec son regard terne et sa queue basse.

« Je vais bien, miaula-t-il sans enthousiasme. Ta mère m'a dit que je devais venir te voir. J'ai besoin de l'avis d'une guérisseuse. »

Feuille de Lune lui fit signe de s'installer sur le nid de fougères devant la fissure. Il faisait bien chaud, là, au soleil, et le rideau de ronces les dissimulait aux yeux des autres. Elle s'assit près de lui, la queue enroulée autour des pattes.

« Je suis là, murmura-t-elle. Je ferai de mon mieux pour t'aider. »

Le rouquin soupira avant de parler :

« Griffe de Ronce est venu me voir. Il pense que Plume Grise est mort, et que je dois nommer un nouveau lieutenant. Tempête de Sable est d'accord avec lui. Qu'en penses-tu ? »

Feuille de Lune frémit. Elle avait toujours du mal à faire confiance à Griffe de Ronce. Mais comment l'avouer à Étoile de Feu quand, dans le monde réel, Griffe de Ronce était un guerrier loyal et sans reproche ? Comment lui expliquer qu'elle avait foulé une forêt à laquelle le Clan des Étoiles n'avait pas accès ? Devait-elle lui exposer ce qu'elle avait vu dans ses rêves ? Elle en doutait.

Griffe de Ronce comptait-il sur Étoile de Feu pour le nommer lieutenant ? Elle avait remarqué la flamme de l'ambition qui brûlait dans son regard ambré. Il voulait le pouvoir, elle le savait. Puis elle se rappela que le guerrier tacheté ne pouvait devenir lieutenant puisqu'il n'avait jamais été mentor. Il avait dû mettre son ambition de côté pour le bien de son Clan. Elle était peut-être injuste avec lui, finalement.

Étoile de Feu attendait patiemment une réponse, ses prunelles vertes fixées sur elle.

« N'y a-t-il vraiment aucun espoir pour Plume Grise ? l'interrogea-t-il. Le Clan des Étoiles ne t'a-t-il pas montré quelque signe à son sujet ? »

Feuille de Lune fit non de la tête. Cependant, sur cette question, elle savait qu'elle pouvait se fier à son instinct.

« Plume Grise a disparu, tu devrais l'accepter, dit-elle à son père, la voix tremblante.

— Nous avons perdu tant d'êtres chers, murmura-t-il, le regard plein de chagrin. Plume Grise et Museau Cendré étaient mes meilleurs amis.

— Le Clan tout entier le pleurera, lui assura sa fille. Pelage d'Orage aussi. »

Comme si ses paroles l'avaient fait apparaître, elle aperçut le guerrier gris du coin de l'œil. Il traversait la clairière en compagnie de Source et de Poil d'Écureuil, la gueule pleine de gibier.

« Attends-moi là », dit-elle à son père avant de courir à la rencontre du fils de Plume Grise.

Elle le rattrapa au moment où il déposait ses prises sur le tas de viande.

« S'il te plaît, viens parler à Étoile de Feu, déclara-t-elle. Je crois qu'il a besoin de toi. Il… il n'arrive pas à savoir s'il doit nommer un nouveau lieutenant ou s'il doit continuer à attendre le retour de Plume Grise. »

Le matou hésita. Son regard se voila un instant, puis il hocha la tête.

« Ça va aller ? demanda-t-il à Source.

— Oui, ne t'inquiète pas, lui assura la chasse-proie.

— Je veille sur elle, ajouta Poil d'Écureuil. On va aller sur le terrain d'entraînement réviser quelques techniques de combat. »

Pelage d'Orage attendit que les deux chattes aient disparu dans le tunnel avant de suivre Feuille de Lune vers son antre. Les yeux dans le vague, Étoile de Feu n'avait pas quitté sa place.

« Avant de faire la connaissance de Plume Grise, j'avais entendu des histoires à propos des Clans de la forêt mais je n'avais jamais vu de chat sauvage, miaula-t-il comme pour lui-même. Jusqu'au jour où, alors que je m'étais éloigné du jardin de mes maîtres, il m'a sauté dessus... C'était le meilleur des amis.

— Et le meilleur des pères. » Pelage d'Orage jeta un coup d'œil à Feuille de Lune pour lui montrer qu'il comprenait parfaitement la situation, puis il s'assit près du meneur. « S'il était encore en vie, le Clan des Étoiles lui-même ne pourrait l'empêcher de nous retrouver.

— Pas si des Bipèdes le retiennent prisonnier quelque part, rétorqua Étoile de Feu. Je refuse de croire que je ne le reverrai jamais. »

Du bout de la queue, le guerrier gris frôla l'épaule du rouquin.

« Je sais que c'est difficile. Je suis le premier à souhaiter qu'il ne soit pas mort... mais la vie doit suivre son cours. »

Étoile de Feu garda le silence. Puis il se tourna pour regarder Pelage d'Orage droit dans les yeux.

« Penses-tu que je devrais choisir un nouveau lieutenant ?

— Fais ce que tu juges nécessaire. Moi, je sais une chose : rien ne comptait plus pour Plume Grise que votre amitié et son Clan. Lorsqu'il a rejoint brièvement le Clan de la Rivière pour être avec Jolie Plume et moi, ses anciens camarades lui manquaient. Il aurait voulu que le Clan du Tonnerre soit aussi fort que possible et, pour cela, peut-être faut-il accepter qu'il ne reviendra pas. »

Le cœur de Feuille de Lune se serra. Il était tellement douloureux d'imaginer que Plume Grise n'était plus !

Étoile de Feu poussa un profond soupir.

« Tu lui ressembles beaucoup, tu sais, dit-il à Pelage d'Orage.

— J'aimerais le croire, répondit le matou gris, le regard pétillant de fierté. Mais je ne serai jamais un guerrier de sa trempe. » Puis il agita les oreilles et se redressa, comme pour chasser ses sombres pensées. « Je suis désolé, Étoile de Feu. Source et moi t'avons causé des problèmes. Nous n'avions pas l'intention de rester dans le Clan du Tonnerre pour toujours.

— Je m'en doute, répondit Étoile de Feu. Mais vous êtes ici les bienvenus. Je sais que votre loyauté vous attache à la Tribu mais, jusqu'à ce que l'heure soit venue pour vous d'y retourner, vous êtes ici chez vous.

— Merci », murmura Pelage d'Orage, tête basse.

Étoile de Feu se mit sur ses pattes. Il posa un instant son museau sur la tête de Pelage d'Orage, comme pour baptiser un nouveau guerrier. Puis il s'étira longuement, le dos arrondi, avant de rejoindre la clairière.

« Que tous ceux qui sont en âge de chasser s'approchent de la Corniche pour une assemblée du Clan ! »

Étoile de Feu lança son appel d'une voix claire. Pourtant, Feuille de Lune devinait sa souffrance. Le soleil déclinait déjà et baignait la combe d'une lumière écarlate. Campé au milieu de la clairière, le pelage comme embrasé par le soleil, Étoile de Feu attendit que son Clan se rassemble. Un peu plus tôt, il était descendu de la Corniche pour répondre aux protestations ; à présent, il restait parmi ses guerriers pour partager avec eux le chagrin que susciterait sa déclaration.

Feuille de Lune regarda les chats sortir peu à peu de leurs tanières. Lorsque Bouton-d'Or émergea en boitant de sous le noisetier, Feuille de Lune s'en voulut de ne pas lui avoir apporté le cataplasme.

Poil d'Écureuil et Source furent les dernières arrivées. Elles quittèrent le tunnel épineux à toute allure et se précipitèrent vers Feuille de Lune et Pelage d'Orage.

« Nous avons entendu l'appel d'Étoile de Feu, haleta Poil d'Écureuil. Que se passe-t-il ?

— Écoute, fut tout ce que la guérisseuse parvint à dire, trop triste pour expliquer la situation.

— Chats du Clan du Tonnerre, tonna Étoile de Feu, voici le jour que je souhaitais ne jamais voir arriver. Vous le savez tous, nous avons perdu Plume Grise lorsque des Bipèdes l'ont capturé dans notre ancienne forêt. Depuis, je me suis efforcé de croire qu'il était toujours en vie, et qu'il nous reviendrait un jour. Mais à présent... »

Sa voix se brisa. Il baissa les yeux et se tut un instant avant de reprendre d'un ton plus ferme.

« Je dois me rendre à l'évidence : le Clan du Tonnerre ne peut plus se passer de lieutenant. » Il leva les yeux vers la voûte céleste qui s'assombrissait. Un unique guerrier du Clan des Étoiles y brillait, juste au-dessus de la combe. « Plume Grise est mort. »

À cette annonce, le Clan resta muet. Seul le doux bruissement des arbres résonnait dans la combe. Puis les membres Clan du Tonnerre échangèrent des regards, les yeux ronds, sous le choc. Un léger murmure s'éleva alors de l'assistance, de compassion et de résignation. Plusieurs félins, dont Poil de Souris, hochèrent la tête, tristes mais convaincus. Ils pensaient qu'Étoile de Feu avait raison. Il venait de regagner leur soutien. Mais Feuille de Lune connaissait le prix qu'il avait dû payer.

« Ce soir, nous veillerons pour rendre hommage à Plume Grise, ajouta le meneur. Et avant minuit, je désignerai le nouveau lieutenant. »

Les derniers rayons du soleil ondulaient sur le pelage du rouquin tandis que les guerriers allaient s'étendre au milieu de la clairière. L'espace d'un instant, Feuille de Lune crut voir le corps musculeux de Plume Grise sur le sol.

« C'était mon mentor, miaula Poil de Fougère. J'ai appris plus de lui que de quiconque.

— Nous nous sommes entraînés ensemble, ajouta Pelage de Poussière. Nous nous sommes battus et nous avons chassé côte à côte, et le Clan des Étoiles sait que nous nous sommes parfois querellés. Mais j'ai toujours su que je pouvais compter sur lui.

— Il n'abandonnait jamais, et luttait toujours pour le bien de son Clan », miaula Tempête de Sable.

Étoile de Feu, qui n'avait pas quitté sa place, sous la Corniche, mêla sa voix aux autres :

« Il était loyal jusqu'au bout des griffes. Le meilleur ami dont on pouvait rêver. Le Clan des Étoiles le recevra dans ses rangs avec honneur. » Sa voix se brisa de plus belle. Cette fois, il n'essaya même pas de la maîtriser lorsqu'il ajouta : « Adieu, Plume Grise. Que le Clan des Étoiles illumine ton chemin. »

Il baissa la tête, gagna à pas lents l'éboulis et monta dans son antre, seul avec sa douleur.

Feuille de Lune s'allongea parmi son Clan. Le ciel s'enténébrait et le Clan des Étoiles apparaissait peu à peu au-dessus d'eux. Venait-il accueillir un nouveau membre dans ses rangs ? La dernière fois que les guerriers de jadis lui étaient apparus à la Source de Lune, elle n'avait pas vu la moindre trace de Plume Grise. Et s'il s'était perdu sous d'autres cieux ? Et s'il n'était pas mort, en fin de compte ?

Elle leva la tête vers la Toison Argentée scintillante.

« S'il vous plaît, envoyez-moi un signe », murmura-t-elle.

Puis elle ferma les yeux et attendit.

Elle se retrouva dans la forêt par une belle journée de la saison des feuilles nouvelles. Les rayons du soleil dansaient sur la mousse et les fougères. Elle se croyait tout près de la combe. Mais lorsqu'elle suivit le sentier qui aurait dû la conduire à l'entrée, une épaisse muraille de ronces se dressa devant elle.

L'odeur des guerriers du Clan du Tonnerre imprégnait l'air. Des petits piaillements joyeux lui parvinrent du cœur du roncier, comme si des chatons étaient en train d'y jouer. Curieuse, elle grimpa à l'arbre le plus proche pour voir de l'autre côté des ronces.

Elle découvrit le camp du Clan du Tonnerre tel qu'elle le connaissait, avec ses tanières familières, sa réserve de gibier bien garnie, et ses camarades qui allaient et venaient, quand ils ne prenaient pas le soleil. Cependant, ce n'était pas une muraille de pierre qui gardait la clairière, mais de hautes barrières de ronces.

Soudain, Feuille de Lune se sentit tomber de l'arbre et planer tel un oiseau au-dessus des plus hautes tiges épineuses. De là, elle scruta l'entrelacs de branches. Chaque tige était hérissée d'épines… non, pas d'épines, de griffes de chat, robustes, recourbées et acérées pour empêcher les ennemis de pénétrer dans le camp.

Des griffes de ronce ! Griffe de Ronce protégeait le Clan !

Cette découverte la réveilla en sursaut. Autour d'elle, ses camarades veillaient toujours pour honorer la mémoire de Plume Grise. La Toison Argentée brillait de mille feux et la lune, qui frôlait la cime des arbres, baignait la combe de sa pâle lumière. Il serait bientôt minuit, Étoile de Feu allait devoir nommer son nouveau lieutenant.

Tremblante, Feuille de Lune s'assit et se passa une patte sur le museau. Elle avait prié le Clan des Étoiles pour qu'il lui envoie un signe, et sa réponse n'aurait pu être plus claire : il voulait que Griffe de Ronce soit chargé de la protection du Clan. Même s'il n'avait jamais eu d'apprenti, et malgré ses escapades clandestines au cours desquelles il retrouvait Plume de Faucon et Étoile du Tigre, il restait leur élu.

Sans bruit, pour ne pas déranger ses camarades endeuillés, Feuille de Lune s'étira avant de se diriger vers l'antre de son père.

Le meneur s'était installé dans son nid. La guérisseuse fut soulagée de voir que la douleur intense avait quitté son regard. Plongé dans ses pensées, il sursauta à son arrivée.

« Feuille de Lune ? C'est toi ? Que puis-je faire pour toi ?

— Je dois te parler, Étoile de Feu. Le Clan des Étoiles m'a envoyé un signe. »

Feuille de Lune, qui savait que la lune montait bien vite dans le ciel, se hâta de lui raconter son rêve.

« Griffe de Ronce ? répéta Étoile de Feu lorsqu'elle eut fini. Oui, c'est un bon guerrier. Il ferait un excellent lieutenant. » Il remua dans la mousse et les fougères. « Mon choix était presque arrêté sur Poil de Fougère, poursuivit-il. Lui aussi serait un excellent lieutenant. Mais je ne dois pas oublier que je choisis également le prochain chef du Clan du Tonnerre. Je ne sais pas pourquoi, mais je doute que Poil de Fougère soit à la hauteur.

— Griffe de Ronce le serait. Je sais qu'il n'a jamais été mentor, mais le Clan des Étoiles ne m'aurait pas envoyé ce signe si cela comptait pour eux. Les circonstances sont particulières : le Clan du Tonnerre n'a jamais compté si peu d'apprentis. Je... je pense vraiment que Griffe de Ronce est le bon choix. »

Malgré toutes ses inquiétudes, elle ne pouvait nier

le courage du matou tacheté, ses talents de guerrier et sa détermination. Grâce à lui, les élus du Clan des Étoiles avaient trouvé la caverne de Minuit et rapporté dans la forêt la prophétie qui avait sauvé les Clans. Alors comme aujourd'hui, le Clan des Étoiles l'avait choisi. Devenir lieutenant était sans doute sa destinée.

Étoile de Feu hocha la tête, pensif.

« Merci, Feuille de Lune. » Il se leva et fit une toilette rapide. « Viens. C'est l'heure. »

Il sortit de son antre et se posta sur la Corniche. Feuille de Lune, venue se placer à côté de lui, baissa les yeux vers la clairière. Voyant que minuit approchait, les guerriers se rassemblaient déjà, la tête levée vers la Corniche, les yeux luisant au clair de la lune.

« Le temps est venu de nommer un nouveau lieutenant, lança Étoile de Feu. J'annonce ma décision devant le Clan des Étoiles, afin que les esprits de nos ancêtres, et celui de Plume Grise – où qu'il soit –, l'entendent et l'approuvent. »

Il marqua une pause, comme s'il rechignait une dernière fois à reconnaître que Plume Grise ne reviendrait pas. Mais sa voix se fit plus ferme lorsqu'il reprit :

« Griffe de Ronce sera le nouveau lieutenant du Clan du Tonnerre. »

Des hoquets surpris retentirent dans la clairière.

« Quoi, cette boule de poils autoritaire ? » s'étonna Patte d'Araignée, qui sembla aussitôt gêné d'avoir parlé tout haut.

Tout le monde semblait surpris, et Griffe de Ronce plus encore que ses camarades.

« Mais je n'ai jamais eu d'apprenti ! balbutia-t-il, les yeux écarquillés.

— C'est contre le code du guerrier, rappela Pelage de Poussière d'un ton sec.

— Étoile de Feu, tu te crois vraiment tout permis ! feula Poil de Souris, crispée. Nous voulons un lieutenant en qui nous pouvons avoir confiance, pas un guerrier inexpérimenté !

— Tu oses l'insulter ? protesta Poil d'Écureuil.

— Silence ! ordonna Étoile de Feu dans un battement de queue. Griffe de Ronce a davantage d'expérience que tous les autres guerriers réunis. Certes, il n'a jamais eu d'apprenti, mais nous y remédierons dès que possible. Les petits de Chipie sont presque en âge de quitter la pouponnière. Bientôt, Griffe de Ronce deviendra le mentor de Petit Sureau. »

Malgré l'atmosphère tendue, Feuille de Lune dut réprimer un ronron amusé en entendant le cri de joie qui retentit dans la pouponnière. En se tordant le cou, elle aperçut à l'intérieur Petit Sureau qui pourchassait sa queue tant il était excité.

« Mais ce ne sont pas les seules raisons de mon choix, poursuivit Étoile de Feu. Feuille de Lune, tu veux bien raconter ton rêve au Clan ? »

La guérisseuse s'approcha du bord de la Corniche et décrivit à ses camarades la muraille de ronces qui protégeait le Clan dans son rêve. Pelage de Poussière acquiesça aussitôt.

« Je ne peux pas m'opposer à la volonté du Clan des Étoiles, miaula-t-il.

— Eh bien, moi, ça ne me fait pas peur ! »

À la grande surpris de Feuille de Lune, cette protestation venait de Pelage de Granit. Il s'avança à grands pas pour se placer juste sous la Corniche. Les rayons de la lune donnait à son pelage gris une touche argentée. Au lieu de s'adresser à son chef, il interpella le Clan tout entier.

« Personne ne trouve étrange que Poil d'Écureuil soit justement la compagne de Griffe de Ronce et aussi la sœur de Feuille de Lune ? Et Feuille de Lune reçoit soudain un signe du Clan des Étoiles, comme c'est pratique ! »

Les poils de la guérisseuse se dressèrent sur sa nuque. Comment osait-il insinuer qu'elle avait menti pour aider le compagnon de sa sœur à devenir lieutenant ?! Même s'il était encore amer d'avoir perdu Poil d'Écureuil, il devrait savoir qu'une guérisseuse ne ment jamais.

« Pelage de Granit, tu... » miaula-t-elle.

Ses paroles se perdirent dans le cri furieux que poussa Poil d'Écureuil.

« Ose me répéter ça en face, sale crotte de renard ! »

La guerrière rousse fit mine de se jeter sur Pelage de Granit, mais Griffe de Ronce la retint en passant sa queue autour de son cou. Il lui parla à l'oreille, trop vite et trop bas pour que Feuille de Lune comprenne ses propos.

« Est-ce que quelqu'un d'autre partage l'opinion de Pelage de Granit ? » s'enquit Étoile de Feu sans perdre son calme.

Patte d'Araignée jeta un coup d'œil d'un côté, puis de l'autre. Il ouvrit la gueule pour répondre, puis se ravisa.

« Personne ne peut croire une chose pareille, lança Poil de Fougère. Feuille de Lune est une chatte honnête. Si le Clan des Étoiles a choisi Griffe de Ronce, cela nous convient. Je pense qu'il fera un grand lieutenant. »

Le matou tacheté s'éloigna de Poil d'Écureuil. D'un ultime regard, il lui ordonna de se tenir tranquille. Il s'inclina devant Poil de Fougère puis plus bas encore devant Étoile de Feu.

« Merci, miaula-t-il. Je sais que je ne pourrai jamais remplacer Plume Grise, mais je ferai de mon mieux pour être un bon lieutenant. »

Feuille de Lune sentit la tension retomber lorsque le Clan vint féliciter Griffe de Ronce. Pelage d'Orage et Source furent parmi les premiers à clamer son nom, et même Poil de Souris se joignit à la fête. Loin de se réjouir avec les autres, Pelage de Granit partit seul vers le repaire des guerriers.

Alors que les félins quittaient peu à peu la clairière pour rejoindre leurs antres ou continuer à veiller Plume Grise, Feuille de Lune crut voir un autre chat épauler Griffe de Ronce. Un matou massif, large d'épaules, doté de la même fourrure tacheté. La silhouette disparut presque aussitôt, mais Feuille de Lune eut le temps de discerner ses griffes courbes et puissantes, ainsi que la lueur de triomphe qui brillait dans ses yeux ambrés.

Étoile du Tigre hantait plus que jamais les pas de son fils.

CHAPITRE 18

Griffe de Ronce courait dans la forêt sombre. Il lui tardait d'annoncer la nouvelle à son père et Plume de Faucon. Il était lieutenant ! Lorsque Étoile de Feu avait fait connaître sa décision, il n'en avait pas cru ses oreilles. C'était pourtant vrai. Non seulement Étoile de Feu l'avait choisi, mais le Clan des Étoiles aussi. Il allait montrer au Clan du Tonnerre dans son ensemble de quoi il était capable.

Il déboula dans la clairière où Étoile du Tigre l'attendait sur son rocher. Plume de Faucon était assis à son pied.

« Étoile du Tigre ! lança-t-il. J'ai une grande nouvelle ! »

L'ancien chef du Clan de l'Ombre le contemplait d'un regard débordant de fierté et de satisfaction. Griffe de Ronce comprit qu'il était déjà au courant.

« Lieutenant du Clan du Tonnerre, miaula-t-il. Tu as bien travaillé.

— Lieutenant ? répéta Plume de Faucon, d'un air jaloux. Sans apprenti ?

— C'était le choix du Clan des Étoiles, expliqua-t-il. Nos ancêtres ont envoyé un signe à Feuille de Lune.

— Ne mentionne jamais le nom du Clan des Étoiles ici, pesta Étoile du Tigre. Tu as gagné ta place grâce à ton mérite et à mon enseignement. Pourtant, alors que le pouvoir était à portée de patte, tu as failli le rejeter. » Ses prunelles s'assombrirent. Griffe de Ronce se prépara aux remontrances. « Pourquoi avoir rappelé à Étoile de Feu que tu n'avais jamais été mentor ?

— Je suis désolé, miaula Griffe de Ronce. Sa décision m'a pris au dépourvu. »

À son grand soulagement, son père hocha la tête.

« Ce n'était peut-être pas si bête, corrigea-t-il. Maintenant, aucun de tes camarades ne pourra t'accuser de convoiter le pouvoir au mépris du code du guerrier. » Il se lécha le museau avant de se tourner vers Plume de Faucon. « Quant à toi, ton tour viendra bientôt. »

Le matou au regard bleu glacé montra les crocs.

« J'en doute. J'ai parfois l'impression qu'Étoile du Léopard et Patte de Brume sont immortelles.

— Mes fils n'admettent pas la défaite, feula Étoile du Tigre, la queue battante. Étoile du Léopard est la plus âgée des chefs et lorsqu'elle rejoindra le Clan des Étoiles, qui d'autre que toi Patte de Brume pourrait-elle choisir ? N'oublie pas que tu as déjà été lieutenant. »

Plume de Faucon hocha la tête et sembla prendre sur lui pour chasser sa mauvaise humeur.

« Félicitations, miaula-t-il enfin à Griffe de Ronce.

— Merci. Je suis certain que ton attente sera brève.

— Le sujet est clos, annonça Étoile du Tigre. Nous avons d'autres plans à échafauder. Vous deux, vous êtes destinés à régner sur la forêt tout entière. Tous vous obéiront à la patte et à l'œil. Personne ne tuera la moindre proie sans votre consentement. »

Les prunelles de Plume de Faucon brillèrent, mais Griffe de Ronce recula d'un pas. Que voulait dire Étoile du Tigre ? Devenir lieutenant était une chose, régner sur la forêt en était une autre.

« Comment ça ? l'interrogea-t-il. Que… ? »

Son père le fit taire d'un feulement.

« Une fois chef du Clan de la Rivière, Plume de Faucon prendra également le contrôle du Clan de l'Ombre. Personne ne s'y opposera puisqu'il est mon fils et moi leur ancien meneur. Et toi, Griffe de Ronce, tu dirigeras le Clan du Tonnerre ainsi que le Clan du Vent.

— Mais c'est Étoile Solitaire, le chef du Clan du Vent ! lui rappela-t-il. Et ce Clan est l'allié ancestral du Clan du Tonnerre.

— C'est la raison pour laquelle tu n'auras aucun mal à prendre le pouvoir. Ce ne sont que des faibles, des idiots, si habitués à recevoir des ordres du Clan du Tonnerre qu'ils ne verront pas la différence. »

Griffe de Ronce soutint le regard de son père, intimidé par la flamme qui brûlait dans ses yeux.

« Il y a toujours eu quatre Clans dans la forêt, protesta-t-il, tout en devinant la faiblesse de son argument.

— Jadis, oui, dans l'ancienne forêt. Tout est différent, à présent. Si vous êtes suffisamment forts, cette coutume disparaîtra, elle aussi. »

L'espace d'un instant, Griffe de Ronce se laissa emporter par la vision du futur proposée par son père. Il s'imagina régnant sur une vaste étendue de territoire, avec deux Clans de guerriers forts et redoutables sous ses ordres. Il savait qu'il ferait un bon chef. Le Clan des Étoiles l'avait choisi pour être le lieutenant du Clan du Tonnerre. Ce n'était peut-être que le premier pas vers une glorieuse destinée.

« Bien sûr que nous sommes assez forts, répliqua Plume de Faucon. Lors de la prochaine Assemblée, arrangeons-nous pour nous rapprocher de nos futurs Clans, afin qu'ils nous soutiennent lorsque nous en prendrons le contrôle. »

Étoile du Tigre acquiesça. De son côté, Griffe de Ronce était troublé par les paroles de son frère. Il comptait déjà des amis au sein du Clan du Vent. Mais ils ne le soutiendraient pas s'il tentait d'usurper le pouvoir. Au contraire, ils se sentiraient trahis. Il jeta un coup d'œil à Plume de Faucon, qui attendait visiblement sa réponse. Refusant de donner son accord avant d'avoir eu le temps d'y réfléchir, il murmura quelques vagues paroles.

« Une Assemblée peut être l'occasion idéale de s'imposer, poursuivit Plume de Faucon, l'œil vif. Griffe de Ronce, lorsque toi et moi, nous serons les chefs de nos Clans, nous pourrons choisir nos plus redoutables guerriers pour nous accompagner à l'Assemblée...

— Des combattants qui exécuteront vos ordres sans discuter, intervint Étoile du Tigre, comme s'il devinait le plan de son fils et l'approuvait pleinement.

— Bien sûr. Ensuite, il nous suffira de tuer les deux autres chefs et de prendre leurs Clans pendant qu'ils sont tous coincés sur l'île.

— Quoi ? s'écria Griffe de Ronce, le poil hérissé. Lors d'une *Assemblée* ?

— Oui – c'est tout l'intérêt de ce plan, expliqua son frère. Personne ne s'y attendra.

— Et deux guerriers aguerris suffiront à garder le pont, ajouta Étoile du Tigre. Personne ne pourra s'échapper. »

Griffe de Ronce recula d'un pas.

« Comment pouvez-vous suggérer de tuer qui que ce soit lors d'une Assemblée ? Le Clan des Étoiles ne nous le pardonnerait jamais si nous brisions la trêve. »

Plume de Faucon haussa les épaules.

« Le Clan des Étoiles était furieux lorsque la bagarre a éclaté, pendant la dernière Assemblée – enfin c'est ce qu'a prétendu Patte de Pierre. Et ensuite ? Il ne s'est rien passé.

— Rien n'est impossible, gronda leur père, qui fixait Griffe de Ronce d'un air menaçant. Tu ne deviendras jamais un chef puissant si tu persistes à craindre le Clan des Étoiles. Ou si tu redoutes d'avoir du sang sur les pattes.

— Je n'ai peur de rien, rétorqua Griffe de Ronce. Mais je refuse de tuer lors d'une Assemblée. »

Plume de Faucon vint lui passer la queue autour des épaules.

« Inutile de se fâcher, miaula-t-il. Ce n'était qu'une idée. Si elle ne te plaît pas, nous trouverons d'autres solutions.

— Y a intérêt. »

Griffe de Ronce n'était pas certain de vouloir poursuivre ces rencontres, mais il se trouvait incapable de parler – ou même de penser – librement sous le regard mauvais de son père.

« Nous devons en discuter calmement. »

Griffe de Ronce sursauta : son frère venait de formuler tout haut ce qu'il pensait tout bas.

« Pourquoi ne pas nous retrouver pour de vrai ? »

Il n'y aurait aucun mal à ça, se dit Griffe de Ronce. Il y verrait sans doute plus clair s'il pouvait parler seul à seul avec son frère. Il parviendrait peut-être même à convaincre Plume de Faucon que devenir chef d'un Clan suffisait et qu'il était inutile de vouloir s'emparer des deux autres.

« Entendu, miaula-t-il. Où ça ?

— Sur ton territoire, je pense. Il me sera plus facile de m'éclipser que toi, à présent que tu es lieutenant. »

Griffe de Ronce acquiesça.

« Près du lac, alors. Juste derrière la frontière du Clan de l'Ombre, le bois descend jusqu'à la rive. Retrouvons-nous là. »

Ainsi, se dit-il, *Plume de Faucon pourra demeurer à deux longueurs de queue de l'eau. Personne ne pourra nous accuser de quoi que ce soit.*

« Parfait, fit Plume de Faucon. Dans deux jours, à l'aube. Tu auras bien besoin de la journée de demain pour t'habituer à toutes tes nouvelles tâches, ajouta-t-il avec un battement amical de la queue.

— Excellent. » La voix rauque d'Étoile du Tigre gronda dans sa gorge tel un ronronnement sinistre. « Maintenant, partez. Nous nous reverrons bientôt pour discuter de vos plans. »

Griffe de Ronce s'était déjà éloigné lorsque son demi-frère le rappela. Son regard bleu glacé le fixait intensément.

« Tu n'oublieras pas notre rendez-vous, hein ? lui lança-t-il.

— Bien sûr que non.

— N'oublie jamais que le chemin menant au pouvoir est ardu et exige de faire des choix difficiles », le mit en garde Étoile du Tigre.

Son regard inflexible ne quittait pas le jeune lieutenant. Celui-ci eut soudain l'impression d'être une proie, prise au piège, incapable de s'échapper.

« Je n'ai pas peur, miaula-t-il d'un ton qu'il voulait confiant. J'y serai, ne t'inquiète pas. »

« Hé, réveille-toi ! » Une patte s'enfonça rudement entre les côtes de Griffe de Ronce. « T'as l'intention de dormir jusqu'à la mauvaise saison ? C'est l'heure d'envoyer les patrouilles. »

En ouvrant les yeux, il découvrit Poil d'Écureuil penchée sur lui.

« Tu es lieutenant, à présent. Tu l'as déjà oublié ? »

Le matou bondit sur ses pattes et secoua sa fourrure afin d'en déloger les brins de mousse et de fougère. Pour dissimuler sa confusion, il se donna quelques coups de langue au poitrail. Depuis l'arrivée du Clan sur leur nouveau territoire, les tâches du lieutenant avaient été réparties entre les vétérans. Maintenant, elles lui incombaient toutes.

Je peux y arriver, se dit-il.

Une lumière brumeuse filtrait déjà dans le gîte des guerriers. La patrouille de l'aube devait partir sur-le-champ.

« Bon, fit-il. Je dirigerai la patrouille de l'aube. Poil d'Écureuil, tu veux bien m'accompagner ? Flocon de Neige, tu viens avec nous, et Perle de Pluie aussi. »

Flocon de Neige bâilla à s'en décrocher la mâchoire

avant de grommeler : « Je te suis », et de réveiller le guerrier gris sombre en lui chatouillant la truffe du bout de la queue. Perle de Pluie s'assit tout droit et balaya la tanière du regard comme pour chercher la cause de son réveil.

« Tempête de Sable, poursuivit-il, un peu mal à l'aise de donner des ordres à la guerrière aguerrie, tu veux bien désigner l'équipe de chasseurs, s'il te plaît ? »

La chatte accepta d'un hochement de tête.

« Il faudrait peut-être en envoyer deux, non ? suggéra-t-elle. Qui prendra la tête de la seconde ?

— Euh... Pelage de Poussière ? »

Griffe de Ronce s'attendait à ce que le guerrier brun s'agace qu'un chat plus jeune lui dise quoi faire, mais il ne fit que marmonner « d'accord » en s'étirant.

« Tu sais, Griffe de Ronce, miaula Tempête de Sable d'un ton un peu amusé, tu n'as pas à être gêné de nous donner des ordres. Tu es lieutenant, c'est normal.

— D'accord, murmura-t-il avant d'ajouter d'une voix qu'il espérait convaincante : Je resterai loyal envers mon Clan jusqu'à mon dernier souffle. »

Il se répéta mentalement ses paroles tout en entraînant la patrouille par-delà la barrière de ronces, vers la frontière du Clan de l'Ombre. C'était vrai. Rien ne lui importait davantage que le bien-être de son Clan. Il montrerait à tous à quel point il pouvait être un lieutenant digne de ce nom. Il se rendit compte avec regret que la prochaine Assemblée n'aurait lieu que dans plus d'une demi-lune. Étoile de Feu annoncerait alors à tous les autres Clans qu'il était le nouveau lieutenant, et il pourrait s'asseoir sur les racines du chêne auprès de Patte de Brume, Patte Cendrée et Feuille Rousse.

Lorsqu'ils arrivèrent à la frontière, il guetta une patrouille rivale pour pouvoir annoncer sa promotion, mais l'endroit était désert. L'odeur du Clan de l'Ombre, déjà éventée, suggérait que leur patrouille était passée un peu plus tôt.

Les deux groupes de chasseurs revinrent au camp en même temps que les patrouilleurs. Griffe de Ronce ordonna à Nuage de Frêne et Nuage Ailé de porter du gibier frais aux anciens, ainsi qu'à Étoile de Feu et Feuille de Lune. Puis il rassembla les autres guerriers pour annoncer la composition des équipes du lendemain. Il voulait éviter d'être pris de court comme ce matin-là. De plus, il devait s'assurer d'être disponible pour son rendez-vous avec Plume de Faucon.

Tandis que Griffe de Ronce parlait, Petit Sureau surgit de la pouponnière et s'arrêta juste devant lui.

« Je veux partir en patrouille, annonça le chaton. Je peux ?

— Non, lui répondit le jeune lieutenant d'un ton ferme. Pas avant que tu sois apprenti.

— Et quand je serai apprenti, tu m'emmèneras ?

— Bien sûr.

— Super ! fit la boule de poils. Je vais être l'apprenti du lieutenant », clama-t-il à qui voulait bien l'entendre.

D'un petit coup de patte amical, Griffe de Ronce le poussa vers la pouponnière avant de reprendre là où il s'était arrêté.

« Hé, gros malin, le coupa Poil d'Écureuil dans un ronron amusé. Tu as déjà compté Fleur de Bruyère dans les chasseurs. Elle ne peut pas en même temps participer à la patrouille de l'aube.

— Désolé, marmonna-t-il. Tu iras chasser avec Pelage de Poussière, dit-il à Fleur de Bruyère, qui semblait perdue. Je trouverai quelqu'un d'autre pour la patrouille.

— Tu verras ça plus tard, lui suggéra Poil d'Écureuil. Viens manger. » Elle se dirigea vers la réserve de gibier avant de jeter un coup d'œil derrière elle. « Les lieutenants mangent aussi, j'imagine. Ils ont le droit de souffler de temps en temps. »

Le matou tacheté se détendit. Malgré son ton railleur, elle le couvait d'un regard affectueux. Que se passerait-il si elle apprenait qu'il devait retrouver Plume de Faucon le lendemain ? Le regarderait-elle avec les mêmes yeux brillants ?

Il connaissait la réponse : il la perdrait pour toujours. Que risquait-il encore ? Étoile du Tigre avait été déchu de son rang de lieutenant avant d'être envoyé en exil lorsque Étoile de Feu avait révélé son complot visant à assassiner Étoile Bleue. Arriverait-il la même chose à Griffe de Ronce si l'on découvrait des réunions avec Plume de Faucon et Étoile du Tigre ?

Griffe de Ronce voulut se rassurer en se disant que personne ne pouvait deviner son secret. Il frissonna tout de même, malgré le soleil radieux de la saison des feuilles vertes. *Je n'ai pas l'intention de tuer qui que ce soit*, se dit-il. Sa seule préoccupation était de restituer au Clan du Tonnerre sa force d'antan. Ses camarades avaient dû se passer de lieutenant pendant bien trop longtemps. À présent, Griffe de Ronce savait qu'il ferait n'importe quoi pour se montrer digne de la confiance du Clan des Étoiles.

CHAPITRE 19

En chemin vers la source sacrée, Feuille de Lune repensa à Griffe de Ronce et sa fourrure fut parcourue de picotements. Sa première journée en tant que lieutenant s'était bien passée. Il avait su donner des ordres sur un ton doux mais ferme et avait travaillé plus dur que n'importe qui. Pourtant, elle ne pouvait oublier sa vision : elle avait vu Étoile du Tigre épauler Griffe de Ronce lorsque Étoile de Feu avait annoncé que ce dernier serait le nouveau lieutenant. Elle savait que, d'une façon ou d'une autre, le guerrier tacheté était toujours en contact avec son meurtrier de père. Ce qui signifiait que le Clan tout entier pouvait courir un terrible danger.

Elle traversa la forêt jusqu'au torrent qui bordait le territoire du Clan du Vent. *Pourvu que le Clan des Étoiles m'envoie un signe ce soir*, songea-t-elle. Écorce de Chêne et Papillon l'attendaient près du passage à gué. Dans la pénombre, Feuille de Lune distingua une troisième silhouette, plus petite. Nuage de Saule ! La guérisseuse avait oublié que la novice serait ce soir-là présentée au Clan des Étoiles.

« Bonsoir, miaula-t-elle en bondissant vers eux. Nuage de Saule, je suis contente de te revoir. »

L'apprentie, intimidée, baissa la tête. Ses yeux brillaient d'impatience.

« Bonsoir, Feuille de Lune, miaula-t-elle. Je suis très heureuse d'être là, avec vous. »

Au grand soulagement de Feuille de Lune, la jeune chatte ne mentionna pas le rêve qu'elles avaient partagé. Écorce de Chêne risquait de les entendre, et il trouverait sans doute très étrange qu'une autre guérisseuse doive guider l'apprentie de Papillon.

« Où est Petit Orage ? s'enquit Feuille de Lune. Il est toujours ponctuel, d'habitude.

— Aucune idée, répondit Écorce de Chêne dans un haussement d'épaules. Il est peut-être parti devant.

— Mieux vaut y aller, suggéra Papillon. La lune va bientôt se lever. »

Feuille de Lune percevait l'appréhension de son amie. Comme elle ne croyait pas à l'existence du Clan des Étoiles, elle devait être terrifiée à l'idée que les ancêtres puissent rejeter Nuage de Saule.

Cela n'arrivera pas, se rassura Feuille de Lune. *Jolie Plume s'est adressée à Nuage de Saule dans mon rêve, et lui a promis que le Clan des Étoiles lui enverrait bien d'autres visions.*

Elle aurait aimé pouvoir réconforter Papillon, mais la présence d'Écorce de Chêne la condamnait au silence

Les quatre félins venaient de se mettre en route lorsqu'un miaulement retentit derrière eux : Petit Orage courait ventre à terre pour les rattraper.

« Désolé, haleta-t-il. Cœur de Cèdre est venu me voir, une épine dans la patte, alors que j'allais partir. Bienvenue, ajouta-t-il à l'adresse de Nuage de Saule. Ne sois pas nerveuse. Tout va bien se passer, ce soir. Ton mentor est formidable. »

Papillon garda le silence, mais Feuille de Lune surprit une lueur de panique dans ses yeux.

La lune flottait très haut dans le ciel lorsque les guérisseurs traversèrent la barrière végétale, au sommet de la combe. La vue de la source argentée jaillissant de la roche et tombant dans le bassin émerveilla Nuage de Saule.

« C'est magnifique », souffla-t-elle.

Écorce de Chêne s'engagea le premier sur le sentier cahoteux. Papillon et son apprentie le suivirent, tandis que Feuille de Lune et Petit Orage fermaient la marche.

Au bord de l'eau, Papillon se tourna vers son apprentie.

« Nuage de Saule, souhaites-tu pénétrer les mystères du Clan des Étoiles en tant que guérisseuse ? » Quelle que soit sa foi, elle n'en connaissait pas moins le rituel, et le suivit d'un ton sincère.

Le pelage gris de Nuage de Saule, qui brillait d'un éclat argenté à la lueur des étoiles, avait doublé de volume tant elle était excitée. Sa queue se dressait bien haut. Le regard empli d'une crainte respectueuse, elle répondit solennellement :

« Oui, je le souhaite.

— Alors approche. »

La novice vint se placer près de son mentor, au bord de l'eau. Papillon leva la tête pour contempler la Toison Argentée. Feuille de Lune se demanda ce qu'elle y voyait. La chatte dorée poursuivit d'une voix aiguë, un peu tremblante, comme si elle était plus nerveuse encore que son apprentie :

« Guerriers du Clan des Étoiles, je vous amène cette apprentie. Elle a choisi de suivre la voie des guérisseurs. Accordez-lui votre sagesse et votre perspicacité pour qu'elle comprenne vos mystères et qu'elle soigne son Clan selon votre volonté. »

Le cœur de Feuille de Lune se noua tant elle avait pitié de son amie ; elle savait ce que chaque mot lui coûtait. Chaque jour de sa vie était un mensonge, mais cette situation était la pire de toutes : invoquer des esprits auxquels elle ne croyait pas devant tous les autres guérisseurs.

« Allonge-toi près de l'eau et bois un peu », indiqua Papillon à son apprentie.

Nuage de Saule cilla puis obéit. Son mentor et les autres félins prirent place à leur tour autour du bassin et tendirent le cou pour boire quelques gorgées de l'eau argentée.

Feuille de Lune lui trouva un goût de lumière d'étoile, glaciale, qui la gela jusqu'aux os. Au moment où l'onde toucha sa langue, elle sombra dans les ténèbres. L'espace d'un instant, elle crut flotter dans le néant.

Puis elle ouvrit les yeux. Elle se tenait tapie près d'une pièce d'eau qui reflétait la Toison Argentée. Pourtant, il ne s'agissait pas de la Source de Lune. Elle se trouvait au cœur d'une clairière bordée par la forêt. Des fougères et des fleurs, qui émettaient une pâle lueur, poussaient tout autour.

Feuille de Lune leva la tête pour humer l'air froid de la nuit, chargé de l'odeur du vent et des astres. Elle avait l'impression que le moindre petit bond l'emporterait dans le ciel, où elle pourrait communier avec le Clan des Étoiles sur son propre territoire.

Puis elle aperçut une fois encore les trois petites étoiles qui brillaient plus que les autres, plus éclatantes que jamais.

Près de Feuille de Lune, Nuage de Saule dormait, roulée en boule. De l'autre côté du bassin se dressait une jolie chatte écaille, qui couvait l'apprentie d'un doux regard.

« Petite Feuille ! » s'écria Feuille de Lune.

Elle accourut auprès de la chatte-étoile pour s'enivrer de son parfum si familier, avant de se presser contre sa douce fourrure.

« Je suis si contente de te voir ! Peux-tu me parler de ces trois étoiles ? demanda-t-elle, la queue pointée vers le ciel. S'il s'agit de trois guerriers tout juste défunts, qui sont-ils ?

— Non, ces étoiles sont un signe, chère petite. Mais le moment n'est pas encore venu pour toi de trouver sa signification. »

Feuille de Lune s'apprêta à protester, avant de se raviser. Elle savait que la sagesse du Clan des Étoiles dépassait la sienne ; il lui parlerait en temps et en heure.

Petite Feuille contourna le bassin pour se placer au-dessus de l'apprentie endormie. Feuille de Lune la suivit.

« Le Clan des Étoiles te remercie, Feuille de Lune, pour toute l'aide que tu apportes à Nuage de Saule.

Elle va avoir besoin de toi autant que de Papillon pour devenir une guérisseuse à part entière. Je sais que tu ne dévoileras pas ta participation – tu as déjà prouvé que tu savais garder un secret.

— Merci, Petite Feuille », miaula Feuille de Lune, flattée que le Clan des Étoiles lui fasse une telle confiance. Elle hésita un instant avant de poursuivre : « Je voudrais tellement revoir Museau Cendré... Elle ne vient jamais à moi, et elle me manque tellement ! Tu es certaine qu'elle ne m'en veut pas ? »

Du bout de la truffe, Petite Feuille lui caressa le sommet du crâne. Feuille de Lune eut l'impression d'être redevenue petite, bien en sécurité dans la pouponnière, auprès de sa mère.

« Absolument certaine. Arrête de t'inquiéter à ce sujet. Elle est plus proche de toi que tu l'imagines. En veux-tu une preuve ?

— Oh, Petite Feuille, si seulement c'était possible ! »

Petite Feuille baissa la tête afin de laper la surface étincelante puis elle inclina les oreilles pour inciter Feuille de Lune à l'imiter. Dans un frisson d'impatience, cette dernière but à son tour. Ce n'était pas l'eau glaciale de la Source de Lune qui l'emportait au pays des rêves, non, celle-ci était juste fraîche et exhalait un parfum d'herbes médicinales. Feuille de Lune la sentit pénétrer jusqu'au moindre de ses muscles et lui redonner force et courage.

« Suis-moi, à présent », lui ordonna Petite Feuille.

Dans les pas de la chatte écaille, Feuille de Lune traversa la clairière et entra dans les bois. Elle comprit soudain qu'elle avait retrouvé sa propre forêt : la barrière épineuse qui protégeait le camp du Clan du Tonnerre se dressait juste devant elle.

« Pourquoi m'as-tu ramenée ici ? »

Sans répondre, Petite Feuille l'entraîna vers la pouponnière. À l'intérieur, Chipie et ses petits dormaient près de la sortie. Feuille de Lune les contourna à pas menus.

La chatte du Clan des Étoiles la mena jusqu'au fond de la tanière, où Poil de Châtaigne se reposait. Ses quatre chatons étaient blottis contre son ventre. Trois d'entre eux dormaient, mais Petite Cendre leva la tête et fixa Feuille de Lune de ses yeux bleus avec une expression si intense, si familière que la guérisseuse ne put se détourner.

« Comprends-tu, à présent ?

— C'est… c'est impossible, murmura Feuille de Lune. Pourquoi… comment ?

— Si, c'est possible, la rassura Petite Feuille. Te sens-tu mieux, maintenant que tu connais la vérité ?

— Oh, oui ! Merci infiniment.

— Nous devons rentrer, à présent. Il est temps de faire de Nuage de Saule une véritable guérisseuse. »

Petite Cendre poussa un énorme bâillement qui révéla une petite langue rose et des crocs minuscules. Ses yeux se refermèrent et elle se réfugia de nouveau dans le giron de sa mère. Feuille de Lune se pencha sur elle jusqu'à ce que le pelage duveteux du chaton lui chatouille la truffe et qu'elle puisse sentir son chaud parfum lacté. Elle suivit ensuite Petite Feuille à l'extérieur. *Au revoir, Museau Cendré*, se dit-elle lorsque les branches hérissées d'épines se refermèrent derrière elle.

En quittant le camp, elles se retrouvèrent dans la forêt onirique. Nuage de Saule dormait toujours près du bassin. Feuille de Lune vint lui souffler dans l'oreille. L'apprentie battit plusieurs fois des cils avant de relever la tête pour regarder l'ancienne guérisseuse.

« Tu es une guerrière du Clan des Étoiles, n'est-ce pas ? miaula-t-elle. Je vois des étoiles sur ta fourrure.

— En effet, ma belle. Je m'appelle Petite Feuille. Et voici ton amie, Feuille de Lune. »

La novice se leva doucement.

« Bonsoir, Feuille de Lune. Papillon n'est pas avec toi ?

— Non, tu ne la verras pas dans ce rêve, répondit Petite Feuille.

— Où sommes-nous ? Et que faisons-nous là ? » demanda Nuage de Saule.

Elle pivota sur elle-même pour voir la clairière d'un seul coup d'œil.

« Nous sommes venus t'apporter un signe du Clan des Étoiles, expliqua Petite Feuille. Tu es prête ?

— Oui ! » s'écria-t-elle, l'œil vif, avant de faire un petit bond qui rappela à Feuille de Lune le chaton qu'elle était encore il y a peu. « Oh, c'est tellement grisant ! Je ne faisais jamais des rêves de ce genre, avant !

— Tu en auras bien d'autres encore, lui assura Petite Feuille. Où que tes pattes te portent, tu ne seras jamais seule. »

D'un mouvement de la queue, elle invita la petite chatte à laper l'eau du bassin, puis se tapit près d'elle au bord de l'eau. Feuille de Lune s'installa de l'autre côté.

« Que vois-tu ? » lui demanda la chatte écaille.

La surface lisse reflétait les étoiles au firmament. Puis, peu à peu, leur lumière disparut, masquée par de gros nuages gris qui montaient des profondeurs. Une rafale de vent froid souffla tout à coup, ébranlant les arbres de la clairière et ridant le bassin. La bise était si puissante que Feuille de Lune, le pelage ébouriffé, dut planter ses griffes dans le sol, terrifiée à l'idée d'être emportée. Nuage de Saule poussa un cri d'épouvante.

« N'aie pas peur ! » Le miaulement de Petite Feuille couvrit le bruit de la tourmente. « Ici, rien ne peut te blesser. »

Feuille de Lune ferma les yeux de toutes ses forces pour résister au vent. Elle craignait de lâcher prise. Puis, soudain, elle s'éveilla au bord de la Source de Lune, le cœur battant toujours la chamade. La lune brillait dans un ciel dégagé. Pas un brin de vent ne soufflait dans la combe. Nuage de Saule était toujours tapie au bord de l'eau, les yeux clos, la respiration saccadée. En face, Petit Orage et Écorce de Chêne rêvaient toujours. Papillon était assise de l'autre côté de l'apprentie, la queue enroulée autour de ses pattes jointes. Elle scrutait l'eau étoilée d'un air si abattu que Feuille de Lune en eut le cœur fendu.

« Papillon », appela-t-elle doucement en écartant de son esprit l'orage dont elle avait rêvé.

La chatte dorée se tourna vers elle.

« J'ai si peur, murmura-t-elle. Tu penses qu'elle rêvera comme il faut ? Comment peut-elle devenir guérisseuse si son mentor ne croit pas au Clan des Étoiles ? »

Feuille de Lune contourna la novice endormie pour donner quelques coups de langue réconfortants à l'oreille de son amie.

« Petite Feuille lui est apparue, la rassura-t-elle. J'y étais. Moi aussi, je l'ai vue.

— Ce n'était qu'un rêve », protesta Papillon en secouant la tête.

Feuille de Lune se pressa contre elle pour lui donner toute la force de sa foi.

« Tout ira bien. Tu verras. »

Papillon s'écarta soudain.

« Non, non, c'est impossible. Oh, Feuille de Lune, je ne peux pas mentir plus longtemps ! Je dois te dire une chose… » Ses grands yeux ambrés contemplaient son amie avec gravité. « Tu crois que le Clan des Étoiles m'a choisie, mais c'est faux. L'aile de papillon devant la tanière de Patte de Pierre, ce n'était pas un signe. C'est Plume de Faucon qui l'avait mise là. Mais je le promets solennellement, Feuille de Lune, je te promets que je ne l'ai appris que bien plus tard. »

Feuille de Lune la dévisagea, touchée qu'elle lui fasse suffisamment confiance pour lui dire la vérité. Puis elle fut prise de panique. *Oh, Clan des Étoiles, soufflez-moi les mots justes !*

Voyant que Feuille de Lune tardait à répondre, Papillon eut un mouvement de recul.

« Que vas-tu faire ? gémit-elle. Tu vas le répéter aux autres ? Vais-je devoir cesser d'être une guérisseuse ?

— Bien sûr que non, la rassura aussitôt la jeune chatte tigrée en frôlant son oreille du bout de sa truffe. Papillon, j'étais déjà au courant. »

Les yeux de son amie s'agrandirent encore.

« Tu le savais ? Mais comment ?

— Petite Feuille m'a envoyé un signe. Et... et j'ai entendu Plume de Faucon te parler après la dernière Assemblée.

— Plume de Faucon ! répéta Papillon, amère. Il me menace sans cesse de révéler la vérité à tout le monde si je ne lui obéis pas. Il m'a forcée à mentir lors de l'Assemblée. Je n'ai jamais fait ce rêve... Mais cela aussi, tu le savais déjà, non ? »

Feuille de Lune acquiesça.

« Je veux tellement être guérisseuse ! Au début, j'ai essayé de croire au Clan des Étoiles, vraiment. Lorsque Patte de Pierre m'a conduite à la Pierre de Lune, j'ai cru rêver des guerriers de jadis : ils me montraient des événements à venir dans la forêt. Puis, lorsque je suis rentrée au camp, Plume de Faucon m'a révélé ce qu'il avait fait avec l'aile du papillon. J'ai alors compris que le Clan des Étoiles n'était qu'une histoire, et que ma vision n'était qu'un rêve ordinaire. Car si le Clan des Étoiles existait bel et bien, il ne l'aurait pas laissé faire une chose aussi monstrueuse, et il l'empêcherait de me tourmenter tout le temps ! »

Du bout de la queue, Feuille de Lune caressa l'épaule de son amie. En son for intérieur, elle bouillonnait de rage, mais elle s'efforça de le dissimuler. Elle savait à présent qu'elle avait eu raison de se méfier de Plume de Faucon. En détruisant la foi de sa sœur, il avait fait d'elle une guérisseuse amoindrie, alors qu'elle était si douée pour soigner les autres !

« Ne t'inquiète pas, murmura-t-elle. Crois-moi, tout ira bien. Petite Feuille m'a assuré que le Clan des Étoiles voulait que tu poursuives ton œuvre. Elle m'a dit que tu étais une guérisseuse très douée et que tu méritais ta place à la Source de Lune. »

Une lueur d'espoir illumina le regard de Papillon, comme si elle voulait y croire. Puis elle secoua la tête.

« C'est gentil de ta part, mais je sais que c'est faux. Oh, je ne t'accuse pas de mentir, se hâta-t-elle d'ajouter. Mais ce n'était qu'un rêve. » Elle soupira. « Bon, si tu penses vraiment que je devrais continuer, je le ferai. En revanche, comment vais-je pouvoir former Nuage de Saule correctement ? Je ne sais quoi lui dire à propos du Clan des Étoiles.

— Mais moi, je le sais, lui fit remarquer Feuille de Lune. Je lui enseignerai ce qu'elle a besoin de savoir et je l'accompagnerai en rêve. Toi, tu peux lui apprendre à reconnaître toutes les plantes et à les utiliser. Elle fera une apprentie formidable. »

Papillon baissa brusquement la tête.

« Je ne la mérite pas », murmura-t-elle. Un instant plus tard, elle se redressa, l'air déterminé. « Mais je vais essayer. Je n'écouterai plus Plume de Faucon. Je lui rappellerai que personne ne le choisira comme lieutenant si l'on apprend qu'il a fabriqué un signe à la place du Clan des Étoiles.

— Bonne idée. Mais fais attention… »

Elle dut s'interrompre car Petit Orage leva la tête, avant de se lever pour s'étirer, le dos rond. Écorce de Chêne remuait lui aussi, au moment où Nuage de Saule s'éveillait. La novice vint aussitôt trouver son mentor.

« C'était si effrayant… et si génial ! s'écria-t-elle, avant d'ajouter d'une voix plus basse : J'aurais aimé que tu sois là. »

Le respect de Feuille de Lune pour Nuage de Saule décupla : l'apprentie avait déjà compris que Papillon ne communiquait pas avec le Clan des Étoiles. Elle était aussi soulagée que la novice ait été enthousiasmée par sa vision du monde des esprits, et non pas paralysée par la peur.

« Moi aussi, j'aurais aimé être là, répondit Papillon.

— Une autre fois ? » hasarda l'apprentie.

La chatte dorée ne répondit pas, mais Feuille de Lune devinait qu'elle ne partageait guère l'optimisme de sa protégée.

« Feuille de Lune, à ton avis, que signifiait ce signe ? demanda Nuage de Saule, inquiète. Des nuages d'orage ! Penses-tu que de nouveaux troubles guettent nos Clans ? »

Feuille de Lune fit glisser sa queue sur la gueule de l'apprentie tout en jetant un coup d'œil vers Écorce de Chêne et Petit Orage pour s'assurer qu'ils n'avaient pas entendu.

« Le plus souvent, les guérisseurs ne discutent pas des signes qu'ils reçoivent, expliqua-t-elle. Pas avant d'être prêts à les interpréter devant leur Clan. Sinon, oui, je pense que nous allons devoir affronter de nouveaux troubles. Mais mieux vaut n'en rien dire, pour le moment. Inutile de semer l'inquiétude chez nos camarades avant que nous en sachions davantage. »

L'air grave, Nuage de Saule hocha la tête. Feuille de Lune se sentit un peu coupable de ne pas se montrer tout à fait franche avec elle. Petit Orage et Écorce de Chêne ne semblaient pas avoir eu de rêve menaçant, si bien que le signe de Petite Feuille ne devait concerner que les Clans de la Rivière et du Tonnerre. Or, un seul guerrier les unissait. Plume de Faucon !

Tout en suivant le sentier qui conduisait hors de la combe, elle repensa à la confession de Papillon. Son amie aurait-elle vraiment le courage de défier son frère ? Elle avait tant à perdre…

Une ombre glissa sur la source au moment où Feuille de Lune atteignait le haut du chemin. Un nuage venait de voiler la lune. Sa fourrure se hérissa lorsqu'une rafale glacée balaya la barrière végétale – elle sentait de nouveau la terrible bourrasque de son rêve. Elle était certaine que les Clans allaient avoir de sérieux ennuis et que, d'une façon ou d'une autre, Plume de Faucon y serait mêlé.

CHAPITRE 20

⚜

Campé au milieu de la clairière, Griffe de Ronce regardait les équipes de chasseurs s'engouffrer dans le tunnel épineux. La patrouille de l'aube les avait précédées et la brume du petit matin commençait à se dissiper. Au-dessus des arbres, le ciel affichait un bleu pâle et distant qui promettait une chaude journée. Le soleil allait bientôt se lever.

Le matou tacheté balaya le camp du regard afin de s'assurer que tout le monde était à son poste. Chipie bâillait devant l'entrée de la pouponnière, les yeux fixés sur ses petits qui jouaient devant elle. Feuille de Lune traversa le camp vers la tanière des anciens, d'où Poil de Souris venait juste de sortir. L'ancienne se gratta vigoureusement l'oreille avec une patte arrière. Tous arboraient un pelage brillant et semblaient bien nourris. Même le corps mince de Feuille de Lune s'était étoffé. La famine endurée dans leur ancienne forêt n'était plus qu'un mauvais souvenir.

Les branches du repaire des guerriers frémirent derrière Griffe de Ronce. En jetant un coup d'œil par-dessus son épaule, il vit Pelage de Granit émerger du gîte et s'arrêter un instant pour une rapide toilette.

Griffe de Ronce alla le rejoindre. Nuage Ailé était partie chasser avec son mentor, Poil de Fougère, si bien que les apprentis ne s'entraîneraient pas ensemble ce jour-là.

« Où est Nuage de Frêne ? demanda le lieutenant. C'est le moment idéal pour une séance d'entraînement.

— Je sais comment m'occuper de mon apprenti, rétorqua le matou gris, les yeux plissés. D'ailleurs, j'ai prévu de l'évaluer aujourd'hui.

— C'est parfait. Rappelle-lui de se méfier des collets, juste au cas où. »

Pelage de Granit s'éloigna vers la tanière des novices sans daigner répondre. Nuage de Frêne apparut à l'appel de son mentor et écouta ses instructions en grattant le sol d'impatience. Le jeune félin se dirigea ensuite vers le tunnel, où il échangea quelques mots avec Cœur d'Épines qui revenait la gueule chargée de proies, puis disparut entre les branches, la queue bien haute. Pelage de Granit toisa de nouveau Griffe de Ronce avant de suivre son apprenti.

Le jeune lieutenant se reprocha son manque de tact. Néanmoins, si le comportement de Pelage de Granit ne s'améliorait pas, il finirait de corvée de bile de souris pour les tiques des anciens !

Soudain, il se figea. Ses devoirs de lieutenant l'absorbaient tant qu'il avait presque oublié son rendez-vous avec Plume de Faucon. Il allait être en retard. Il s'élança vers la barrière de ronces mais dut s'arrêter aussi sec car Poil d'Écureuil l'interpella :

« Hé, Griffe de Ronce ! Où vas-tu ? »

La guerrière rousse bondissait vers lui. Comme elle n'avait pas été incluse dans les patrouilles du matin, elle ne comprendrait pas qu'il ne veuille pas passer du temps avec elle.

« Où vas-tu ? répéta-t-elle en arrivant à son niveau. À la chasse ? Allons-y ensemble.

— Je dois... »

Il fut interrompu lorsque les trois petits de Chipie, Petit Sureau en tête, traversèrent la clairière et disparurent derrière le rideau de ronces qui masquait l'entrée de la tanière de Feuille de Lune.

« Ah, ces vilains chatons ! s'écria-t-elle. La dernière fois, ils ont mis un bazar pas possible. Je ferais mieux de m'assurer que ma sœur est là. »

Elle détala aussi sec. Griffe de Ronce remercia tout bas le Clan des Étoiles et se faufila dans le tunnel, droit vers le lac.

Le soleil était déjà levé, et les arbres projetaient leurs ombres allongées sur l'herbe baignée de rosée. Des toiles d'araignées étincelaient sur chaque buisson. Comme il s'était arrangé pour envoyer les patrouilles de l'autre côté du territoire, il ne vit pas un chat.

En marquant une halte à l'orée de la forêt, il aperçut la surface étincelante du lac à travers les épaisses fougères et entendit le doux clapotis de l'eau. La gueule entrouverte, il huma l'air. Il crut discerner l'odeur du Clan de la Rivière, ainsi qu'une touche de celle du Clan de l'Ombre, ce qui l'étonna. Pourtant, son demi-frère restait introuvable.

« Plume de Faucon ? » appela-t-il, prudent.

Pas de réponse. Griffe de Ronce repéra une grive, en train de tirer un ver de terre hors du sol à une longueur de queue de renard de lui. Comme il n'avait pas mangé de la matinée, il se prépara à bondir. Aussitôt, une masse s'écrasa sur lui et le fit basculer. Il poussa un cri de détresse qui fit fuir l'oiseau. En se tournant vers son agresseur, il se retrouva nez à nez avec Plume de Faucon, qui le toisait de toute sa haute taille, une lueur amusée dans le regard.

« Ça va pas ? feula Griffe de Ronce. Tu veux que tout mon Clan sache que tu es là ?

— Peu importe, répondit l'autre avec désinvolture. J'ai le droit d'être là tant que je ne m'éloigne pas du rivage. »

Griffe de Ronce se remit sur ses pattes et lissa son pelage en quelques coups de langue. Plume de Faucon avait raison, mais il lui faudrait tout de même s'expliquer auprès de ses camarades si on le surprenait à parler à son frère. Il éprouvait une pointe de jalousie pour l'assurance de celui-ci, avant de se rappeler qu'il était lieutenant, et l'égal en tout point du guerrier du Clan de la Rivière.

« Viens dans les fougères », miaula-t-il en l'invitant à le suivre d'un mouvement de la queue.

Tandis qu'ils s'installaient sous la voûte végétale, l'odeur du Clan de l'Ombre lui effleura de nouveau la truffe. Il plissa le nez.

« Tu portes la trace du Clan de l'Ombre, dit-il à Plume de Faucon.

— J'ai dû récupérer leur puanteur en traversant leur territoire, gronda-t-il, les yeux plissés. Peu importe, nous perdons du temps. »

Griffe de Ronce hocha la tête avant d'inspirer profondément. Comment exprimer ses doutes quant aux projets d'Étoile du Tigre, sans paraître faible ?

« Je ne suis pas sûr que l'idée d'Étoile du Tigre fonctionne. Il veut que nous prenions le contrôle des Clans de l'Ombre et de la Rivière, alors que le Clan des Étoiles a décrété qu'il devait y avoir quatre Clans.

— Comme l'a dit notre père, c'était vrai jadis. Écoute, Griffe de Ronce, le Clan de l'Ombre a toujours causé des problèmes. Tu ne penses pas que la vie serait plus facile pour tout le monde si ses membres étaient dirigés par un meneur déterminé à leur faire respecter le code du guerrier ? Et tu ne penses pas que tu ferais un meilleur chef qu'Étoile Solitaire ? À nous deux, nous pourrions nous assurer que tous soient forts et heureux. Plus de batailles, plus de querelles de territoire...

— Eh bien... peut-être. »

Griffe de Ronce ne pouvait contester les arguments de son frère. Deux meneurs forts pourraient effectivement régner sur la forêt, pour le bien de tous. Il se remémora l'attitude des guerriers du Clan de l'Ombre, qui avaient ignoré les cris de détresse de Petit Sureau lorsque ce dernier s'était pris dans le collet. *Si j'avais le pouvoir*, se dit Griffe de Ronce, *personne ne laisserait un chaton souffrir, quelles que soient ses origines*. Il pensait au bien-être de tous les chats de la forêt mais, plus encore, à celui du Clan du Tonnerre.

« Mais... reprit-il avant d'être interrompu par un faible cri. Qu'est-ce que c'était ?

— Une proie qui n'a pas eu de chance », répondit Plume de Faucon en haussant les épaules.

Le cri se répéta.

« Non ! s'écria Griffe de Ronce. C'est un chat en détresse. Viens ! »

Il jaillit des fougères et suivit le rivage en direction de la plainte. Elle retentit de nouveau, plus près, mais plus faible – un horrible bruit de suffocation. Griffe de Ronce bondit au-dessus des racines d'un arbre et se retrouva face à Étoile de Feu.

Le meneur du Clan du Tonnerre gisait sur le flanc, au milieu d'une étroite sente entre les fougères. Ses membres s'agitaient vaguement et ses yeux ne voyaient plus rien. De l'écume maculait son museau. Autour de son cou, à demi dissimulée dans sa fourrure couleur de flamme, s'enroulait une fine boucle brillante, reliée à un bâton planté dans le sol. Étoile de Feu était prisonnier d'un collet !

Griffe de Ronce bondit à son secours, mais Plume de Faucon l'écarta d'un coup d'épaule.

« Cervelle de souris ! siffla-t-il. C'est ta chance, Griffe de Ronce. Tu es lieutenant, à présent. Si Étoile de Feu meurt, tu deviendras chef du Clan du Tonnerre. »

Griffe de Ronce le dévisagea, ébahi. *Qu'est-il en train de me dire ?* Puis il se rendit compte qu'Étoile de Feu essayait de parler.

« Nuage de Frêne m'a dit... Étoile de Jais attendait sur notre territoire... je devais venir seul... »

Le regard triomphant, Plume de Faucon alla souffler à l'oreille du rouquin :

« Mais Étoile de Jais n'est pas là. Et nous, oui. Tu n'es qu'un idiot, Étoile de Feu. Trop facile à piéger. »

Griffe de Ronce crut que la terre se dérobait sous

ses pattes. Il ne comprenait pas les détails mais devinait que l'absence d'Étoile de Jais et l'odeur du Clan de l'Ombre sur la fourrure de Plume de Faucon étaient liés à quelque projet des plus meurtriers.

« C'est toi qui as fait ça, lança-t-il à son demi-frère. Tu t'es arrangé pour qu'Étoile de Feu vienne ici, où l'attendait le collet.

— Bien sûr, confirma Plume de Faucon, méprisant. Je l'ai fait pour toi, mon frère. »

Le meneur avait du mal à respirer – ses flancs se soulevaient avec peine. Son regard allait et venait entre les deux guerriers tachetés. Griffe de Ronce savait que s'il ne détendait pas le collet tout de suite, son chef perdrait une vie – et peut-être même plus.

Plume de Faucon recula d'un pas.

« Le brave chef du Clan du Tonnerre, railla-t-il. On fait moins le malin, maintenant, pas vrai ? Allez, Griffe de Ronce, achève-le. »

Le lieutenant eut l'impression que ses pattes le rivaient au sol. Tous ses poils se dressèrent lorsqu'il entendit Étoile du Tigre souffler à son oreille : *Tue-le. Personne ne le saura. Tu peux devenir chef de Clan. Tu peux obtenir tout ce que tu as toujours voulu.*

Il chancela lorsque Plume de Faucon le bouscula brutalement, la queue battante.

« Alors, qu'est-ce que tu attends ? C'est ce que nous cherchions depuis le début ! Achève-le tout de suite ! »

CHAPITRE 21

« Ils se portent à merveille, miaula Flocon de Neige en s'écartant des petits de Poil de Châtaigne. Tu dois être très fière. »

La reine avala un morceau de la grive que la guérisseuse lui avait apportée.

« Oui, mais je suis sûre qu'ils feront des tas de bêtises lorsqu'ils seront un peu plus grands. Ils sont encore pires que les chatons de Chipie. » Une lueur amusée illumina ses yeux ambrés. « Petite Cendre est si éveillée que je dois déjà la tenir à l'œil. »

Feuille de Lune baissa la tête pour contempler les petites boules de poils ronronnantes. Elle repensa au secret que Petite Feuille lui avait révélé et son cœur se réchauffa. Combien de temps faudrait-il aux membres du Clan pour deviner la vérité à propos de Petite Cendre ? Il lui tardait de partager sa joie, mais elle savait que le moment n'était pas encore venu.

« Alors tu dois te reposer un maximum, répondit-elle à son amie. Et garder des forces. Quatre chatons d'un coup, c'est une lourde responsabilité.

— Je sais. Je suis vraiment contente que tu sois là, Feuille de Lune. »

La jeune chatte tigrée ferma un instant les yeux pour repenser aux sentiments qui l'avaient poussée à abandonner un temps son Clan. Elle entrevit une ombre en elle, hors de portée. Mais celle-ci se déploya soudain et envahit son esprit. Elle voulut la repousser, mais de noirs sentiments enflèrent encore et encore – puis sa culpabilité disparut sous un flot de sang assourdissant qui lui fit oublier les doux ronrons des petits de Poil de Châtaigne et les odeurs lactées de la pouponnière.

Il se passe quelque chose de terrible – oh, par le Clan des Étoiles, de quoi s'agit-il ?

Encore aveuglée par sa vision, elle se rua au-dehors, ignorant les exclamations étonnées de son amie. Contre toute attente, la clairière était presque déserte, paisible. La plupart des guerriers étaient partis en patrouille. Le soleil étincelait dans un ciel azur où ne flottaient que quelques volutes de nuages.

Pourtant, la guérisseuse pressentait un désastre : s'il n'avait pas lieu là, alors elle irait voir dans la forêt. Elle traversa le camp ventre à terre sous les regards stupéfaits de Flocon de Neige et Cœur Blanc, qui mangeaient près de la réserve. En jaillissant à l'autre bout du tunnel, elle faillit percuter Poil d'Écureuil.

« Hé ! protesta sa sœur. Du calme. Que se passe-t-il ?

— Une horrible catastrophe ! haleta Feuille de Lune. Des blaireaux… des Bipèdes… je ne sais pas ! Tu as remarqué quelque chose d'anormal ?

— Non. » La rouquine posa le bout de sa queue sur l'épaule de sa sœur pour l'apaiser. « Tout va bien.

J'étais simplement partie à la recherche de Griffe de Ronce. Cette maudite boule de poils ne m'a pas attendue. J'ai tenté de le pister, en vain.

— Je t'assure qu'un malheur se prépare ! » Sa terreur implacable glaça Poil d'Écureuil jusqu'aux os. « Le Clan du Tonnerre court un terrible danger. Tu m'accompagnes ?

— Bien sûr, mais où ?

— Je ne sais pas ! s'emporta la guérisseuse. Oh, guerriers du Clan des Étoiles, montrez-nous le chemin ! »

À peine eut-elle prononcé ces paroles qu'un félin déboula au milieu des taillis. Des branches de fougères s'écartèrent et Pelage de Granit apparut, la fourrure hirsute et les yeux écarquillés par la peur.

« Feuille de Lune ! haleta-t-il. C'est Étoile de Feu... il est pris dans un collet !

— Où ça ? Pourquoi tu ne l'as pas libéré ? feula Poil d'Écureuil, le regard enflammé.

— Parce qu'il est... Griffe de Ronce est avec lui. » Le guerrier luttait pour reprendre son souffle comme s'il avait échappé de peu à la noyade. « Et Plume de Faucon aussi – un guerrier du Clan de la Rivière, sur notre territoire... Je ne pouvais pas les affronter à deux contre un, alors je suis venu chercher de l'aide. » La queue pointée vers le lac, il ajouta : « Par là, vite ! »

CHAPITRE 22

Griffe de Ronce contemplait son chef étendu au sol. Il lui était toujours impossible de bouger. Il n'avait qu'à resserrer le collet autour du cou d'Étoile de Feu pour qu'il perde d'un coup ses six dernières vies. Son regard croisa celui du rouquin, mais il ne lut aucune supplique dans ses yeux verts, juste une question cruelle et fière : *Que vas-tu faire, Griffe de Ronce ? À toi d'en décider.*

Griffe de Ronce repensa à la guerre sans fin que s'étaient livrée Étoile de Feu et Étoile du Tigre. À cause de leurs valeurs, de leurs visions diamétralement opposées, ils s'étaient haïs mutuellement. Mais Étoile de Feu n'avait pas eu besoin d'affronter son ennemi juré jusqu'à la mort. C'était Fléau, le chef cruel du Clan du Sang, qu'Étoile du Tigre avait lui-même invité dans la forêt, qui l'avait éventré d'un seul coup de griffe.

Cette fois-ci, Étoile du Tigre avait l'avantage. Griffe de Ronce sentait sa présence, là, tout près de lui. Il le poussait à agir : *Imbécile ! Tue-le immédiatement.*

Les yeux clos, Griffe de Ronce se souvint de la clairière des Quatre Chênes, du sang giclant sur l'herbe lorsque son père avait perdu ses neuf vies, l'une après l'autre. Il revit le regard froid et triomphal de Fléau devant son corps agité de soubresauts. Plume de Faucon et Étoile du Tigre voulaient-ils qu'il devienne lui aussi un assassin ?

« Six vies… » murmura-t-il.

Il n'y avait que ces six vies entre lui et le rang de chef du Clan du Tonnerre.

« C'est exact, cracha Plume de Faucon. Tu as là une chance de venger la mort de notre père. Étoile de Feu aurait pu essayer d'arrêter Fléau, mais il s'est contenté de regarder Étoile du Tigre mourir, encore et encore. »

Une vengeance ? Griffe de Ronce arracha son regard de son chef pour dévisager son demi-frère. La vengeance n'avait rien à voir là-dedans. Il savait très bien qu'Étoile du Tigre s'était engagé de son plein gré sur le chemin qui l'avait conduit à sa mort violente.

Je veux juste devenir chef de mon Clan, pensa-t-il. *Mais pas comme ça.* Sa loyauté ne le liait pas qu'au Clan du Tonnerre, mais aussi à Étoile de Feu – son ancien mentor, celui qui l'avait accepté malgré sa haine pour son père, celui qui lui avait fait l'honneur de le nommer lieutenant. Il avait cru qu'être loyal envers son Clan ne signifiait pas forcément l'être au chef du Clan. Mais c'était faux. Étoile de Feu et le Clan du Tonnerre ne faisaient qu'un.

« Non, répondit-il à Plume de Faucon, étonné par sa propre voix, forte et nette. Je refuse de le tuer. »

Il se remémora comment Source et Poil d'Écureuil avaient libéré Petit Sureau lorsque celui-ci s'était coincé la queue dans le piège à renard et bondit au côté d'Étoile de Feu. Il entreprit de creuser le sol pour déterrer le bâton qui tendait le collet autour du cou de son chef.

« Ne bouge pas, Étoile de Feu, haleta-t-il tout en pelletant la terre de ses pattes. Je vais te sortir de là. »

Un cri de fureur lui vrilla les oreilles. Venait-il de Plume de Faucon ou de l'esprit vengeur d'Étoile du Tigre ? Il n'aurait su le dire. Aussitôt, Plume de Faucon se jeta sur lui et le renversa au sol. Griffe de Ronce se trouva immobilisé sous le poids de son frère, qui le foudroya de son regard bleu glacé.

« Tu n'es qu'un lâche ! gronda le guerrier du Clan de la Rivière. Écarte-toi, et je le tuerai moi-même puisqu'il le faut. »

Jamais ! Griffe de Ronce le repoussa en le frappant au ventre de ses deux pattes arrière. Pendant que son demi-frère gisait au sol, le souffle coupé, il se jeta sur le bâton et le prit dans sa gueule. Ses premiers grattements l'avaient un peu délogé et il put le déterrer d'un seul mouvement. La boucle qui étranglait Étoile de Feu se détendit et le rouquin prit aussitôt une inspiration saccadée.

Le feulement féroce de Plume de Faucon prévint Griffe de Ronce de son attaque. Tout en lâchant le bâton, il fit volte-face et esquiva en partie le coup de son frère, qui parvint tout de même à lui griffer le flanc.

Une flamme glaciale brûlait dans les yeux du guerrier du Clan de la Rivière.

« Traître ! cracha Plume de Faucon. Tu as saboté tous les plans de notre père ! Tu es bien trop faible pour devenir comme lui.

— Je ne veux pas devenir comme lui, jamais.

— Alors tu n'es qu'un idiot. Un imbécile, ajouta Plume de Faucon en ricanant. Tu n'as pas compris que c'était un test. C'était l'idée d'Étoile du Tigre.

Selon lui, si tu voulais vraiment le pouvoir, tu devais être prêt à faire n'importe quoi pour l'obtenir.

— Y compris tuer mon propre chef ?

— Surtout tuer ton propre chef. Mais tu es aussi faible que le craignait notre père. Nous avons de grands projets pour la forêt, lui et moi, et tu aurais pu y trouver ta place. Mais nous agirons sans toi. »

Griffe de Ronce comprenait parfaitement ce que son demi-frère était en train de lui dire. Il en savait trop. Plume de Faucon ne pourrait pas les laisser en vie, Étoile de Feu et lui. Cela devait faire partie du plan, depuis le début.

Il fit un pas vers son frère.

« Va rejoindre le Clan de la Rivière. Tu es mon frère. Je ne veux pas te faire de mal.

— Parce que tu es faible, le provoqua l'autre. Pour toi, la famille compte plus que le pouvoir. Mais pas pour moi ! »

Sur ces mots, il se jeta de nouveau sur le lieutenant et le cloua au sol. Ses griffes se plantèrent avec force dans sa fourrure et ses crocs se rapprochèrent dangereusement de sa gorge. Sentant que sa mort était proche, Griffe de Ronce tenta en vain de lacérer le ventre de son agresseur avec ses pattes arrière. Pour sauver sa peau et celle d'Étoile de Feu, pour sauver le Clan du Tonnerre, il ne lui restait qu'une chose à faire.

En se tortillant, il repéra le bâton qu'il avait déterré juste à côté de son épaule. Il se tordit le cou et parvint à le saisir entre ses mâchoires. Au moment où Plume de Faucon se pencha pour lui trancher la jugulaire, Griffe de Ronce tourna brusquement la tête et l'extrémité pointue du bâton alla se planter dans le cou de son frère. Celui-ci se raidit en poussant d'horribles gargouillis, puis tomba, inerte et lourd, sur le lieutenant du Clan du Tonnerre.

Malgré le choc, ce dernier parvint à s'extirper de sous le corps de Plume de Faucon et recracha le bâton, qui roula au sol. Une blessure profonde béait dans la gorge du guerrier du Clan de la Rivière. Un jet écarlate éclaboussait la terre, si puissant qui gagnait peu à peu le rivage.

« Plume de Faucon ! hoqueta Griffe de Ronce. Je... je ne voulais pas... »

Contre toute attente, son demi-frère parvint à se remettre sur ses pattes et chancela vers lui. Griffe de Ronce se ramassa sur lui-même, ne sachant s'il allait l'attaquer ou implorer son aide.

« Idiot ! » haleta le blessé. Parler lui demandait un tel effort que son hémorragie s'aggrava encore. « Tu crois que j'ai agi seul ? Tu penses que tu es à l'abri, dans ton propre Clan ? » Il toussa, cracha des caillots de sang avant d'ajouter : « Réfléchis bien !

— Quoi ? » s'étrangla Griffe de Ronce en s'approchant de lui, ses pattes plongées dans la mare poisseuse.

Plume de Faucon était-il en train d'accuser un membre du Clan du Tonnerre d'avoir conduit Étoile de Feu dans ce piège ?

« Qu'est-ce que tu veux dire ? Dis-moi, Plume de Faucon ! De qui parles-tu ? »

Mais les flammes glaciales qui animaient naguère le regard de son frère s'éteignaient peu à peu. Il se détourna de Griffe de Ronce, parvint à faire quelques pas dans les fougères avant de s'écrouler, l'arrière-train plongé dans le lac. De petites vagues léchèrent son corps, et son sang dessina un nuage pourpre dans l'eau.

Griffe de Ronce le contempla un instant. Tant de

questions restaient sans réponse, et Plume de Faucon était mort.

L'espace d'un instant, la voix de son frère résonna faiblement dans ses oreilles : *Nous nous reverrons, mon frère. Ce n'est pas fini.*

« Griffe de Ronce. »

Étoile de Feu était toujours étendu sur le côté. Sa propre blessure au cou teintait sa fourrure d'écarlate. Malgré son état, il braqua sans fléchir son regard sur son lieutenant.

« Étoile de Feu… » répondit le matou tacheté avant de se taire.

Il ne pouvait rien dire pour sa défense. Étoile de Feu avait vu de ses yeux son propre lieutenant envisager de le tuer. Jamais il ne pourrait lui accorder de nouveau sa confiance. Comment pourrait-il rester lieutenant du Clan du Tonnerre, à présent ? Tête basse, il attendit les paroles qui l'enverraient en exil.

« Griffe de Ronce, tu as bien agi. »

Le matou tacheté leva la tête, étonné.

« Ton chemin était ardu, plus ardu que la plupart, reprit Étoile de Feu d'une voix rauque. Mais tu as livré une belle bataille, et tu as triomphé. Tu es le digne lieutenant du Clan du Tonnerre. »

Sa voix trembla sur les derniers mots. Épuisé, il laissa sa tête retomber au sol et ferma les yeux.

Griffe de Ronce contemplait le corps de son chef, ses pattes souillées par le sang de son frère et ses narines pleines de sa puanteur. *J'ai triomphé*, se dit-il. *Mais quel sort mon père va-t-il me réserver, à présent ?*

CHAPITRE 23

« Retourne au camp, ordonna Poil d'Écureuil à Pelage de Granit, la queue battant en rythme. Va chercher des renforts. »

Sans attendre, Feuille de Lune s'enfonça dans les taillis, ignorant les ronces qui se prenaient dans sa fourrure. Poil d'Écureuil la rattrapa aussi sec. Ni l'une ni l'autre ne parlèrent. L'odeur de Pelage de Granit, imprégnée de peur, était si forte qu'elles purent remonter la piste facilement.

Le ventre de Feuille de Lune se noua. À présent, elle comprenait sa prémonition, ce terrible danger qu'elle avait senti dans la pouponnière. Que pourrait-il arriver de pire que de perdre leur chef, Étoile de Feu, ce père qu'elle aimait tant ?

Sa méfiance envers Griffe de Ronce enfla tant et si bien qu'elle crut s'y noyer. Le guerrier tacheté était solide, et courageux, mais la mauvaise influence d'Étoile du Tigre était sans doute trop puissante pour qu'il lui résiste.

Avant même de voir le lac, elle perçut une forte odeur de chat et, plus forte encore, la puanteur du sang frais. Elle crut que son cœur allait cesser de battre. Personne ne pouvait survivre à une telle hémorragie.

Elle contourna à toute allure les racines d'un arbre et s'arrêta juste au bord de l'eau. Étoile de Feu gisait sur le flanc, devant elle, et Griffe de Ronce se penchait sur lui, ses pattes pleines de sang.

J'avais raison ! Griffe de Ronce est un traître. Il a assassiné mon père pour devenir chef du Clan !

Avant qu'elle ait le temps de parler, Étoile de Feu remua et ouvrit les yeux.

« Feuille de Lune, souffla-t-il. Tout va bien. Plume de Faucon m'a tendu un piège, mais Griffe de Ronce l'a tué. »

Il écarta une patte pour lui montrer le collet brisé. Lorsque Feuille de Lune regarda son père de plus près, elle vit que son cou, bien qu'écorché, ne saignait pas suffisamment pour produire la mare de sang qui couvrait le sol. Le sang qui souillait les pattes de son lieutenant n'était pas celui de son père ; au contraire, ses griffes terreuses et blessées témoignaient de ses efforts pour déterrer le bâton et sauver la vie de son père. Pourtant, nulle satisfaction, nulle fierté ne brillait dans le regard du lieutenant. Un voile d'horreur assombrissait ses yeux ambrés et il semblait écouter une voix que lui seul entendait.

Poil d'Écureuil se précipita auprès de son père et le renifla des oreilles au bout de la queue.

« Griffe de Ronce, merci. Tu lui as sauvé la vie ! »

Le matou cilla, comme s'il venait seulement de se rendre compte de sa présence.

« Je n'ai fait que mon devoir. »

Feuille de Lune dépassa son père et sentit le liquide, humide et poisseux, s'infiltrer entre ses coussinets.

Mais d'où vient tout ce sang ?

Une piste écarlate menait à un bouquet de fougères aux tiges brisées, puis au rivage. Le corps au pelage sombre et tacheté de Plume de Faucon gisait, inerte, dans les eaux peu profondes du rivage. Le sang qui s'écoulait toujours de sa blessure à la gorge donnait au lac une teinte grenat. Les vagues qui s'abattaient sur la rive peignaient les galets en rouge.

« *Avant que la paix vienne, le sang fera couler le sang, et les eaux du lac deviendront pourpres* », récita-t-elle.

Feuille de Lune comprenait enfin le sens de cette prophétie. Griffe de Ronce et Plume de Faucon étaient parents ; le sang avait bel et bien fait couler le sang. Griffe de Ronce avait dû tuer son demi-frère pour sauver Étoile de Feu. Comme elle le soupçonnait depuis le début, Plume de Faucon ressemblait bien trop à son père, Étoile du Tigre : il était par trop ambitieux. Mais jamais elle n'aurait imaginé que Griffe de Ronce serait celui qui l'arrêterait.

La prophétie qui la hantait depuis si longtemps s'était enfin réalisée. À présent, les Clans pourraient profiter de la paix promise. Avec la mort de Plume de Faucon, Papillon était libérée de son chantage. Son secret serait à l'abri pour toujours.

Feuille de Lune tourna le dos au corps de Plume de Faucon pour rejoindre son père et Poil d'Écureuil. En s'appuyant sur l'épaule de sa fille rousse, Étoile de Feu était parvenu à s'asseoir. Griffe de Ronce se tenait près d'eux, silencieux, trop choqué pour parler. Il n'essayait même pas de nettoyer ses pattes tachées par le sang de son frère.

« C'est fini », leur dit Feuille de Lune d'une voix douce. Elle se redressa et fit face au soleil. « C'est fini, et le temps de la paix est venu. »

Découvrez
le troisième cycle de

La guerre des Clans

Le Pouvoir des Étoiles

Livre I : Vision

À paraître en octobre 2011

Cet ouvrage a été imprimé
en février 2011 par

27650 Mesnil-sur-l'Estrée
N° d'impression : 103672
Dépôt légal : mars 2011

Imprimé en France

12, avenue d'Italie
75627 PARIS Cedex 13